海棠花开

——纪念周恩来同志诞辰120周年“海棠杯”全国散文大赛作品选

孙晓燕　红孩　主编

中国言实出版社

图书在版编目（CIP）数据

海棠花开：纪念周恩来同志诞辰120周年“海棠杯”全国散文大赛作品选 / 孙晓燕 红孩主编 . -- 北京：中国言实出版社，2019.8
ISBN 978-7-5171-3186-1

Ⅰ.①海… Ⅱ.①孙… Ⅲ.①散文集－中国－当代 Ⅳ.① I267

中国版本图书馆CIP数据核字（2019）第196495号

责任编辑： 张 丽
出版统筹： 胡 明
责任印制： 佟贵兆
封面设计： 戴 戴

出版发行 中国言实出版社

地 址：北京市朝阳区北苑路180号加利大厦5号楼105室
邮 编：100101
编辑部：北京市海淀区北太平庄路甲1号
邮 编：100088
电 话：64924853（总编室） 64924716（发行部）
网 址：www.zgyscbs.cn
E-mail：zgyscbs@263.net

经 销 新华书店
印 刷 北京温林源印刷有限公司
版 次 2019年9月第1版 2019年9月第1次印刷
规 格 710毫米×1000毫米 1/16 16印张
字 数 220千字
定 价 46.00元 ISBN 978-7-5171-3186-1

编 委 会

扫一扫，手机阅读

习近平：在纪念周恩来同志诞辰
120 周年座谈会上的讲话（全文）

目　录

佳作奖

优秀奖

佳作奖

缅怀与感悟

——记与周恩来总理的 5 次近距离接触

陈永康

世界上有许多事情，过去就过去了，仿佛舒缓的小河注入宁静的湖泊，既展不开秀美的涟漪，又扬不起腾跃的水波……然而也有一些往事，虽然时过多年，却依然历历在目，浪花四射，激扬飞溅，好似一条奔腾澎湃的江河。

我不禁回想起几十年前与周总理多次交往的难忘往事来了。

1966 年，第一次同周恩来等领导握手

1966 年 12 月 16 日下午，我在一次群众集会上第一次见到周总理。

建于 1959 年的工人体育馆，当时是北京最大的室内集会场所。我进到馆内，看见里面已经坐得满满的了，大约共有 15000 人吧。只有主席台上还都是空座位。

不一会儿，周恩来总理领头登上主席台。与以往不同的是，周总理

没有像平时出现在新闻照片中那样身穿灰色的中山装，而是和他身后的每个人一样，也穿着一套笔挺崭新的国防绿军装。

我的座位，正好在主席台首长席后面第一排左侧的边上。周总理等领导走过来时，正好最先与我照面。

周总理亲切地微笑着同我握手，并拍了拍我的左肩。我心中无比激动——啊，周恩来！这个从我记事起就十分仰慕的伟大人物，如今就与我近在咫尺！我脑海中仿佛一下子涌过了许多思绪，但又仿佛一下子成为空白，因为我原先想到的许多想说的话和想提出的问题，现在竟一点儿也想不出来了。我后来才知道，人在过于激动的时候，是会出现这种心理状态的。

对周恩来总理，我从小就是非常敬重的。“文化大革命”的风风雨雨，更使我看到了他磊落的胸怀、高尚的品质。我一边听周总理讲话，一边仔细端详着这位举世瞩目的老人。他端庄的脸庞、微耸的剑眉、深邃的目光，和以往人们在电影中看到的一样，右臂微微弯曲，让人第一眼见到，就会感受到一种超群的英俊。难怪我早就听到人们在传说：周恩来是民国有名的“四大美男子”之一。而且他的风采愈到晚年，愈加鲜明地显现出来。

“文化大革命”开始不到一年，周总理明显地比我印象中苍老多了。头发中，掺杂进不少灰白的颜色。面部虽然尚属丰满，但肌肉已经显得松弛，而且隐隐约约能看到细碎的老年斑。我早就听说他在动乱的年月，每天要工作十六七个小时，无疑是太操劳、太疲惫了……我心中暗暗在说：“周总理啊，您多保重！祝您健康、长寿，精力充沛！”

我这个中学生坐在了周总理身旁

由于全北京的中学普遍进行了军政训练，因而大联合的步子进展很快。经过一番紧张的筹备，首都中等学校红卫兵代表大会的成立大会，于 1967 年 3 月 25 日在人民大会堂召开。周恩来等领导都出席了大会。

大会的执行主席是中学红代会核心组的5人。中央领导到会后，即与我们5人在主席台的第一排交叉而坐。十分出乎我预料的是，那次坐在我两旁的，竟然一边是周恩来总理。新华通讯社的摄影师，“咔嚓”一声，将这很有意义的历史镜头拍摄了下来。

那天，自从周恩来总理落座后，我的心就一刻也没有平静，以致许多大会发言都没有能够听得进去。我心中在想：陈永康啊，陈永康！你不就是一名普通的中学生吗？何来如此荣幸？能与敬爱的周恩来总理这样坐到一起？！

我简要地向周总理汇报了中学红代会的筹备情况。大会最后，周总理走到麦克风前，指挥全场中学生高唱了《大海航行靠舵手》。

再见周总理时“得寸进尺”

1967年5月25日，首都各界在人民大会堂召开声援巴勒斯坦人民解放斗争群众大会。我作为中学生的代表参加大会，并有幸坐在主席台上。

那次大会，周恩来总理坐在第一排居中位置，他的左边是巴勒斯坦人民解放组织驻京办事处的主任，右边是郭沫若副委员长。

在郭沫若离开座位走向讲台发言时，我大胆地走到周总理身旁，坐在了郭老的位置上。

这次周总理没有穿军服，而是着一身浅灰色的中山装。周总理一眼就认出了我。他微笑着问：“你是师大附中的陈永康吧？有什么事情吗？”

我不由得钦佩周总理惊人的记忆力。

通过与周总理的接触，我感到他虽然年近古稀，但精明强干，日夜操劳，时时顾全大局，坚持原则，严守纪律，牢牢掌握党的政策，尽最大可能对老干部进行保护，方方面面都考虑得很周到，真是“千古良相”，难得的人才！

这时，在周总理亲切态度和朴实作风的感染下，我已经丝毫不感到紧张和拘束了。于是，我便大胆地把一个未经与其他同志商议过的问题直接提了出来。

“总理，”我说，“我们北京师大附中是个历史悠久的重点学校。”

周总理点了点头：“嗯，知道。”

我接着说：“新中国成立初期，毛主席曾给师大附中题过词。”

周总理没有吭声，只是庄重地望着我。

我说：“我代表师大附中全体师生员工，请总理也给我们题词。”

周总理谦虚地笑笑，还摆了摆手：“我写不好。”

我说：“总理太谦虚了。师大附中 1000 多名师生员工都等着我带回的喜讯呢！”

周总理盛情难却，便说：“那这样吧，你把写多大尺寸，希望写些什么，都在这张纸上写明一下，如果今后有可能的话，我就试试看。”

于是，周总理从原本放在桌上的一叠白纸中递过一张。

我在白纸上面画了个样子，注明尺寸，并说：“至于写什么内容，请总理自己定。”

周总理笑了笑，把那张白纸收了下来。

在这难得的机会和融洽的气氛中，我真想把时间凝固住，再和周总理好好聊一聊。但是郭老讲完话后，已经从讲台回来，走到我的身后了。

于是，我只好赶紧依依不舍地站起，向周总理道别并表示感谢。周总理又热情地同我握了握手，并说了些勉励的话语。

我早就听不少老干部讲过，周总理有过人的精力和惊人的记忆力。他对许多人见上一面，往往就能牢牢地记住。

就在 1967 年 5 月 25 日人民大会堂主席台上的那次谈话后不久，赞比亚总统卡翁达来华访问，周总理举行的欢迎招待会请中学红代会一名代表参加。这使我有机会又一次见到周总理。

人民大会堂宴会厅灯火辉煌，军乐队高奏着中赞两国的各种乐曲。当周总理陪同卡翁达总统到各桌祝酒，来到我们那一桌时，笑着同我碰杯：“哦，那个问题，我还没有答复你呢！我不会忘记的。”

周总理能在各方面都享有崇高的威望，这说明他人品极好，令人无懈可击、不得不深深折服。我常常感叹，历史上能做到这点的，不说绝无仅有，也是屈指可数。正像恩格斯《在马克思墓前的讲话》中说的那样，“千百万革命战友无不对他表示尊敬、爱戴和悼念，而我敢大胆地说：‘他可能有过许多敌人，但未必有一个私敌。’”

周总理的思想、品格、修养、作风和工作方法，对我的感染和影响都是极其深远的。他不断地激励着我学习、改造和前进。

隆尧地震亲历记

尧山壁

20 世纪 60 年代，冀南多灾多难，三年困难时期刚过，1963 年特大洪水，1964 年持续干旱，1966 年倒春寒。1966 年 2 月 4 日立春，19 日雨水却下了一场雪，3 月 6 日惊蛰，8 日隆尧地震。当时我正与田间、李满天在临西县写吕玉兰，隆尧正是我的家乡，老母独居乡下，不知吉凶。两位领导催我回去，因公路不通，我绕道邯郸，到邢台已经半夜 2 点，地委大院灯火通明，一片忙乱。办公室转告，老母托人到任县打来长途电话，说震中在县东北，我家在县西南，平安无事，防震棚也搭好了，让我安心工作别回家。父亲早年牺牲，母子相依为命，母亲事事想在儿前，让我很感动。由自己的母亲想到灾区更多母亲，我不等天亮就爬上救灾的卡车。

车队向东北急驰，车上的人谁也不说话，能听见彼此紧张的心跳。邢家湾下路往北，车在频频余震中颠簸、跳动，车尾的人不断被甩下来。进入隆尧地界，眼前许多纵向地裂，一两尺宽，喷水冒沙，井水外溢，一片泥泞。我们弃车爬上滏阳河堤，发现河道没了，两边大堤挤压在一起，合成一道土梁，土梁又被一条条地裂切断，上下错位一两尺，咬牙切齿的样子。河上几座桥还在，但是面目全非，桥墩倾斜，桥面移位，岌岌可危。

计算行路时间，目的地应该到了。可是眼前没有了村，马栏、白家寨、任村、枣坨 4 村变成一片逶迤的丘陵。走近看，尽是土堆瓦砾，梁柱门窗横躺竖卧，箱柜桌椅东倒西歪。马栏村只剩下半截土墙，好像坟场上的一块残碑，上千人的村庄震亡 300 人，白家寨村灾情类似，全公社死亡人数达 4628。任村的一块地基条石枕在一道大裂缝上，人们说最初张开五六尺，喷出水柱一丈多高，一头牛两头猪掉下去，连叫唤声都没传上来。看表是上午 8 时，太阳没出，阴天沉重地压下来。活着的人个个灰头土脸，面无表情，急着挖人挖粮，十指滴血。只有大大小小的树木还挺立着，枝头挂满白幡，在寒风里摇曳，窸窣窣，哗啦啦，替人唏嘘、哀号。

这里是黑龙港流域，盐碱地夏天水汪汪，冬天白茫茫，种一葫芦打两瓢，如今更是雪上加霜了。废墟死一般寂静，听不见哭声，连鸡犬也都惊哑了。不到 24 个小时，突然鸡叫了，狗咬了，告诉人们救星来了，工作队、解放军、医疗队都来了。匆匆人流中见到了县委书记张彪——我父亲的一位战友，正忙着组织人员，分发空投的馒头、大饼。发了多半天他自己没沾上一口，且下令外来的干部不许与民争食。天快黑了，张书记听到我肚里咕咕叫，让我跟他一道回县城。城里房屋也倒了七八成，他把我安排在防震棚里，就急匆匆走了，说中央首长要来。他半夜回来把我叫醒，显得格外兴奋，大声说："你猜谁来了，我们的周总理！"

张书记眼含热泪地说，3 月 8 日凌晨，忙碌一天的总理刚刚躺下，地震了。这是新中国成立后第一次大地震，总理如临大敌，核实情况，召开紧急会议，布置一番后 9 日上午便乘专机赶到石家庄，听完省委和驻军领导汇报，就要亲赴灾区。总理劝说随来的地质部长李四光先不要去冒险，因为知道他有严重血管瘤。晚上 9 时半到冯村火车站，乘驻军的吉普车直奔隆尧。地震指挥部设在县招待所，城里剩下的唯一的三层楼房，砖木结构。电路震坏了，会议在昏暗的马灯下进行，总理坐在一条旧沙发上，一字一句地询问。时间不长发生强烈余震，墙体摇晃，门窗嘎巴嘎巴响，墙皮开裂，白灰纷纷落下，大家惊慌失措，劝总理出去躲一躲。总理连眉毛也不动一下，坐在原地稳如泰山，镇静地说：“不要紧，大家要沉住气。这座楼是新盖的，它要是倒了，群众的小屋不都平了？继续开会。”掌握基本情况后，总理要求：“今明两天把灾情统计好，给我汇报。一个星期把秩序恢复起来，转入正常的生产救灾。”11时会议结束，总理摸着黑原路返回石家庄。

第二天，我随张书记又回到白家寨。听说中央首长要来慰问，群众纷纷赶来，打谷场聚集2000多人。我在穿公安制服的人中发现了赵行杰，他任县公安局长，去年在那里搞四清时认识的，曾是周总理的警卫员。我心里暗想，八成周总理又要来了。下午3时，一架直升机降落在白家寨田野上，果然周总理出现在舱门口，没戴帽子，没穿大衣，只着一身青蓝制服走下舷梯，头发和衣角被寒风吹起，踏着残雪向群众走来，握着白家寨公社书记杨世英的手问：“你多大岁数啦？”杨世英回答：“43岁。”总理说：“记得抗日战争吗？我们打败日本鬼子，那是和阶级敌人做斗争，这次是地球底下的敌人，要和地球底下的敌人做斗争。”这句话说得非常铿锵有力。

看到总理就看到了亲人，灾民们脸上立时阴转晴，干涸一天多的眼里又涌出泪水，争先恐后想和总理握手。总理善解人意，绕场一周，频频招手，当即说开个群众会。事先准备不足，没有桌子，赵行杰急中生智，让解放军找来两个盛救灾物资的木箱，拼成一个讲台。群众立刻静下来，前排坐下，中间蹲着，后排站着，我个儿高，自觉站在后面。要讲话了，总理又发现方向不对。安排他面朝南讲话，一个人背风，群众就要喝风，他立刻绕到会场后边，让大家向后转，换了一百八十度。这一来倒让我沾光了，后排变前排，看得更清楚了些。比起3个月前，在北京开青年作家会接见时，总理显得苍老了不少，都是这可恶的地震闹的。

“同志们，乡亲们，你们受了灾，损失很大，毛主席让我来看你们。”总理面向北方，任尖利的寒风夹着雪粒、尘土打在脸上，因为话音要与风声较量，嗓门一再提高，显得有些沙哑。最后还是风认输了，渐渐地平静下来，和群众一起听总理举起拳头呼口号：“奋发图强，自力更生，重建家园，发展生产！”两千群众站起来，高呼十六字方针，气势排山倒海。

会后，总理踏着断续的余震，爬上高低不平的废墟，低头走进老农王根成的防震棚，摸摸棉衣，按按棉被，心疼地安慰、鼓励：“你是老党员，要带头干，还要教育好娃娃，鼓起干劲，重建家园。”接着又看了军人家属于小俊、民兵连长国永录等 7 户，临出村，第三生产队队长国振清，用粗瓷碗从水桶里盛了一碗凉水递给总理，总理接过来一饮而尽。直到太阳快落山了，总理才离开白家寨。没想到仅隔 12 天，邻县宁晋、巨鹿又发生了 7.2 级地震，4 月 1 日周总理又第三次来到现场，一天内连续视察了 5 个受灾村庄，在何寨防震棚里还碰上了作曲家劫夫和诗人洪源。

几天后，一首名叫《天大地大不如党的恩情大》的歌曲，在邢台地震灾区诞生，并迅速传遍全国。四句歌词不完全是创作，是从群众大会发言和四清工作简报上摘录、串联起来的。但是确实代表了地震灾区人民的心声，充分表达了人民领袖和广大群众的关系。乐曲优美动听，百姓喜闻乐见，隆尧人听了尤为亲切，几十年了，我几乎还天天唱它，希望总理在天之灵能够听到。

北大荒人的深切怀念

赵国春

在我曾经担任馆长的北大荒博物馆里，陈列着一张当年由周恩来总理签名、国务院颁发的奖状。这张奖状四边不少地方已破损，但国徽、麦穗等上下花边图案和中间的文字依然清晰。

这张弥足珍贵的奖状，纸色已经发黄。奖状用繁体字写着“国务院奖状，奖给农业社会主义建设先进单位黑龙江省北安县福安农场”。落款是“总理：周恩来”。时间是“一九五八年十二月”。

福安农场是1955年经黑龙江省公安厅劳改局批准，由福安、新建两个劳改大队合并而成。1979年同赵光农场合并后称赵光农场四分场。1958年，福安农场2.53万亩大豆平均亩产157.5公斤。1958年12月，国务院在北京召开全国先进单位代表大会，周恩来总理在会上从理论上概括了“大跃进”中的问题，提出“高速的发展必须建立在客观可能性的基础上，必须遵守有计划按比例发展的规律”。会上，国务院颁发由周恩来总理签名的奖状，对全国“农业社会主义建设先进单位”给予奖励。黑龙江垦区获此殊荣的还有赵光、宁安、红星、花园、大西江农场和宝泉岭农场二分场及二分场七队。

周恩来总理对北大荒的开发建设给予了很大的关怀，他生前对北大荒的发展寄予厚望。

农业部原副部长张林池曾回忆道，1961 年后，总理想把东北地区的商品粮基地统一管理起来，并通知黑龙江、吉林和辽宁各派一位书记来京进行讨论，时任合江农垦局局长的张林池也参加了会议。总理提出建议，由三省共同建一个“农垦总局”。张林池向总理建议把“农垦总局”设在黑龙江省。周总理指示用“东北农垦总局”的名称。张林池又向总理提出，今后开垦的荒地主要在合江地区（现在人们称为“三江平原”），因此总局不要设在哈尔滨，以设在佳木斯为好，那里离荒原近，并给总理看了合江地区的地图和佳木斯市的位置，总理同意了。

1962 年，周恩来总理去大庆时，专列停在哈尔滨。王震请周总理到垦区来视察，因为实在没时间了，周总理就请当时的东北农垦总局党委书记兼局长张林池同志到专列上，周总理听取了张林池同志的汇报后，很满意，并鼓励他一定要把北大荒建设成我国的商品粮基地。

1965 年 2 月的一天晚上，时任东北农垦总局局长的王正林、总局计财处计划科科长张福如，和农垦部的领导陈漫远、萧克及新疆兵团政委张仲瀚，在中南海受到周恩来总理的接见。

总理坐定后，拿出一张表看了一眼说：“你们北大荒人在零下 20 多度的严寒里兴修水利，搞农田基本建设，这是很了不起的，现在搞了多少了？”

王正林说：“在修水利工程上，我们搞了 800 万土方，现在还在继续搞。”

“这是一个伟大的创造。”总理用鼓励的语气说，“你们北大荒能在那么冷的环境里，在地冻三尺的地方，搞农田基本建设，并取得了成绩，那么全国还有哪里不能搞呢？你们做了榜样，要坚持下去。”

王正林向总理介绍了垦区职工冬季修水利采取的一些措施，总理又问：“现在你们有多少耕地？每年给国家交多少粮食？”

王正林说："垦区目前有耕地800万亩，总产量是17亿斤，每年可交10亿斤左右。"

总理一边听着，一边用铅笔在纸上写着什么说："上交商品粮还可以再增加点嘛，每年增1亿斤。除了这些，还可以发展多种经营。完成了这些，你们北大荒为国家就做出了贡献……"

"你们现在还能开多少荒地？"总理将话题转到了开荒方面。

王正林说："三江平原可以拿下2000万亩。"

"那是长远的事了……"总理同陈漫远等一些老同志说，"我们这些人是不行了，这个任务等着你们去完成了。"

总理又说："开荒，扩大耕地面积，是我们国家的生命线。中国是'三山六水一分田'，田很少啊。你们北大荒就是荒地多，这样，就要开荒。你们有优越的条件嘛，要搞机械化开荒，然后争取粮食高产、稳产，这是一个努力奋斗的目标。"

不知不觉，已是深夜12点了，总理仍神采奕奕，毫无倦意。这时，一个身着白色制服的服务员，走到总理身边轻轻地说了几句。

总理一抬身招呼大家："时间不早了，今天晚上就在这里吃饭，粗茶淡饭，大家不要见怪。"圆桌中间只放了一大盆白菜豆腐炖粉条，里面有一点点肉，主食是大米饭。

总理一边吃一边和这些人唠着，就像唠家常似的，不时发出一阵阵轻松的笑声。

总理说："你们生活、工作在边疆，是很艰苦。你们在做开天辟地的事，是了不起的。"

总理吃了一碗饭放下筷子，又说："你们北大荒是全国机械化的重点，要摸索经验。外国有外国的经验，但不能照搬。像美国、加拿大，他们机械化程度高，但单产不高。我们几千年来就有精耕细作的好传统，这一点外国是没有的，你们要注意积累经验。"

总理做了一个手势，加强了讲话的语气，接着讲："农业在我们国家，任何时候都是基础，这一点必须牢牢记住。我们不像外国，中国人口这么多，不能靠进口粮食过日子，只有我们手里有了粮食，社会才能安定。”

周恩来总理对黑龙江垦区寄予了厚望。

当年，周恩来总理是有机会来到北大荒的，但是，1958年夏天，由于总理来北大荒的消息由明码电报通知各农场时，电报的内容已被日本、韩国及中国台湾地区国民党特务机关窃听到了。为了防止特务搞破坏活动，保证中央首长的安全，中央决定取消周总理等人北大荒之行的计划。这一电报泄密事件，不仅使10万转业官兵失去了在北大荒见到周恩来总理和其他中央领导的机会，而且使周恩来总理失去了到北大荒的仅有的一次机会，也给周总理留下了遗憾。但是北大荒人却永远不会忘记总理对北大荒的关怀。

2000年末，农业部为了纪念周总理专门编了一本《周总理与农垦事业》，由中国农业出版社出版了。我写的《周恩来总理对北大荒寄予厚望》，入选到该书中。

2011年5月，我的一篇散文《真想我的亲娘》荣获第三届“漂母杯”全球华文母爱主题散文大赛二等奖，我有幸应邀来到周总理的故居淮安领奖，专门参观了总理当年读书的地方，在旧址前特意拍了张纪念照，表达了北大荒人对周总理的无限思念。

用火箭发射成功告慰总理

游本凤

中国火箭，频繁问天。长征型号，威名远扬。

2017 年春的一天，阳光照耀着椰岛大地，波罗蜜摇曳着海岛风情。远远望去，新建立的海南岛文昌发射场塔架里矗立着一枚乳白色的长征七号巨型火箭（以下简称“长七”）。“长七”发射在即，令人心潮澎湃。此次“长七”的飞天之旅将把我国第一艘货运飞船“天舟一号”送上太空，与正在天上运行的“天宫二号”空间实验站进行交会对接，并首次实施“太空加油”。“太空加油”成功，意味着我国在未来几年建立大型空间站的所有技术障碍全部排除。

发射前夕，嘉宾云集。当镜头切换到发射场指挥大厅时，有一位年届耄耋的老人，正聚精会神地注视着火箭发射的决策者和指挥者。有的是他熟悉的“老战友”，有的则是他不认识的“可畏后生”。虽然他无缘前往发射现场观看“长七”发射，但能在电视镜头里感受发射氛围，已很满足，并为航天能建设一个新型的现代化火箭发射场、造出像“长七”这样的新一代无毒无污染的火箭而感到非常高兴。

他就是老一代航天人，曾经叱咤航天风云的施金苗。

施金苗是我国著名的航天专家，全国五一劳动奖章获得者，中共十三大代表。他一生航天科研经历丰富，曾参与过我国的防空导弹、运载火箭、气象卫星、载人飞船等设计和研制工作，并担任过多个重要航天型号产品的总指挥。退休前曾任上海航天局副局长，载人航天工程神舟飞船（921–3）副总指挥兼副总设计师，与众多航天人一起，亲手把我国第一位航天员杨利伟送上太空，终于圆了中华民族千年的飞天梦想。

亲眼看见新一代火箭“长七”发射成功，施金苗既兴奋不已，又感慨万千：新型火箭成功，空间站即将建成，“嫦娥”探月——“玉兔号”在月面上留下两道车辙，中国航天如日中天！如果敬爱的周总理能活到今天，看到这些辉煌成就，定会无比欣慰。

梳理一生中的特殊记忆，最令施金苗终生难忘的，是他曾代表上海航天基地，专程前往北京向周恩来总理等中央领导汇报“风暴一号”火箭发射前的准备情况。

1969 年，国务院总理周恩来代表党中央做出让上海搞火箭和卫星的重要指示。后来这一任务被命名为“701 工程”。其中火箭取名为“风暴一号”，卫星取名为“长空一号”。

从此，火箭在上海黄浦江畔横空出世。上海航天人以冲天的干劲，仅用不到一年的时间就拿出了第一枚火箭——“风暴一号”。第一枚“风暴一号”运载火箭要被送到酒泉发射场进行飞行试验，中央高层领导对此高度关注，要求发射前须向中央专委会进行一次专题汇报。专题汇报会由国务院总理周恩来亲自主持。

其时，施金苗是“风暴一号”火箭总体技术负责人。因此，向周总理汇报这一特殊任务就交给了他。得知是向周总理汇报，施金苗心情十分紧张，感到“压力山大”。于是他不敢怠慢，为写好相关汇报材料，他深入到每一个承制单位去调研，搞清火箭上每一个部分的工作原理及研制情况，并弄清楚研制过程中发生的每一个质量问题和解决措施。尽管他认真地写了一稿又一稿，但就如何坚持实事求是仍遇到了不小的阻力。当时我国正处于“文革”时期，到处强调“以阶级斗争为纲”。如一家研制火箭发动机的航天单位，试车多次失败，其中的技术原因也很清楚。但有位很“左”的上级领导硬将试车失败归罪于“阶级敌人”搞破坏，并对一位技术骨干进行隔离审查，逼迫他日夜写检查，坦白交代所谓的破坏动机和目的。那位同志实在咽不下这口气，最后被迫自杀。对这一迫害事件，大家心里都很清楚，但敢怒不敢言。而在这次汇报材料中，那位领导曾指示要写进“阶级敌人搞破坏”这样的定性语。施金苗认为，这不能随便乱写，因为这是向周总理汇报，一定要实事求是。几番力争，施金苗一直顶着，这位领导也始终不肯松口。就这样，汇报材料一时写不下去。再后来，经过多方面的争取和支持，最终才没有把“阶级敌人搞破坏”这样的字句写进去。对此，施金苗感到，他的良心经受了一次严峻考验。

“风暴一号”火箭在酒泉发射场经过了 4 个月的测试，终于完成了发射前的准备工作。根据时间安排，汇报定在 1972 年 8 月 8 日。这天，施金苗和汇报团成员乘坐伊尔 -18 专机，从鼎新机场直飞北京。汇报地点在人民大会堂新疆厅。

下午 6 点，大厅灯光如同白昼，只见精神矍铄、面带微笑的周总理快步进入大厅。“同志们好啊！”洪亮的问候，使大家十分振奋。施金苗终于握到了总理温暖而有力的手，一股暖流涌上心头，久久地沉浸在幸福中。只是他看到周总理的脸上显得有点苍老和憔悴，不由感叹：总理太辛苦了！国家大事，日理万机，怎能不辛苦呢？

陪同周总理听汇报的中央专委会成员有叶剑英、李先念、陈锡联、余秋里等党政军领导，而被誉为“中国航天之父”的钱学森则坐在总理旁边。周总理一开始并没有要求进入汇报正题，而是和大家一起拉起了家常。总理首先问了施金苗的姓名和年龄。总理听说他只有 36 岁，很兴奋地说：“真年轻啊！我们国家正需要这样年轻的科技专家。”总理接着又问施金苗的家乡在哪里，施金苗回答“浙江慈溪”。总理一听更兴奋了，马上接过话题：“慈溪生产的棉花全国第一，县长叫黄建英，是个女同志，很能干！”想不到总理对施金苗家乡这样一个区区小县的情况了如指掌，总理的记忆力真是过人啊！

总理还和其他汇报者聊了一会儿家常，使得会议气氛一下子变得轻松融洽起来，也拉近了大家和总理之间的距离。

汇报正式开始。施金苗首先对着图纸向总理汇报了火箭的结构组成、工作原理、飞行程序和可靠性措施。其间，总理不时插话和询问，因为他听过类似的汇报，对火箭情况比较熟悉。比如当汇报到采用比较成熟的机械式安全结构时，负责制造这一产品的厂长进行了演示。这时钱学森插话说，现在国际上已采用电子式的安全结构了，这种老式机械结构已经过时。施金苗回答说，这种机械结构虽然不算先进，但技术上比较成熟和可靠。总理笑着说：“可靠性高一点好嘛。”

当施金苗如实汇报到上海第一次搞大型运载火箭，还缺乏研制经验，第一枚火箭在研制过程中曾发生过不少问题，发动机试车也曾多次遭遇失败时，上海那位主管领导立即站起来插话，说其中有阶级敌人在蓄谋破坏。总理听了，没有接茬，却说应该重视技术问题和质量工作，使得那位领导感到很尴尬。在询问中，施金苗回答了发动机研制中试车失败的原因，是发动机大推力工作时发生了大震动，而且改进措施不得当，所以导致试验多次失败。

睿智的总理一眼就看出了别有用心之人，排除了所谓的“阶级敌人搞破坏”的说法，并实事求是地指出，根本原因在于产品质量，必须要强化质量意识，加强质量管理。

汇报进行了 5 个多小时，其间还送来了点心。施金苗特别注意到，总理的秘书给总理送了两次药，请他当即服下。施金苗不由暗暗感动，已经深夜了，总理还拖着疲惫的病体为火箭发射操心，为上海第一枚火箭成功发射而忘情投入。

看看时间不早了，总理先让钱学森发表意见。钱学森在讲话中充分肯定了上海航天所做的大量工作，认为第一次搞大型运载火箭能做到这个份儿上，已经很不容易。但作为航天技术统帅，钱学森深知，航天必须要以成功来证明自己，让党中央和毛主席放心。按照火箭发射成功的标准，钱学森的表态似乎有点迟疑。他说："发生的问题仍然很多，产品质量也不是很好。好在问题基本上解决了，现在已经走到这一步，我看就让他们试试吧。"看得出，钱学森的表态也有点无奈。这不由让施金苗感到心情沉重。

最后，大家静听总理的指示。总理在讲话中肯定了大家在这么短时间内取得的巨大成绩，肯定了对已经发生的问题采取的有效措施。他同意火箭按时进行加注和发射。总理还鼓励航天人："科学试验嘛，允许有失败，但一定要做好工作。"他特别指示大家，一定要严格按照"严肃认真，周到细致，稳妥可靠，万无一失"的要求做好工作，争取首次飞行试验取得成功。大家热烈鼓掌，感谢总理对航天人的宽容和勉励。

分别时，总理及各位中央领导逐一和大家握手，反复嘱咐要做好最后阶段的工作，争取火箭发射成功。可谓语重心长，寄予厚望。

目送总理离开会场时已快到深夜 12 点钟了。总理高大的身影，神采奕奕的面庞，一直留在施金苗的脑海中。尤其是总理强调的十六字质量方针，一直回响在施金苗的耳边。这十六字质量方针后来一直挂在上海航天火箭总装厂房的顶梁下，也印在了以后下发的各种文件中。

带着周总理的嘱托，也带着对试验成功的信心，上海航天人回到了酒泉发射基地。"风暴一号"试验火箭经过加注和最后测试，上级下达了发射指令。1972 年 8 月 10 日 8 时 32 分，"风暴一号"火箭发射升空。伴随着火箭尾部喷射的烈焰，庞大的箭体缓缓升腾、升腾。上海航天人研制的第一枚火箭终于飞起来了。施金苗和航天试验队员兴奋无比，大家紧紧相拥，欢呼成功。啊，敬爱的总理，我们的首发火箭终于成功了，我们没有辜负您的殷切期望！

"风暴一号"是好样的。它后来还创造了中国航天两个第一：一是 1975 年 7 月 28 日，"风暴一号"首次将一颗一吨多重的重型卫星送入了太空；二是 1981 年 9 月 20 日，"风暴一号"将三颗卫星一并送入太空，使中国成为当时世界上为数不多的掌握一箭多星发射技术的国家。

“风暴一号”后来由于国家对火箭任务进行调整而取消，其成熟技术则延伸到后来研制的长征系列火箭中。从当年“十年磨一箭”，到如今中国长征系列运载火箭实现发射200多次（截至2017年5月底）。而值得一提的是，长征火箭前100次的发射，中国航天人用了37年的漫长时间。而后100多次的发射，却只用了短短7年时间。近年来，中国航天火箭的高频率高密度发射不仅成为一种常态，还奠定了世界航天大国的地位，显示出中国作为一个大国拥有的高科技水平和综合国力。

中国航天，正在以雄健的步伐向航天强国大步迈进。敬爱的周总理，您的在天之灵感知，当含笑九泉！

美哉，淮扬菜

万伯翱

我这个从小生长在山东和河南的北方汉子，吃惯了山东的煎饼、鸡蛋卷大葱，喝惯了河南的黑乎乎的胡辣汤和大海碗羊肉烩面，怎么今天一下子就爱上了这里精巧的淮扬菜了呢？

淮安市被人称为“漂浮在水上的美丽城市”，我这次受邀参加首都作家诗人采风团，第一次亲临此地看到了她的风采，确实名不虚传。她是一座由大小河流环绕而又穿过的名城。中国的“四大名菜”“八大名菜”或“十大名菜”，除了淮扬菜外，都是以省份名开头的，如排在前三名的川菜、鲁菜、粤菜，唯独排列第四名的淮扬菜是以省以下城市命名的，是淮安、扬州和镇江三个地级城市的总称。淮扬菜系以著名的扬州菜为核心代表，我家乡的鲁菜是以孔子故乡曲阜孔府风味代表整个齐鲁大地的。美食家们早已把淮扬菜和鲁菜并称为“国菜"。1949 年中华人民共和国诞生时，毛泽东、周恩来两位开国伟人以淮扬菜为主定为北京饭店庆宴的“开国第一宴”。如果你真有兴趣，当年的菜谱还在，而且如果你提前预订，还可以在北京饭店品尝一番“开国第一宴”的全部美味佳肴呢!

淮扬在历史上是由京杭大运河、古黄河、盐河和淮沭新河及五大湖之一的洪泽湖等蜿蜒流绕而形成的，是当年水上黄金时代的总指挥部。这里记载着丰富无比的运河和漕运文化。历史上这里呈现过千帆竞发、百舸争流的十分繁荣的景象；是我国著名的南北粮、盐等商品货物的集散基地，素有“南船北马”“九省通衢”“运河之都”等美誉。所以淮扬的文化、经济、语言，更有我们今天所说的食文化，大有南北并蓄、开放包容的历史传统特征。我们是由诗人、作家组成的采风团，到了这里的正式宴会或大小饭馆，初来的北方作家都惊奇地发现：北方人喜用的面食如饺子、包子、面条等却在淮扬屡屡显身手，不但色、味、香不亚于北方的面案功夫，而且在精细无比的“淮点三绝”之一的饺子皮上，竟能一斤面擀出 800 张薄如蝉翼的面皮！并且包出的饺子个个不渗出水和油，据说透明度可观看报纸，还可点火即燃。这大概和北方面点师一斤面拉出千丝万缕细如发丝的面条且不断不粘连，有异曲同工之妙吧！当我再品尝到香而不腻的清汤狮子头，咬开用手工打成泥的、微显粉红的鲜肉，细碎的马蹄入口时，感觉清香脆甜，此佳肴只有中华饮食文化中的淮扬菜才有呀!

我脑海中立即浮现出 20 世纪 60 年代开国总理周恩来在中南海西花厅几次招待宾客的情形。如招待我国乒乓球世界冠军庄则栋和邱钟惠率领的国家乒乓球队全体运动员教练员时，宴请的“四菜一汤”中，就有总理钟爱的他家乡的这种“清炖蟹粉狮子头”。敬爱的总理都是自掏腰包宴请这些国手的，还特别强调：“我请客，但粮票你们诸位还都得交啊，我是总理也不能搞特殊呀！”庄、邱两位冠军和之后国乒总教练张燮林都告诉过我，总理是用“除狮子头外，还有番茄肉片、平桥豆腐和青菜炒香菇这三个菜外加萝卜丝鲫鱼汤”来招待在国际上为祖国争得荣誉的乒乓健儿的，主食是米饭加馒头。总理请夫人拿出家中珍藏多年的茅台，与他都能叫出名字的每位国家乒乓球队队员和教练员碰杯！饭后，周总理还主动“叫板”，和小邱、小庄在西花厅走廊里用伤残右手记分杀满了两局 21 分球赛呢。总理在天津南开中学读书时，乒乓球刚传入我国不久，年少的他课外活动除了演文明戏（话剧），就是打打乒乓球。他和世界双打冠军郑敏之、林慧卿等也交锋对阵过!

周总理和邓妈妈没有子女、没有房产、没有金银，也没有任何存款，他就是这样一位清廉的人民好总理。他 1976 年元月去世，是嘱咐把骨灰撒向无垠大海的开国总理。

此刻，故居的解说员仍激情不减地对我们说着："周总理每天工作 16 个小时以上，甚至 24 小时，还有连续工作 30 多个小时的时候；'文革'中，'四人帮'对党和国家及总理本人都加紧了破坏、欺凌，总理更加忧国忧民、忍辱负重。'文革'中，一次他下车走进西花厅家里时，竟站不住了，双腿一软、眼前一黑地倒在了卫士和秘书身上，他们将他连背带抬送进了屋里。他默默承担着浩繁的工作，委屈而又违心的检查，使他如残伤老牛负重。在他心里没有自己，唯有祖国和人民，他最后十年在胸前佩戴的'为人民服务'像章，正是他一生的写照——他是中国人民的公仆，在中国人民心中是座永远的丰碑！"

“全党楷模”的由来

张秋兵

人们对周恩来总理有着各种各样的敬称，包括“古今第一人”“一代天骄”“一代明相万世楷模”“一代伟人”，等等，其中，最通俗的是“全党楷模”，那么“全党楷模”这个称谓是怎么来的呢？这个问题得从周恩来故居说起。

周恩来的老家，位于驸马巷内，我的老家也在驸马巷内，而且距“周家”正门仅仅20米。1976年周恩来逝世时，我才4岁，但我今生注定与“我的邻居”——周恩来缘分不浅。

我的母校淮安中学距“周家”也就1公里远，周恩来的侄儿周尔辉——1962年由北京钢铁学院迁回淮安——曾经在淮中做语文老师。20世纪80年代，我在淮中读完初中、高中，整整6年。“为中华之崛起而读书”铭刻在每一个淮中学子的心中。每年我都深切地感受到3月5日这个神圣的日子，因为这天所有淮中师生都要参加一年一度的盛会——“三五会议”，庆祝周恩来诞辰。

1991 年离开淮中进入大学门，在新生自我介绍时，我的第一句话就是：“我来自周恩来家乡淮安，我家与周恩来家都在驸马巷内，我与周恩来是邻居。”同学们都很羡慕我的“特殊背景”。

我家与“周家”仅仅 20 米远，然而，这 20 米让我走了 32 年。2004 年，我通过淮安市委组织的公开选拔考试，从淮安县广播电视局提拔到周恩来故居管理处任副主任，由一个普通新闻记者连升三级，担任副科级领导。公开选拔持续了 3 个月，历经笔试、面试、体检、组织考察、常委表决，我过关斩将，最终一花竞放百花杀。能在 32 岁竞争上岗为“周家看门人”，是我一生最自豪的事。在“周家”院落里，我仿佛看到童年大鸾嬉戏的身影；在“周家”书房里，我依稀听到少年翔宇朗朗的读书声。

在周恩来故居，我的同事季庆农告诉了我“全党楷模”的来历。季是故居的第一代讲解员，1984 年被抽调去北京担任江苏省农业展览会的淮阴市农产品展示的讲解员。在长达两个月的讲解任务将要结束的时候，突然接到故居来电，要他立刻赶回去，参加接待工作。匆匆忙忙回到淮安第二天，也就是讲解的这一天上午，才知道要来的是时任中共中央总书记胡耀邦。季既激动又紧张，激动的是：这是故居 1979 年开放以来最重要的一次接待，也是自己工作以来的最具挑战的任务；紧张的是：怕自己讲不好，讲得不自然，影响故居和淮安的形象。10 月 29 日上午，当胡耀邦从车上走下来，走向故居大门时，季迎上前去。对当时的情景，20 年后季还记忆犹新：“胡耀邦总书记亲切地和我打招呼，我紧张的心情一下子放松了许多。他给我的第一印象就是很随和、很平易近人。他认真地听、仔细地看。在故居接待室，他在留言簿上题写了‘全党楷模’，写上自己的名字后，又要求随行人员签名，在场的头十名随行人员在他签名的左侧挨个签了名。胡耀邦还要求大家向总理学习。”

“全党楷模”是对周恩来的高度概括和评价，反映了人民的心声，很快便从周恩来故居传出驸马巷、传遍淮安、传向全国。

二

1984年之后，江泽民、胡锦涛、习近平同志先后参观了故居。我偶然发现：他们都不约而同地以“楷模”来评价周恩来。

1985年4月14日，江泽民同志瞻仰故居后题词：“我们电子工业战线的广大职工深切怀念周总理，向全党楷模、敬爱的周总理学习。”当时，江泽民已经卸任电子工业部部长，正在赴任上海市市长的途中。

2004年5月2日，我刚到故居工作1个月，便参与接待了胡锦涛同志。2008年2月29日，胡锦涛同志在纪念周恩来同志诞辰110周年座谈会上号召弘扬周恩来精神，并说：“周恩来始终把党和人民的利益放在高于一切的位置，在维护党的团结统一方面堪称楷模。”

2009年4月21日晚，故居又迎来了时任国家副主席的习近平同志。参观时，习近平深情地说：“周恩来同志是共产党员特别是领导干部的楷模。”2015年3月初，中共中央总书记习近平在北京批示：“周恩来的优良作风和优秀品德至今仍是我们学习的榜样。”

三

“全党楷模”来自胡耀邦的题词，来自江泽民、胡锦涛、习近平同志的评价，更来自周恩来永恒的人格魅力。

在周恩来故居工作了10年，我逐渐觉得周恩来绝不是神，而是有血有肉的伟人。周恩来的精神不是万能的，但周恩来的人格魅力无疑是永恒的，堪称全党楷模。

最能说明周恩来人格魅力的，不是那些形形色色的书籍，不是有组织的大规模纪念活动，也不是运用声光电高科技的图片展览，每年几十万自发的、不留名的游客才是周恩来人格魅力的最真切的描述、最隆重的宣传、最生动的展现。桃李不言，下自成蹊。河南省的一对中年夫妻，每年清明节都会千里迢迢赶到故居献上鲜花，这对夫妻既不是高官，也不是“土豪”，只是普通市民。他们向周恩来像献上鲜花后，既不签字留名，也不需要宣传报道，更不让故居安排招待，就匆匆离去。今年春天，我路过周恩来祖茔地（距离故居 3 公里），顺便走进看看，在祖茔地的中央，是一座周恩来平祖坟纪念石碑。走近石碑，我忽然发现一束鲜花，旁边还有两个苹果！鲜花灿烂、苹果飘香，只有无言的石碑知道何人何时来过。

有人说，周恩来当总理后没有回过一次家乡，生前对家乡也没有贡献。在“周家”十年，我逐渐懂得：这正是周恩来人格伟大之处，这也是周恩来堪称“全党楷模”的重要原因。周恩来是以全中国为家乡！是以全中国人民为乡亲！周恩来没有衣锦还乡，但对家乡的贡献不是没有，而是与日月同辉。其人格魅力，是留给淮安乡亲的无形财富，更是留给中华民族的精神遗产。

常听老年人告诫“举头三尺有神明”。秋兵命中注定“举头三尺有总理”。2015 年，我的办公室移至周恩来纪念馆（距故居 1 公里）的西花厅。西花厅分上下层，上层再现了北京中南海西花厅的原貌，下层就是我的办公区。我惊喜地发现：我办公室头上就是周总理办公室。周总理在 1974 年 6 月 1 日离开西花厅后就再也没有回来，总理办公室的灯光早已熄灭，但我明白：全党楷模的精神之光永不磨灭，永远照亮小小邻居的理想与人生。“与有肝胆人共事，从无字句处读书”，秋兵之命也，秋兵之幸也！

在那个阴暗的早晨

蒋　涌

那天清早，我刚划火柴点燃柴火，广播喇叭里传来一阵哀乐，紧接着播音员用沉痛的声音播报：

“周恩来同志……”

我慌忙用火钳一拨灶膛的冷灰，捂灭了柴火，拖着铅重的双腿走到门外。

略透微光的天空布满乌云，院坝里覆盖着一层白霜，远处莽莽群山一尊一尊紧挨紧连黑压压排列迢递，两行热泪簌簌从我麻木面颊上淌下来。

晚上，一群来自四乡八邻的知青们，不约而同来到以往聚首的茅屋。桌上一碟盐水煮胡豆，两瓶蔗皮酒。谁也不说话，谁也不夹菜，一个粗碗在大伙儿的手里递来递去，只有咕咕的喝酒声。

往日相聚大家是多么快活呀！竖箫横笛，提琴二胡，管弦丝竹声响彻山野。某兄拉一手好二胡，兴致一来，经常独奏《奔驰在千里草原》。一日，邻乡关哥凑到他身边屏息听了一会儿，一拍琴师的肩头：“我听见马儿跑了。”琴师得意地一晃头：“这才是手艺。”不想，关哥嬉皮笑脸补一句：“不过，马儿跑得不带劲儿，好像脚杆是跛的。”琴师涨红脸追过去，关哥却拿起锅盖拍打着跳起了新疆舞……

可是，今晚连空气都凝固了。一桌人半数属滴酒不沾的良民，现在像喝白开水似的仰脖灌酒。

“药能医假病，酒不解真愁。”如同家中失了尊长，大伙儿意识到命运的风暴狂吹不止，自己却如断线的风筝。生身能载几多愁！国家像一艘惊涛骇浪中颠簸的大船，眼前不见灯塔，哪儿是港湾？

不久，烈酒在肠胃中发威了。大家不胜酒力，伏在桌上，歪在床下，满桌狼藉，不堪入目。

我头重脚轻跌入了万丈梦幻。

不知何时，一阵如诉如泣的小提琴声引我回现实。翻身走出屋外，一钩弯月微明，只见山坡老槐树下立着一个人影。山野寒气令我打冷战。

琴声哑了，那人并未放下架琴的手。

我猜得出，此刻必定有一串豆大的泪珠，叭叭地打着琴的共鸣箱。

隔了三五天，伙伴们再相聚，人人棉衣上缠了一块黑纱，且印有雪白夺目的字样：

“周恩来总理永垂不朽”。

心照不宣的语言才是最无价的沟通。平时就懒得换衣的知青们，一件佩了黑纱的衣服穿了一月余。

周恩来是云翳荫蔽不了的星斗。他无私忘我，大智大勇，忠诚无畏，从不靠打击别人来抬高身价，视名利为脚底尘埃，始终运用手中的权力报效祖国恩泽同胞。他不是高高在上道貌岸然轻蔑百姓的“官员”，而是高风亮节千秋仰止的公仆。

几年后，我从美国前总统尼克松的回忆录中，看到一段作者动情讲述的中国总理周恩来的故事：在抗日战争期间，面对山河破碎而又同室操戈的现实，周总理十分痛楚地、不无遗憾地对人谈，自己的愿望就是打败日本强盗，那样才可以到母亲的坟前祭奠。他真诚吐诉：“至于我，我今天的一切和我期望于自己的一切，都多亏了我的母亲。她的坟地如今在日本占领下的浙江。我多么想能马上回到那里一次，去清除她坟上的野草。这是一个把自己的一生献给革命和国家的游子能为他母亲做的起码的事情。”

周总理离开我们已经四十多年了。他的平凡，使每个百姓都觉得他是自己家中一位慈祥可敬的成员；他的高尚，使每个仰视过他的风采的人，一眼可以明辨世间的假恶丑。

当我再度漫步青草萋萋的山间小路上，往事如烟，仿佛那些满身泥点的伙伴，正微笑着向我走来。那落在阴暗早晨的泪雨，依然点点滴滴洒心间。蓦然，似见晴空绽开朵朵祥云，有亲切的声音在耳畔叮咛：

“珍惜阳光！”

总理拍了拍我的肩膀

葛勤利　口述　曾祥书　整理

今生有幸，我曾是中华人民共和国武装力量中唯一的一支特殊武装力量——外国驻华大使馆警卫部队的一员。自 1969 年 12 月至 1986 年 5 月，我因执行警卫任务，先后在五一国际劳动节、十一国庆节、毛泽东主席发表《五·二〇声明》、天安门广场临时勤务、长安街路线勤务、驻华使馆固定勤务等重大警卫任务活动中多次见到敬爱的周恩来总理，每当见到总理的时刻，我都激动不已！

最使我终生难忘，与总理零距离接触的是 1971 年的夏天，我团响应伟大领袖毛主席“这样训练好！不然就会变成老爷兵”的伟大号召，完成第一次野营训练后，我所在的通讯连随团部驻扎在北京珠市口西大街 133 号。当时，我在通讯连做通信员工作。4 月 13 日 15 时，连长兴冲冲地走到值班室说：“立即通知四个排长到会议室开会，连部勤杂班的同志也全部参加，本次会议由你葛勤利做记录。”

我通知四个排长后，拿着笔记本走进会议室。连长说：“这是一个紧急会议，根据上级通知，伊朗巴列维国王派遣他的孪生妹妹阿什拉芙公主访问中国，今晚周总理在前门烤鸭店宴请阿什拉芙公主，由于两国没有外交关系，此次阿什拉芙公主访华、周总理宴请属绝密。上级要求我连在做好保密工作的同时，于16时前所有执勤兵力到达指定哨位。全连出动，武装执勤兵员53名，便衣执勤兵员68名。路线勤务由我团一营一连保障，我连左翼执勤保障为四连，右翼执勤保障为三连，烤鸭店正前方为二营六连，烤鸭店正后方为三营九连，烤鸭店楼顶为一营机枪连、团部特务连。我连口令为'组织'，回令为'联欢'。与兄弟连队的联络口令为'军民'，回令为'团结'。正门正哨的信号为'哨兵左转45度，右手手臂直立高举，中指指尖与太阳穴平齐，副哨位反之'。记号为'武装带左侧弹夹三公分处别一回形针'。无线电静默、有线电话关闭，上级所有通知全部由通信员口传。会议结束后，各排立即进行动员教育，确保首长安全，确保此次执勤任务圆满完成。我团团首长、内卫股参谋已到达前门烤鸭店现场，具体哨位、兵员配置由团内卫股负责分配。"

布置完毕，连长问："大家明白了没有？"

"明白了。"

"有信心没有？"

"有！"

连长动员完毕后，我连立即投入到执勤准备当中。当我拿着记录本让连长检查签字时，连长说："你去团临时指挥所，担任团首长的通信员。此次任务非常重要，因团首长的指示完全要靠你口头传达。"我到达设立在烤鸭店一楼的前线指挥部后，先是跟随团首长和参谋人员现场勘察地形，做警卫部署，后又跟通讯股股长检查停放在烤鸭店楼后的三轮摩托车、自行车。通讯股股长对已在摩托车上就位的驾驶员说："这是担任此次任务发放指令、通知的传令员，他让你往哪里开你就往哪里开，可以逆行，但一定要保证安全。"说完我随通讯股股长回到设在一楼的团部前进指挥部备勤。

17时45分，观察哨报告：总理的车队距被警卫目标地1000米。师首长、团首长立即起立，向门口走去，我紧随团长身后，到达门口一看，设在马路中间的调节哨兵也开始挥动绿色指挥旗帜，多年的警卫工作经验告诉我，这是调节哨兵开始指引车队开道车的前行方向，也就是说，被警卫目标即将接近警卫场地。正在这时，师长对我团团长说："总理车辆在门口停驻，下车后要越过马路牙子才能进入便道再走进店里，立即在马路牙子边上设一个哨兵，在总理下车的第一时间，敬礼搀扶总理上便道。"团长看了开道车说："调哨兵来不及了，小葛，你立即站在驻车位边上去。"我扫视了一下驻车位红线，刚刚调整站姿、正整理服装时，开道车从我眼前飞速而过，随着一阵缓缓的刹车声，总理的黑色红旗牌轿车已停驻在我眼前，紧接着，从副驾驶位上下来一位同志，转身将后座车门打开，总理下车后抬头看了看烤鸭店大门，欲向正门走去时，我立即向前迈了一步搀扶总理迈过马路牙子，总理在便道上停下步子，半转身朝我笑了笑，拍了拍我的肩膀，接着信步来到烤鸭店内一层过道，迎接随后即到的公主一行。

我立即后退了两步，为公主及随行人员让道，向总理行注目礼。精神饱满的总理，着一身灰色的中山装，面庞清癯，略带微笑，当阿什拉芙公主行进到总理面前时，总理示意阿什拉芙公主前行，阿什拉芙公主向总理报以微笑后，在工作人员的引领下往宴会厅走去，总理及外交部陪同人员兴致勃勃地在宴会厅就座。

这时，团长示意我返回前线指挥部，和中央警卫团的便衣警卫及店内保卫人员驻守在一层门庭，并对我说："宴会结束时，你仍站在刚才的位置，搀扶总理下台阶及下便道的马路牙子。"我向团长敬礼后答道："保证完成任务。"宴会结束时，周总理陪公主及翻译人员来到一层门庭西门口内侧，主宾分列两边，周总理为公主送行。令我意想不到的是，当总理送走外宾后，转过身来，抬起微弯曲的右臂，微笑着向我们挥手致意，并亲切地说："同志们辛苦了！"当时，我激动得不知说什么好，只是迅速地向周总理敬了一个标准的举手礼！并立即上前做好搀扶总理下台阶的准备，谁知，站在总理边上的一个同志已搀扶着总理，我立即将目光转向站在门庭的团长，团长明白我的意图，朝我挥了挥手，意思是说，我已完成任务。我只好目送总理上车。

在接下来的 4 月 30 日，巴列维的另一位妹妹法蒂玛公主又紧随其后访华，我国政府十分重视。仍然是我团执勤，情况与上次一样，不同的是，当我像上次一样站在总理驻车位旁边，准备搀扶总理上马路牙子时，早已等候在驻车位前边的两位从人民大会堂调来的女服务员接替了我的工作。此刻，我的职责俨然变成了车场哨后。

尽管当时中伊无外交关系，但两位公主都受到总理的热情隆重的接待。两位公主成为中伊建交的最早探路者。1971 年 8 月 16 日，中国与伊朗的代表就在巴基斯坦伊斯兰堡开始建交谈判。中伊发表建交公报，双方“同意建立外交关系”，并“在尽可能短的期间内任命大使”。伊朗“承认中华人民共和国政府是中国的唯一合法政府”。中伊建交后，两国关系迅速升温，高层交往形成一个小高潮。1972 年 9 月 18 日，伊朗法拉赫·巴列维王后在首相胡韦达陪同下应邀访问中国，董必武副主席、周恩来总理等国家领导人会见了巴列维王后，周恩来总理亲自到机场迎接，并几乎全程陪同王后和首相的在华活动。我团分别承担了警卫、路线、驻地等不同的执勤任务。

这个历史瞬间，已过去近 50 年了，但它一直珍藏在我的心里！因当时有保密要求，没对他人讲，但我一直引以为荣！每当想起此事时，就更加怀念他老人家对党、对祖国、对人民鞠躬尽瘁、死而后已的崇高革命精神！更加怀念他老人家日理万机、亲躬力行、平易近人的高尚品德！更加怀念他老人家顾全大局、忍辱负重、将生死置之度外的人格魅力！

敬爱的周总理啊！我们永远怀念您！您永远活在人民的心中！

周总理的风范与伟大人格

邹伯贤　口述　吴绍釩　整理

周恩来总理是老一辈无产阶级革命家，杰出的国家领导人。他兢兢业业，日理万机；他智慧过人，令人折服；他对待工作细致认真；他待人热忱，坦荡无私。他具有非凡的人格魅力，是深受中国人民和世界人民喜爱和敬仰的伟人。

“文革”期间，受中央军委、国务院的委派，我参与了军事接管国家体委的工作。其间，由于我负责国家体委的外事工作，有比较多的机会接触到周总理。我不仅在工作上直接受到周总理的关心、指教与点拨，而且耳濡目染，亲身感受到周总理的风范和伟大人格，这使我受益匪浅。

下面谈一谈我接触到的一些周总理的往事以及自己的一些感悟。

一

周总理作为一国之总理，日理万机，工作繁忙，但他非常重视调查研究工作。“文革”中，国家体委的许多领导人和优秀运动员、教练都受到运动的冲击。当军管会进驻国家体委后，周总理最急切的是想了解到当时体委的实际情况，通过拨乱反正，来振兴我国的体育事业。

记得有一次我随军管会主任曹诚，副主任李青川、付志行去京西宾馆向周总理汇报工作，这是我第一次如此近距离地看到周总理和他的工作作风。当军管会主任曹诚向周总理汇报军管会在入驻国家体委后所做的工作情况时，我看到周总理拿着笔在本子上亲自做记录。他一边听一边细致地了解许多具体的情况和数字，例如，周总理问：现在我们有多少优秀运动员、教练？得过世界冠军的有多少？这些优秀运动员、教练目前的状况是怎样的？没被解放的还有哪些人？等等。我看到周总理在聆听下级汇报的时候，总是两眼炯炯地看着汇报者，聚精会神、专心致志地听着汇报者的讲话。听完后，他若有所思，并不断通过提问，了解更具体的情况，他还凭着超常的记忆力对有些数字提出看法，“就这些吗？”“有没有遗漏？”“这个数字还差不多”。有时在听完汇报后，周总理马上做出判断并提出具体的指示和意见。

记得在周总理接见美国等五国乒乓球代表团全体成员的前一天，周总理将我叫到他那儿，详细询问了工作进展的情况，在他决定接见这五国乒乓球代表团全体成员时，马上联想到了明天接见时的座位安排问题。周总理见我还不知怎么安排，就马上启发我，说：“我看会场设计成圆形好。”今天想来，周总理这种巧妙的会场设计，不仅显示了他的急中生智，一种大智慧的全局观，还显示了他对工作的细致认真以及预判的效果。的确，在当时的氛围下，只有这样的会场设计才合理，这种设计不仅可使会谈者济济一堂，感到温馨，没有高低上下、前后左右、主次之分，同时也内蕴着一种象征意义。

在接见日本乒协主席后藤钾二时要送礼物，总理问我：“你们准备送什么礼物？”我说：“我还不知道。”总理看着我，幽默地说：“不知道，这怎么能行？万一是个炸弹怎么办？今后做任何小事都要弄清楚，尤其是送客人的礼物更要直接过目。”

在王猛任体委主任时，所有体委上报的文件都应由王猛签字。一次，王猛恰巧不在，于步血副主任在一份上报材料上签字后，派人给总理送去。总理看到签字后批评道："应由王猛签字，上送文件应由主管负责人签字，下级不能代主管签字。"

周总理的这种大局观和细致认真的工作作风以及分工明确的工作要求，体现了一种领导者的管理艺术，他的这种工作作风和要求，真值得每一个人学习。

二

我第一次向总理汇报工作时，就坐在总理的身旁，心中自然十分紧张。总理炯炯有神地看着我，也许看到我神情有点紧张的样子，为了缓解我紧张的心理，他并没有直截了当地问问题，而是和蔼地问我："邹伯贤，什么地方人啊？"我说："籍贯江苏海门，老家在江苏盐城。""哟，我们还是老乡啊。你现在家里情况怎样？原来在哪里工作？"我简单地回答了总理之后，心情也随之平复下来，神情也不紧张了，而后我才向总理汇报工作。

在我们去机场接待美国乒乓球代表团和哥伦比亚乒乓球代表团时，发现其中一间机场休息室里有一条中英文对照的毛主席语录：美帝国主义和一切反动派都是纸老虎。我和吴晓达觉得这个休息厅显然不适合接待美国乒乓球代表团。我们马上赶到民航局办公室向他们领导讲清意思，请民航局再开一个休息室。但得到的答复是，另一个机场休息室要政治局委员以上领导来才能开放。此时，机场的扩音器里已播出美国乒乓球队和哥伦比亚乒乓球队乘坐的飞机马上要降落的消息，马上打电话请示总理的话时间已经来不及了。我和吴晓达只好临时决定，两队合用一个休息室。从而导致了在一个休息室里同时接待两个国家的乒乓球代表团，这在客观上造成了不好效果，即在接待时，记者们纷纷到美国乒乓球队前去采访，却很少有人去采访哥伦比亚乒乓球队，这就形成了一冷一热的场景。

事后，周总理在召见我时，特地询问了在机场上发生的这件事。批评我们在机场接待时，对美国队太热，对哥伦比亚队太冷，“这怎么能行呢？”当我如实把情况向总理汇报、解释后，总理说：“你当时为什么不打电话给我？”我说：“当时时间已经来不及了。”总理停顿了一会儿，看着我，很理解我们当时的处境，只是告诫我说：“外交无小事。下次办事一定要注意。”

作为一国总理，不道听途说，通过了解，分清是非，体贴下属办事时的客观环境和原因，做出明智判断，激励下属努力工作，把工作做好，这是一种领导风范。只有体贴下属的心情，才能激励下属在以后工作中把事情做好。我想，周总理尚且如此，作为大大小小的各级领导也应学习周总理的这种修养。

三

身为泱泱大国的总理，周总理平时生活很节俭。在他的办公接待室，前面是一张办公桌，一把椅子，办公桌前是一排长条凳。由于总理办公要到深夜或通宵，所以总理一般都要睡午觉。有一次，我被周总理召见，来到这间接待室时，工作人员才叫醒总理。我看到周总理洗了一把脸，工作人员为他泡上一杯茶，在桌上摆上一小碟花生米。他一边喝茶，一边嚼一两粒花生米，在提神之后，才开始开会，了解和布置工作。总理的生活不崇尚奢华，他过的就是如此简朴的生活。

在军管国家体委时，平时工作我都是身穿军装。这次由于我要去机场迎接美国乒乓球代表团和哥伦比亚乒乓球代表团，不适宜穿军装，所以我第一次穿了一套从体委出国人员服务处借来的毛料中山装。当我出现在周总理面前时，他仔细地打量了我一下，面色很严肃地问我：“这套衣服是最近做的吗？”我说：“不是，是公家的，用后归还。”总理听我解释后，脸色马上转变过来，朝我笑了笑，说：“我们的生活要节俭啊。”

节俭是君子之德，人生的法宝。作为堂堂大国的总理，周总理言传身教，从自身做起，注重生活细节，崇尚节俭。这种好传统真值得我们继承，发扬光大。

四

有一次，在我们接待非洲球队时，周总理接见了我们，问我们如何安排球队的活动。当时外交部计划安排这个球队去参观天津纺织厂。周总理知道后问我："邹伯贤，你们是怎么考虑的？非洲比较落后，参观纺织厂是不是太脱离非洲实际了？我们应该要结合非洲的实际情况，来展示中国的土特产。"周总理见我不作声，马上转过头来，看着也在旁边的外交部的同志，问道："是你们安排的？"外交部的同志说："是我们安排的。"周总理指着我说："邹伯贤，我对你批评错了。"

知错当面能改，这种优秀品格是可贵的。人们常说以小见大，人的优秀品格不应在人的特殊行动中来衡量，日常生活、平凡小事，就是衡量优秀品格的试金石。作为一国的总理，知错能当面改正，这是一种高尚品格的表现，也是一代伟人周总理的优秀品格。

五

一位日本运动员参加完活动后回国要结婚，周总理知道后，告诉我："替我送两瓶茅台酒给他，祝贺他。酒钱我付。"我听后遵嘱办理。事后，总理知道我们体委已将两瓶茅台酒以他的名义送给这名日本运动员后，马上叫他的秘书将他出的两瓶茅台酒的酒钱送了过来。

言必信，行必果。这是我们中国优良的文化传统，一个人说的每一句话、做的每一件事都体现了其自身的品格。周总理就是这样一位言行一致的领导人。

六

由于处在特殊历史时期，国家体委军管会的领导只有主任、副主任等称呼，没有明确的工作职务。这导致了在对外接待工作中，无法介绍自己的职务。这是一件棘手的事情，也不利于体育外交工作的开展。

当时我作为体委军管会中负责外事的领导，随周总理、郭沫若副委员长在人民大会堂接见了亚洲乒乓球协会主席、日本乒乓球协会主席后藤钾二一行，在与他们商谈我国参加第三十一届世界乒乓球锦标赛之事后，《人民日报》记者立即写了一篇报道送周总理审阅。周总理看后对我说："邹伯贤，怎么没有你的名字呀？"我说："我是工作人员，就不必报道了吧。"周总理说："这怎么能行？"说完，拿起笔在报道稿的边上批注，加上中国乒乓球协会秘书长邹伯贤。他还补充说："有个头衔有利于外交工作。外国人是很相信'秘书长'这个头衔的。"这样我就有了一个"中国乒乓球协会秘书长"的头衔了。正因有了这个头衔，我去深圳迎接国际乒联主席罗伊·伊万斯以及在后来的乒乓外交活动中，就显得名正言顺，有利于开展工作。后来，在我接见刚果人民军足球队之前，为了名正言顺，有利于工作，周总理又给我加了一个头衔：中国体育总会副秘书长。以后在除乒乓球活动以外的体育交往中，我都是以这个身份参加活动的。

在这特殊的历史时期，周总理审时度势，给军管国家体委的几位负责人都安排了恰当的头衔，这都是为了有利于当时开展体育外交工作。由此可看到周总理在外交工作中的丰富经验与领导艺术。

七

"文革"期间，文艺、体育活动很少。有一次，周总理办公室的钱秘书给我打电话，向我要几张外国球队比赛的球票，我立即将比赛的球票寄去。到那天比赛时，周总理发现身边工作人员少了，问值班秘书：

“人都到哪去了？”值班秘书说：“都看球去了。”总理批评道：“以后再也不许随便去要球票。”

从以上几件事中看出，周总理是个高尚的人。在工作中，他分清是非，不随便对下级下结论，以身作则，细致认真，事事处处说到做到，对下级体贴入微，同时又严格要求下属和自己。周总理的伟大人格和模范言行对我以后的工作和生活都产生了极大的影响，使我经常回想这些往事，激励我努力工作，向敬爱的周总理学习，做一个高尚的、有道德的人。

绵绵思念无绝期

樊笃涛

来了，来了，一架银灰色飞机连同那万道霞光穿云而来，徐徐地降落在延安机场。1973 年 6 月 9 日上午 10 点，当飞机的舱门打开，欢迎的人们惊喜地发现，陪同越南客人到延安参观的竟是深受人民爱戴的周恩来总理。他走下舷梯说的第一句话是：“我又回到家里来了！”

“周总理回来了，周总理回来了！”周总理回延安的消息便在最短的时间里以最快的速度在延安这座山城不胫而走。

是啊，回家了！对于延安这块红色的土地，周总理既熟悉又陌生。熟悉，是因为他和党中央、毛主席在这里生活战斗了 13 个年头，对这里的一草一木都倾注了深厚的感情；陌生，是因为周总理自 1948 年离开陕北以后日理万机，再没有回过延安。

从周总理踏上延安的那一刻算起到次日早晨 8 点乘机离开，他在延安停留了短短 22 个小时，22 个小时啊，1320 分钟，79200 秒，周总理是用分、秒来计算和安排自己回延安的工作、生活的。

周总理在延安住下后，稍作休息，马上前往与宾馆一墙之隔的凤凰山革命旧址参观。从宾馆到凤凰山革命旧址不到千米的距离，被闻讯而来的群众围得水泄不通，以至于在周总理一行参观结束返回宾馆的时候汽车无法通过，他们不得不走由警卫、战士保护的特别通道。此时，欢呼声、掌声响成一片，热烈的气氛令人难忘。

据时任延安地委书记的许效民同志回忆，中午吃饭的时候，周总理情深意长地对在座同志们说："延安人民哺育了我们，使我们取得了全国革命的胜利，但是延安的农业很落后，我们对不起延安人民。"说完这句话，他向延安地委的领导提出了一个问题："延安能不能三年变面貌、五年粮食翻一番？"大家异口同声地说："行！"听到大家这个保证后，周总理动情地说："好，我就要你们这句话！"他马上叫服务员拿来茅台酒，给在座的每人斟了一杯，周总理含着泪说："为延安三年变面貌、五年粮食翻一番干杯！"他还承诺："你们五年粮食翻一番，我一定再来延安！"

周总理很激动。碰完杯，他又和在座的每个人一一握手。由于用力过大，双手碰到一起时竟然发出"啪啪"的响声。这个情景被服务员看到后在当地传为美谈。延安人民说，为了"三年变面貌，五年粮食翻一番"目标的实现，地委的领导和总理"击了掌"。在延安人民看来，"击掌"就是发誓的意思，一诺千金，其意自明啊！

午饭后，大家都休息了，周总理却没有睡意。他悄悄地叫上身边的工作人员，开着一辆吉普车不声不响地向宝塔山驶去。他对身边的同志说："我在延安住了十年，没有上过宝塔山，在这里可以看到延安全景。"是啊，在延安的日日夜夜，周总理时时刻刻思考、关注中国革命，他哪里有时间去登宝塔山，细细打量延安的山形地貌、逍遥山水？在宝塔山的山坡上，在绿树嫩草中，点缀着几枝山丹丹花。山丹丹花正开当时，那璀璨鲜艳哟，狂放、苍劲、纯粹、水灵，骄傲而倔强，使人燃烧起生命的激情。周总理望着山丹丹花说，山丹丹花没有显赫的身世，粗野山间便是它生命的土壤，没有谁为它的成长付出半丝呵护，也没有谁为它洒下一滴生命的养料，但它顽强地活着，活出自己的亮丽和风采，它多像我们中国共产党人啊。同车的要下去采摘，但被他制止了。在宝塔山上，周总理环视全城，若有所思，他细细地看着宝塔山一个牌子上面写的《复电》的内容。当看到“要保持陕甘宁边区的工作人员中所具有的艰苦奋斗的作风”的文字时，颇有感触地说：“战争的创伤恢复了，但文化经济建设还有问题。农业落后，粮食没有过关，现在有不少同志艰苦奋斗的精神不够了，有的忘掉了。希望延安的同志恢复和发扬延安革命精神，加快步伐，把延安的建设迅速搞上去，把人民的生活搞好。”

下山的时候，群众发现了周总理的汽车，几千名群众向周总理的汽车拥来，汽车只能在群众的簇拥下缓行。当时延安市通往宝塔山还没有公路，车行进到小南河河道中，司机本想加大油门冲过小河，但周总理怕河水溅湿群众，让司机减速慢行。不巧汽车突然熄了火，车停在了河中间。此时，周总理打开车窗，将手伸出窗外和群众握手。看到无比亲切的周总理，无数群众是那样的齐心协力，肩扛手抬，硬是把车抬过了小南河，这是延安人民对周总理丰功伟绩感念的一次力的展示，也是延安人民对周总理深厚感情的一次爱的迸发啊。周总理，您就静静地、静静地坐着吧，让咱延安人民抬着车子、抬着崇敬、抬着向往、抬着怀念，走向对岸、走进历史、走进一代一代延安人民的心中。

从下午 3 点开始，周总理陪同外宾参观枣园、杨家岭、王家坪等革命旧址。周总理曾经在枣园住过很长时间，这次他陪同外宾故地重游，情绪格外兴奋，走一路说一路，一草一木，一感一念，几十年前的事都记忆犹新。

当年毛泽东、周恩来、朱德、刘少奇等领导人住在枣园的窑洞里，一人一个小院子。领导人住过的窑洞大都挂了牌子，刘少奇住的窑洞没有牌子，衰草迷离，门窗破败。周总理在此伫立了好久好久。此刻他在想什么呢？想金戈铁马岁月，他与战友们夜以继日思考、研究和指挥夺取中国革命的胜利，还是哀叹和平年代战友受到的羁绊与不幸，他流泪了，一滴晶莹的泪珠顺着清癯的面颊流下来，在阳光下是那么明亮，那么动人心弦。当走到枣园下面的平房时，讲解员指着两间房子说：“这里是周恩来的秘书居住的房间。”

“不对，这是陈伯达住的房间。”也许周总理的情绪遭到了压抑，他当即更正讲解员的介绍，“是谁住过的就是谁住过，要尊重客观历史。”

后来在延安革命纪念馆里，周总理将纪念馆的领导人叫到面前，对他们说：“你们纪念馆里的陈列只有毛主席、朱老总、任弼时、陈云和我，这是中央领导人的一部分人，还有当时的领导人，如刘少奇、邓小平，以及许多老帅都没有，这不符合客观历史。今天上午，我看见枣园里刘少奇的窑洞没有牌子，为什么不挂牌子？现在是现在，不能连历史都不要了嘛！”

在场的人好像有点儿不相信自己的耳朵，这是周总理讲的话？他们犹豫地问：“可是这些人是被打倒的。”周总理异常严肃地说：“现在是现在，过去是过去，共产党人要尊重历史！”

参与周总理此行出访的刘民立同志在他的回忆文章中这样记述了周总理此行的活动日程：“就 6 月 9 日访问延安这天说，总理早上 7 点多起床，9 点多乘飞机从西安出发飞往延安，白天参观、座谈，晚上陪同外宾看演出，之后又找省、地区负责人谈话。谈话结束时，已经是 6 月 10 日凌晨 1 点多了，这一天他整整工作了 18 个小时，我清楚地记得那夜周总理谈话结束后和在场的同志一一握手告别。我看到周总理疲倦的身子，实在不忍心打扰，故意走在最后，但总理看到后仍然站在门口等我，当我抓着周总理亲切而软弱无力、热汗津津的双手时，我的心几乎碎了。”这就是周总理在延安紧张而有序的工作和生活啊。

6 月 10 日上午 10 时，周总理陪同外宾登上飞机离开延安，临走时，他留给延安人民最后一句话是：“延安建设好了我再来！”后来，我们才知道：1973 年，周总理身上的病情已经很严重了，但他丝毫没有考虑自己，还是以只争朝夕的精神忘我地工作；他为延安的领导改变落后面貌的决心而干杯；他承诺等延安三年变面貌、五年粮食翻一番的时候还会回来，他和延安的同志亲切交谈亲如一家……这一切让人们一想起来就为之动容。

在 3 年后那个料峭的早晨，周总理永远地离开了我们。他许下的“延安建设好了我再来”的诺言也无法兑现，但他在延安度过的紧张的22 个小时却永远清晰地留在延安人民的记忆里，并铭刻在一代一代人的心中。

1998 年 3 月，周总理诞辰 100 周年之际，陕西毛泽东诗词研究会举办了“纪念周恩来同志诞辰 100 周年诗歌、散文大奖赛”活动，出版了获奖作品选《光照人间》。很荣幸，我的信天游《周总理回延安》被收录：

一道道川来两道道山，常忆起周总理回延安
七沟八坡一道道梁，涌来男女老少一行行
惊天动地的锣鼓敲起来，风风火火的秧歌扭起来
延河留住总理的车子不让走，想与总理拉个够
一声号子响不断，汉子婆姨齐向前
车重不如情意重，手抬肩扛对岸行
荞麦开花白生生，咱延安人保持当年好作风
总理回头鞠一躬，深情铭刻咱心中

律己尽责的楷模

罗元生

2018 年是开国总理周恩来诞辰 120 周年，离开我们已 42 年的总理，用他跨越时空的人格魅力和精神风范，教育和引导着我们在新时代新征程中履行好自己的职责使命。

一

圣贤的历史，本质上是一部“克己”的历史。生活中，在内心深处，周恩来是一个最低标准甚至不够标准的平民，是世界上最平民化的总理。一次他出国访问，内衣破了送到我驻外使馆去缝洗。大使夫人抱着这一团衣服时，泪水盈眶，她怒指着工作人员道：“原来你们就这样照顾总理啊！这是一个大国总理的衣服吗？”总理的衬衣多处打过补丁，领子和袖口已换过几次，一件毛巾睡衣磨得像一件纱衣。总理在中南海西花厅办公，一直住了 25 年。这是座老平房，又湿又暗，工作人员多次请示总理，总理都不准维修。终于有一次，工作人员趁总理外出时将房子小修了一下，于是《周恩来年谱》便有了这一段记载：1960 年 3 月 6 日，总理回京，发现房已维修，当晚即离去暂住钓鱼台，要求将房内的旧家具全部换回来，否则就不回去住。

“自居于领导，自居于改造别人的人，其实自己首先需要改造”。1972 年 6 月，年满 74 岁的周恩来在一次长篇报告中说：“这几年，我常说，学习马列主义和毛主席思想，做到老、学到老、改造到老，但做起来也并不容易。把读好马列主义和毛主席的书同革命实践结合起来，不断改造我的思想，提高我的工作能力，改正我的工作作风，发挥集体领导能力，这对我永远是一个改不完的任务。”这是他的肺腑之言。总理身居高位长达半个世纪，始终不沾、不染、不惑，这需要多么顽强的毅力啊！他所说的“学”和“改造”，最主要就是坚持公心的培养和对私心的自我约束，也可以说是克己奉公，这就是他的党性修养。

1976 年 1 月 8 日，周恩来逝世时，设在美国纽约联合国总部门前的联合国旗降了半旗，这是非常罕见的事。一些国家感到不平了，他们的外交官聚集在联合国大门前的广场上，言辞激愤地向联合国总部发出质问：我们国家的元首去世，为何没有这种待遇？当时的联合国秘书长瓦尔德海姆站出来，在联合国大厦门前的台阶上发表了一次极短的演讲，总共不过一分钟。他说：“为了悼念周恩来，联合国下半旗，这是我决定的，原因有二：一是，中国是一个文明古国，她的金银财宝多得不计其数，她使用的人民币多得我们数不过来。可是她的周总理在外国银行没有一分钱存款！二是，中国有十亿人口，占世界人口的四分之一，可是她的周总理没有一个孩子。你们任何国家的元首，如果能做到其中一条，在他逝世之日，总部将照样为他降半旗。”说完，转身离去，广场上的外交官们哑口无言了，随后响起雷鸣般的掌声。

二

周恩来历来严格要求亲属，一律不容许搞特殊化。他自己带头，并要求高级领导干部要做出表率。他在讲“亲属关”时指出：“对亲属，到底是你影响他，还是他影响你，一个领导干部首先要回答和解决这个问题，如果解决得不好，你不能影响他，他倒可能影响你。……我呼吁我们的领导干部，首先是我也在内的这407个人应该做出一点表率来。不要造出一批少爷。老爷固然要反对，少爷也要反对，不然我们对后代不好交代。”

总理同胞兄弟三人，他是老大，老二早逝，三弟恩寿。恩寿在新中国成立前经商，为我党提供过不少经费。新中国成立后安排工作到内务部，总理指示职务要安排得尽量低些，说因为他是我弟弟。后恩寿胃有病，不能正常上班，总理又指示要办退休，不上班就不能领国家工资。曾山部长执行得慢了些，总理又严厉批评说：“你不办，我就要给你处分了。”

他从不把权力用于照顾自己的两个弟弟和几个堂兄弟的晚辈们，对他们明确规定和实行了十条家规：一是晚辈不准丢下工作专程来看望他，只能在出差顺路时看看；二是来者一律住国务院招待所，住宿费由他支付；三是一律到食堂排队买饭菜，有工作者自己买饭菜票，没有工作者由他代付伙食费；四是看戏以家属身份买票入场，不得用招待券；五是不许请客送礼；六是不许动用公家的汽车；七是凡个人生活上能做的事，不要别人代办；八是生活要艰苦朴素；九是在任何场合都不要说出与周恩来的关系，不要炫耀自己；十是不谋私利，不搞特殊化。

组建政务院时，很多党内外人士都推荐邓颖超到政务院担任部长，总理斩钉截铁地说：“只要我当一天总理，邓颖超就不能到政府里任职！”全国妇联恢复之际，大家又推荐邓颖超担任主席，他还是不同意。1955年评定工资级别时，邓颖超本来定为五级，周恩来又“出面干预”，把她下划定为六级。1959年国庆节上天安门城楼的名单里，本来有邓颖超的名字，他看到后又划掉了。1974年12月筹备全国四届人大一次会议时，毛泽东同志把组阁的人事大权交给了周恩来同志，中共中央政治局建议安排邓颖超担任全国人大常委会副委员长，并得到了毛泽东的亲笔批准，周恩来压下了毛泽东的这个批示，又一次限制邓颖超“升官”。直到总理逝世后，邓颖超才担任了党和国家领导人的职务。1982年4月，邓颖超对侄辈们说：“现在我当副委员长，又是中央政治局委员，这些工作都是党分配的，如果你们的伯伯在世，他是一定不会让我担任的。”

三

周恩来曾多次表示：“对人民，我们要如对孺子一样地为他们做牛的。要诚诚恳恳、老老实实为人民服务……人民的世纪到了，所以应该像头牛一样努力奋斗，团结一致，为人民服务而死。”这是他对工作的态度和对人民的真情流露。

革命战争年代，周恩来忘我地工作，为建立新中国做出重要贡献。新中国成立后，周恩来作为一个大国的总理，要管理的事务更加纷繁复杂、千头万绪，工作的繁忙程度是无法用笔墨描写的。对此，李先念在《和人民一起——纪念周恩来同志》一文中概括了周恩来一生勤奋工作的精神，他说：“周恩来同志勤奋刻苦的工作精神，达到了惊人的程度。在‘文革’以前的几十年中，他平均每天都工作12个小时以上，有时每天只休息五六个小时，专心一意，日夜操劳……中国共产党确实因为有周恩来同志而增添了光荣，中国人民确实因为有周恩来同志而增添了自豪感。”总理作为人民的公仆，为人民无私奉献了自己毕生的精力和才华，可以说已达到了无以复加的程度。就在他生命垂危之际，所惦念的仍然是死后如何为人民服务，这是世界上绝无仅有的。

由于“左”的错误和自然灾害的影响，1959年至1961年国民经济极其困难，粮食大幅度减产，城乡粮食供应普遍紧张，大批人患浮肿病，甚至非正常死亡。1960年春夏之交的存粮，北京只能供销7天，天津只能供销10天，上海几乎没有大米库存。面对如此严峻的“粮荒”形势，周恩来忧心如焚，寝食难安，一面参与调整农村政策，恢复和发展粮食生产，下决心大量进口粮食，一面亲自组织安排粮食的调运工作。据文献档案记载，1960 年 6 月至 1962 年 9 月的 2 年 4 个月中，周恩来同志关于粮食问题的谈话就有 115 次。从现存的总理办公室退给粮食部办公厅的 32 张表格中，周恩来改动的笔迹有 994 处，仅《一九六二年至一九六三年度粮食生产产量和征购的估算》这张表格，周恩来用红蓝铅笔做的标记就多达 145 处，调整和修改数字 40 处，批注数字 70 处，批注文字 7 处，在表格旁边计算数字 6 处，真实地再现了周恩来关心人民疾苦的拳拳爱心。

1972 年 5 月 18 日，周恩来被确诊患了膀胱癌。得了绝症之后的周恩来，依旧完全把个人生死置之度外，殚精竭虑地以病危之躯支撑共和国的大厦，化解党和人民的危机，尽其所能地减轻“文化大革命”造成的损失。总理有时连续几天每日工作 24 个小时，直到 1974 年 6 月 1 日才住进医院。周恩来在生命的最后 19 个月里，一面治疗（包括输血 89 次，做大手术 6 次、小手术 8 次），一面工作（包括在党的十大作政治报告，在四届全国人大一次会议做《政府工作报告》，会见外宾 63 次，与人谈话 233 次）。有时躺在病床上一边输液一边工作，有时甚至在输液过程中拔掉针头去工作，体重由原来的 130 斤下降到只有几十斤……说总理为人民操劳至死，决非虚言。

伟大的人格如河汉星辰，直可穿越时空而光芒长存。当年，美国前总统尼克松在接受采访时感慨：“是周恩来的人格力量说服了我。”今天，在新时代新征程中，我们纪念他、学习他，从他光辉的一生中感悟到共产党人的力量。

周恩来与柞水老中医

徐祯霞

在我们当地，有一个接骨医生，名叫王家成，在山城柞水，算得上广有名气，因其擅长草药接骨，而又多能接好，故在县域内外，美名盛传，远远近近的人不小心骨折了都会来请他医治，而他又都会细心认真地非常负责地为病人接治。

王家成是一名中草药医生，一生颠沛流离，四处奔走。在战争年月，为战士和伤员看过伤，新中国成立后，在我的老家下梁镇，也就是原来的西川乡马坪村落户，在那儿做了一名赤脚医生，因其无儿无女，便住在生产队的公房里，过着行医的生活，虽然生活无着无落，但因其医术精湛，博得响名。王家成个小，面黑，虽然其貌不扬，但古道热肠，心地善良，颇得众望。

因王家成医名在外，1971 年中央召开全国医药工作者会议，经过层层选拔，赤脚医生王家成获选，入京参会。这次入京开会，于王家成来说，可是一生中从未有过的大事，他这一生，连陕西都没有走出去过，而现在，要去首都北京参加这种规格的会，而且还能见到伟大的周恩来总理，这是一种怎样的殊荣呀，这个干瘦的老头又惊又喜，战战兢兢，生怕有负总理的厚望。

王家成坐着火车一路颠颠簸簸，经过了一天一夜才来到北京，初来北京的王家成，犹如刘姥姥进大观园，从柞水那样一个遍地是山的小县城突然一下子来到了首都北京，他不知道该怎么坐车，不知道该怎么走路，幸好有工作人员陪同，要不然，根本是连东南西北都分不清的，更甭说是中南海了。

周恩来总理是在国务院会议室里专门接见这些赤脚医生的，与王家成一道的还有其他来自全国各地的老中医，他们均是来自各省的名医，医术医德都是非常让人推崇的，总理想和他们探讨全国医药行业的情况，尤其是最基层的医药环境是什么样子，老百姓生了病有没有人救治，怎么救治，赤脚医生都能覆盖到什么程度？总理啊总理，为老百姓可谓是鞠躬尽瘁，操碎了心！

这一天，是1971年2月17日，下午3点40分，周总理在国务院会议室里接见了来自全国各地的14位赤脚医生，这次会面对于这些赤脚医生来说，是人生的一场最庄重最郑重最隆重的一次会面，个个都很激动，他们不仅兴奋，而且情绪高涨。

王家成也不例外，他做梦也没想到自己会来北京，会受到敬爱的周总理的接见。他和其他人一样，又紧张又兴奋，瞪大眼睛等着周总理的到来，那一刻，空气就像凝滞了一样，会议室里安静得掉下一根针都能听得见。

一阵朗朗的笑声传来：“不好意思，让大家久等了，最近工作一直忙，没顾上见大家。”笑声未结束，总理就走进了会议室，他穿着一身灰色的中山装，迈着大步，急匆匆地走进会议室中央，微笑并和蔼地同大家打招呼。见到周总理这么亲切，王家成却突然不紧张了，原来总理和大家一样，这么平易近人，这么和善，就像自己常常见着的熟人和邻居，他的紧张情绪一下消除了。

总理向众人环视了一眼，说：“最近工作一直很忙，让你们大家久等了，想见见你们，主要还是想跟你们了解和探讨一下全国医疗行业的情况！”说完，他冲大伙笑笑，然后看了看名单，对一个赤脚医生说：“你会汉语？”他回答说：“会一点儿！”总理又问：“你是云南的？”答曰：“是。”总理又问了他们那儿公社生产队的情况，又问了他们的生产、生活、医疗和教育情况，最后总理又问：“你们五九年就办了卫生室，是医生教的，还是自学的，药品从哪里来？”答：“我跟人学了20多天，后来解放军来了，我就跟解放军学了！”总理好奇地问：“你那时多大？”“十七八岁！”总理欣赏地看了看他，说：“好样的！”

问完了云南这位赤脚医生，总理向人群中扫了一圈说：“王家成，陕西的中草药医生王家成在哪儿？”王家成赶忙应着说：“总理，我在这儿！”

总理朝他所在的方向走了过来，说：“你就是王家成呀！”向他伸出了手，王家成看着总理，将自己的手使劲地搓了搓，才伸出来，他害怕自己粗糙的手硌着了总理，总理见状，和蔼地笑了。

此时此刻的王家成，觉得自己像是在梦中一样，他是一个乡村赤脚医生，多少年都一直生活在秦岭大山中的柞水，连西安都很少去，没想到能受到周总理的接见，并且总理那双经常批阅公文的手能和他的手紧紧地握在一起，他既兴奋，又百感交集。这一刻，应该是他从医几十年最大的光荣。

总理亲切地看着这个清瘦的老人，问：“你是草医，懂得接骨？”王家成小心地说：“嗯，是，用手法复位，上小夹板，用草药敷！”总理又问了王家成所在的生产大队的人口、生产生活和自然条件，继而又问：“你们专管骨科的医生有几个，会不会接生？”在当时，医疗条件差的情况下，妇女生孩子是农村中最危险的一件事。王家成说：“有三个赤脚医生，一个帮我接骨，一个到公社制药，一个女的正在学接生！”总理放心地点了点头，又接着说：“你还教徒弟，不保守，开通，这是对的。”看着他脖子上拳头大的包，怜惜地说：“你到前面来坐，你脖子上长了什么（指甲状腺肿大）？是否与水土有关，是不是缺碘？”用手指了指卫生部门的同志说：“看，你们就不为他服务。”又关切地问：“你们那里这种病多吗？”王家成说：“以前多，现在吃碘盐好多了！”

接着，王家成向总理汇报了他接骨和传授的情况，听完他的汇报，总理说：“展览会上有你的方子和草药吗？”王家成说：“有！”总理问：“那你接骨多少天可以好？”王家成不假思索地说：“一般 1 个月，年轻人更容易些，少数只 1 个礼拜。”总理又问：“小队给你记工分吗？”王家成说：“每天 10 分。”总理欣慰地说：“你收入不多嘛，有没有零花钱？”王家成说：“没有。困难的国家有些补助，每季 10 多元，买点布做衣服穿！”总理叹了一口气说：“你们听听，比淮河流域的还苦。”

总理又问了其他一些赤脚医生的医疗技术和当地的生产生活情况。

问完后，总理对赤脚医生们说：“你们对卫生部还有什么要求和批评，只管说，今天是开门整风，从国务院起都可以批评。今天来了 14 位赤脚医生，还有 15 个省市的没来！”总理一一回忆了 15 个省，然后说：“报告的时间拖长些，总要像个样子，再推荐到主席那里去。”

最后，总理对大家说：“今天你们 14 位赤脚医生各有长处。你们还要不断努力，不要独善其身，共产党员要推广先进，学的东西要推广到公社县。不要把话说绝对了，病的治法，总有两种可能。一种治好，一种治不好，治好了也不一定是根治。像开刀，有时也有后遗症。医疗总是不如预防，预防可以避免，有生命力总是预防为好，人体也是有抵抗力的，但人的自然衰老就不行。运动、空气、营养，其中运动最重要。主席思想就是告诉我们这个，不要话说满了。但是你们要下决心去学、去摸，赤脚医生还要进修嘛！这次只见到你们 14 位，还有其他省份的赤脚医生没在，请你们向他们致意，下次有发展就都请来，也许有个别要淘汰，希望你们要前进。”

总理顿了顿，又说：“你们（指赤脚医生）不要改行，现在就声明，不要下次找不到你们了。青年人可贵，过去叫‘后生可畏’。我们在主席思想的培养下，应该希望人家好，别人比自己更好，要成为模范。你们要把弟弟妹妹教好！”

在场的赤脚医生们见总理有些累了，都请总理休息，时间太久了，并纷纷激动表示，要听毛主席的话，以实际行动决不辜负党的培养和期望，要为贫下中农服务，干一辈子赤脚医生，为贫下中农服务一辈子。

总理表态说："给西藏的药一定要送到，你们还缺哪些药品，向卫生部提出来。你们（指赤脚医生）要一辈子跟毛主席干革命！"

格桑、陈士荣、王家成等赤脚医生都激动得热泪盈眶。

最后，总理说："你们要先抓典型，七一年的要好好抓，先抓三分之一，这是很大的工程，不要掉以轻心。我们相信，毛主席的伟大思想一定要实现，我们相信在你们及青年人身上可以实现！"

说完，总理一一和大家握手。

所有赤脚医生起立热烈地鼓掌，掌声久久地在空气中回荡，也久久地回荡在王家成的心中。

也就是在这一次，王家成的大脖子病在总理的悉心安排下得到了切除，多年长在身上的肿物终于得以摘掉了，他怀着感恩的心回到了柞水，多年来，他一直记着周恩来总理的话，用自己的医术服务于人民服务于社会。

3 年后，王家成参加四届全国人大一次会议，再次受到周总理的接见。

后来，王家成又参加一次全国会议，再一次受到总理接见。

王家成的一生，因为医术上的成就，3 次受到周总理的接见，这于一个无儿无女的乡村赤脚医生，简直是一种莫大的幸运和荣耀，正是基于这种精神上的动力，王家成一直在医药行业上不断地探索。

后柞水成立了中医院，王家成受聘于骨科，开展中草药骨科门诊。他在中医院期间，研发了龙藤须散片和马铜砖片，获得全国科技大会嘉奖，他研发的治疗风湿的盘龙七片和药酒，名扬海内外，而且生产厂家成了柞水的龙头企业。一个乡村赤脚医生，因总理的关怀，殚精竭虑，不遗余力，发挥自己的全部潜能，成了一个造福一方的智者。现在，人们谈到盘龙七药业的时候，就会想到王家成，想到王家成，就更会想到一心一意为了全国人民创造幸福生活的周恩来总理。

1985 年，78 岁高龄的王家成去世了，但是他和周恩来总理的故事一直在柞水民间流传着，现在，在盘龙七药业公司，还存有王家成在北京受到周总理接见的照片，这个故事让一代一代的柞水人铭记着周总理的爱和关怀，虽然我们地处大山深处，但国家没有忘记我们，总理没有忘记我们，总理用他的拳拳赤子之心关心着祖国大地上的每一个人，从而激励我们更加发奋图强，努力建设自己的美好家园。

时下，我们每一个人能够生活得安稳，生活得幸福，则是对总理最好的纪念和怀念。

周恩来故居瞻仰记

周建道

“镇淮楼畔浮云白，驸马巷前夕阳斜。”怀着无限缅怀和敬仰的心情，我来到了位于江苏省淮安区的周恩来故居。

一进入狭窄、古朴的驸马巷，我们第一眼看到的故居大门上方的“周恩来同志故居”门匾，在阳光下熠熠生辉，那是由邓小平同志在 1984 年题写的。穿过故居正门，胡耀邦同志题写的“全党楷模”四个大字，让我的眼前浮现出周总理伟大的人格和光辉的一生。“伟人已去，风范长存”，青砖、灰瓦的周恩来故居，古朴、肃穆，让我和千千万万来到这里的瞻仰者，崇敬、缅怀的心情油然而生，久久萦绕。

出院门前行不久，我来到一间小书房。里面有周恩来当年用过的单人学桌。“千里之行，始于足下”，一缕阳光照在这张学桌上，我的眼前依稀浮现出少年周恩来勤奋读书的情景：是知识和智慧，让他明白了救国图存的道理，坚定了他“为中华之崛起而读书”的人生梦想。据说，他以不同寻常的聪颖和智慧，经常和同窗共读的同辈、兄弟用方块字做联句、拼诗的“益智游戏”，团队精神、集体意识在悄悄萌芽，最终长成枝繁叶茂、顶天立地的参天大树。1903 年，刚刚 5 岁的周恩来就遵祖训入家塾馆读书。当时，嗣母陈氏请家塾老师邹先生给周恩来起个字。邹先生为乳名大鸾的周恩来起字“翔宇”。“润物细无声”，不难想象，中华传统美德、聪明智慧，就这样一点一滴融入少年周恩来的心里，熏陶了他的心灵，照亮了他和中国革命的道路！

“室雅何须大，花香不在多。”从读书房向西跨过一个腰门，便是周恩来父母住的面南的三间房屋，格扇的门窗上糊着洁白的绢纸。刹那间，记忆的骏马，把我们带回到 1898 年的 3 月 5 日，周恩来就诞生在东边的一间房屋里。斗转星移，物是人非，但屋里陈列着周恩来父亲的照片和母亲的画像，似乎无声地向每个参观者讲述那一段难忘的岁月。房内陈设简朴，床上那打着补丁的旧被褥，就是昔日周家破落到债台高筑的明证。“梅花香自苦寒来”“从来纨绔少伟男”，堂间内置周恩来青年时代铜像一尊，从他那深思的目光里，我能感受到他的爱国、敬业、精业、奋斗的胸襟和情怀，能感受到他当年的努力和拼搏。

从周恩来诞生地再向西跨进一个院落便是周家的主堂屋，也是故居房屋中最高的建筑。周恩来的曾祖父周光勋、祖父周骏龙等曾住过此屋。祖父周骏龙一生清廉，没有给后代留下多少遗产。但是他给后人留下的家风，影响、熏陶了周恩来，使周恩来一身正气、两袖清风，成为一代代的楷模，感动和激励了无数人，受到国内外朋友的敬仰和钦佩。

从正屋天井向西，便进入一道南北走向的狭长走廊，走廊南端西侧，是两间别具一格的亭子间，这是童年周恩来和他的嗣母以及乳母的住所。在这里，博学多才、忧国忧民的嗣母陈三姑，不但亲自教爱子恩来识字、背诗，而且还给他讲述本地历代名将和文化名人的故事，使童年恩来萌发了“为中华之崛起而读书”的思想。

亭子间后边有一口水井，周恩来常从这口井里打水来饮用、洗漱、浇瓜浇菜。井沿上的洞孔是当年系井绳用的，井沿边的沟痕是打水绳索长期摩擦留下的。至今，井水清澈透明，可正常饮用。周恩来对这口井的印象很深，1960 年，他在接见淮安县委负责同志时，还特别提起这口井，他说："我家的那口井还在吗？"并向在场的工作人员介绍说："淮安的地下水位很高，吊桶上只要系上庹把长的绳子，就能把水打上来"。"见贤思齐焉"，我们争先恐后地掬起一捧晶莹清澈的井水，我们要把总理的风范和情操，作为我们行动的指针，像他那样做个清清白白、一身正气的人，而且一代代传承和弘扬下去。

"纸上得来终觉浅。"在井台东南角不远的厨房前，有一块不大的菜园，在那里，周恩来当年跟着乳母蒋妈妈学会了种瓜、种菜、种向日葵，并用汗水拌着井水辛勤地浇灌。在这最初的劳动实践中，小小年纪的周恩来悟出了嗣母所教的"锄禾日当午，汗滴禾下土，谁知盘中餐，粒粒皆辛苦"的真谛和劳动人民的伟大，为他一生为人民服务、矢志不渝，打下深深的烙印和厚重的底色。

西院大门向南，在那三进一十九间房屋内，陈列着周恩来童年及其世家的资料、图片和实物，还有中外名人学者礼赞周恩来的诗词书画。这一切，记录着人民公仆周恩来艰苦朴素、廉洁奉公、坚持真理、磊落光明的伟大一生。周恩来从 12 岁离开故乡，到逝世时的 66 年中，一直没有回来过，但他生前曾多次接见淮安县委的负责同志，十分关心家乡的情况。周恩来曾为淮安县委题词："鼓足干劲，力争上游，多快好省地建设社会主义。"还为《淮安日报》题写了报头。他多次要求县委的负责同志把故居处理掉。1973 年，周恩来又让国务院值班室主任吴庆彤同志给淮安县委打来电话，正式传达周恩来关于处理旧居的三条指示：（1）不准让人去参观；（2）不准动员住在里面的居民搬家；（3）房子坏了不准维修。西大院原为周恩来二祖父住房，现辟为陈列室，展出照片近 200 幅，内容分为五部分：周恩来童年、家世和故乡、人民的怀念、党和国家领导人题词、周恩来书画苑和周恩来墨迹碑廊。反映周恩来故居的美术作品众多，以国家一级美术师、全国"画中华名人故居第一人"、著名画家拇指先生的《周恩来故居》最为有名。"日月经天，江河行地"，这些珍贵的史料，让我们久久伫立，心潮澎湃，感慨万端：面对周总理，我们还有什么困难不能克服，还有什么理由不努力工作、勤奋学习？！

周恩来故居就像一座无言的丰碑，像一支熊熊燃烧的火炬，像一颗颗饱满珍贵、可以星火燎原的种子，把总理高尚的人格、伟大的情操、博大的胸襟，生动、立体、亘古地弘扬、传播开来，深深感动了我和千千万万的人：我们要像他那样去学习，去工作，去奉献，建设更加富强、民主、文明、和谐、美丽的中国。

周恩来、邓颖超与宋庆龄的重庆友谊

郑京鹏

抗战时期，一代女杰宋庆龄曾经两度来渝。第一次是在 1940 年 3 月 31 日至 5 月 9 日，历时 40 天；第二次是在 1941 年 12 月 10 日至 1945 年 12 月，长达 4 年。在渝期间，宋庆龄与共产党人周恩来、邓颖超夫妇的交往特别频繁。他们虽身处不同的岗位，但为了祖国和人民共同的正义事业，就像战友一般，风雨同舟，肝胆相照，荣辱与共，并肩战斗，结下了深厚的友谊。

周恩来夫妇盛赞宋庆龄首次来渝

1940 年 3 月 31 日，宋庆龄应小妹宋美龄之邀，和大姐宋蔼龄一起，由香港飞抵重庆。这是宋庆龄第一次来重庆。此次赴渝的主要目的，是访问考察以战时首都重庆为中心的大后方的抗敌局势和妇女工作。到渝后，她居住于大姐宋蔼龄在重庆范庄的家中。

宋庆龄的举动，立即受到了国共两党和社会各界的广泛关注。中国共产党在重庆的代表人物周恩来及其夫人邓颖超，对宋庆龄的这一举动更加赞誉和支持。

4月初，邓颖超陪同周恩来赴苏联治疗右臂骨折后，刚回到延安。为了参加国民参政会一届五次会议，她又乘飞机到重庆。重庆各界妇女在嘉陵宾馆举行欢迎宋庆龄的盛大集会，邓颖超应邀出席，高兴地遇见了自从广州一别一年多的宋庆龄。她们两人都十分注意，在公开的场合不流露出过分的亲密。邓颖超聆听了宋庆龄的即席讲话。散会后，邓颖超走到宋庆龄面前，双手紧紧握住宋庆龄的手，热情地说："孙夫人，你讲得太好了，谢谢你说出中国妇女的心里话。"宋庆龄也紧紧握住邓颖超的手，含笑点头："谢谢邓女士！"

周恩来领导下的中共南方局的机关报《新华日报》，还发表了题为《欢迎孙夫人来渝》的短评。称赞宋庆龄在孙中山逝世后"始终积极地坚决为实现中山先生的遗教而奋斗，始终和广大人民站在一起，领导着妇女界，不倦地为中华民族的解放而努力"，"在促进团结抗战，力求实施民权方面，尤多显著的成效"，并表示相信："重庆的，以至于全国的妇女界，在孙夫人和蒋夫人的领导下，一定能够获得更进一步的团结，能够使妇运有更迅速的、广泛的和深入的发展。"

由于各方的大力支持，宋庆龄在重庆的活动得以顺利进行。

4月3日下午，宋氏三姊妹前往歌乐山第一儿童保育院看望难童。宋庆龄对儿童发表了重要讲话："难童诸生既受此良好训练，将来必不致产生汪精卫一类人物。"4日，宋庆龄和宋蔼龄一起，还购买了500余份糖果，作为儿童节的礼物，赠送给了重庆第一儿童保育院的难童们。

4月15日，宋庆龄又与宋子文一起，以保卫中国同盟主席和会长的身份发表了《给外国朋友的一封信》，大大呼吁帮助中国抗战，坚持到胜利为止。这封信，虽然由两人署名，但实际上是宋庆龄所写。信里指出："世界上成千上万的中国的朋友，所有热爱和平、热爱自由的男男女女，都认识到在中国发生的事，也是每一个人所应关心和负起责任的事。他们都了解到，要给予真正的、持久的、建设性的和民主的救济，不是通过外国机构来分配救济款物，而是帮助中国人民使他们有自救的力量。”

在信中，宋庆龄阐明了保卫中国同盟创办的目的，以及成立以来所做的工作：“保卫中国同盟是两年以前创办的”，“从那时起，保盟（保卫中国同盟）印发了无数的报告，分发了数以十万元计的捐款，组织了国际和平医院的规划，支持了中国工业合作协会、中国红十字会医疗救济总队、新四军医务部、边区孤儿院、抗日军政大学等组织的一些工作。”

宋庆龄呼吁各国朋友，继续援助中国人民的抗日斗争，而不要减少这种援助：“中国人民的需要越来越紧迫，他们付出巨大牺牲的代价所建立起来的基础一定要保证，而救济基金和救济物资却在减少着”，“请你们以同样的决心，尽你们一切的力量去消除他们的苦难，坚决地、不间歇地帮助，不减少一分力量，一直坚持到我们的胜利——也即是你们的胜利为止！”

历时 40 天的一系列的活动，宋庆龄均受到了中共南方局和周恩来、邓颖超夫妇的高度关注、赞赏和极大支持。宋庆龄也对中共南方局和周恩来、邓颖超夫妇，表达了深深的谢意。

因为来渝的目的已经达到，宋庆龄便于 1940 年 5 月 9 日，离开了重庆。

周恩来夫妇协助宋庆龄重建保盟

1941 年 12 月，太平洋战争爆发后，香港地区受到日军的猛烈进攻。周恩来十分关心宋庆龄等人的安危，8、9 两日，连续三次致电廖承志、潘汉年等，望派人帮助孙、廖两夫人等撤离香港。10 日早晨，就在日军逼近香港几小时之前，她们在廖承志等人的护送下，从香港启德机场乘最后一班飞机离开香港前往重庆。

这是宋庆龄第二次来重庆。她这次来重庆的主要目的，是重建保卫中国同盟（简称“保盟”），恢复保盟的工作，支持中国的抗日战争暨世界的反法西斯战争。

到重庆后，宋庆龄仍然住在姐姐宋蔼龄范庄的家里。宋霭龄的丈夫孔祥熙时任国民政府行政院长和财政部长。因此，在这样一位国民党高官的家里，宋庆龄的行动不够自由，保盟的工作也受到了限制和监视。当时宋庆龄在范庄会见邓颖超，就暗示邓颖超有人监视，让她说话谨慎。邓颖超心领神会。两人在极其友好亲密的氛围中，小声地交换着对时局的看法并商讨下一步的工作。后来，宋庆龄在弟弟宋子文的帮助下，找到了位于渝中区两路口的新村 5 号作为寓所，也将保卫中国同盟的总部设立于此，作为保盟的办公之地。

周恩来夫妇为协助宋庆龄重建保盟，除做好日常的工作外，还亲自调兵遣将，壮大保盟的阵容和力量。

1942 年 5 月，周恩来致电在澳门的廖梦醒，叫她偕女儿同来重庆，安排廖梦醒协助保盟的工作。廖梦醒是廖仲恺、何香凝的女儿，廖承志的姐姐。她青年时期投身孙中山领导的革命事业，1924 年加入中国国民党。1931 年加入中国共产党。抗日战争爆发后，在上海参与由宋庆龄、何香凝等领导的中国妇女抗敌后援会工作，并参与筹建保卫中国同盟，任宋庆龄秘书。由于廖梦醒的这个有利的身份，很适合参与重建保卫中国同盟的工作。因此，廖梦醒应召来到重庆后，公开的身份仍为宋庆龄和保卫中国同盟的秘书，同时负责宋庆龄与周恩来之间的联络，这些工作一直持续到抗战结束。

同时，周恩来还多次致函王安娜的丈夫王炳南，希望王炳南、王安娜协助宋庆龄做好保盟的工作。王安娜，德国人，1935 年在德国与从事革命活动的中国共产党人王炳南结婚后，于 1936 年来到中国。曾经到过延安，后在上海与宋庆龄相识。1938 年，她在香港参加保卫中国同盟工作，受宋庆龄委派负责转运各种援华物资，并按宋庆龄的要求，把华北前线和保盟支持的国际和平医院、保育院等情况报告给保盟。

1942 年 8 月，宋庆龄在重庆重组保卫中国同盟中央委员会及办事机构，她继续担任中央委员会主席。王安娜担任了保盟中央委员。保盟还在重庆、延安指派了自己的代表，让他们负责反映在华受援单位的需要和援助物资的使用情况。驻重庆代表就是王安娜，驻延安的代表是马海德。

因为王安娜的努力，许多原来的国外援华机构和人士很快与保盟恢复了联系。周恩来夫妇也在王炳南夫妇的帮助下，一直与宋庆龄保持着密切的联系。

宋庆龄在重庆保盟工作期间，廖梦醒和王安娜均在宋庆龄的寓所办公，成为宋庆龄的两位得力助手。

深厚友谊永载史册、传之久远

宋庆龄第二次在渝期间，与周恩来、邓颖超在其他方面的交往也很密切，他们共同为中国的抗日战争暨世界的反法西斯战争做出了重要贡献。

1942 年 6 月 22 日，宋庆龄出席纪念苏联反法西斯战争一周年茶会并发表讲话，邓颖超也应邀出席了这次茶会。11 月 7 日，她们又参加了苏联大使馆举行的庆祝苏联十月革命的招待会。11 月 16 日，宋庆龄与邓颖超等还出席重庆妇女界欢迎英国议会访华团而举行的茶会。会后参观了妇女指导委员会工作成绩展览，并观看保育院小朋友的精彩表演。

1943 年 1 月 11 日，宋庆龄在邓颖超陪同下，到《新华日报》报馆观看文艺演出，并为《新华日报》题词："发扬抗战国策，争取最后胜利。" 2 月 23 日，宋庆龄又与周恩来、邓颖超等参加了在苏联大使馆举行的苏联红军成立二十五周年的庆祝茶会。3 月 8 日，宋庆龄为纪念三八国际妇女节，再次在《新华日报》上题词："平等自由，声气相通，精诚奋斗，共建大同"。同日，邓颖超也为《新华日报》撰写"三八"节社论《加强妇女运动》，参加"三八"节纪念大会。

仅从 1942 年和 1943 年两年史料上的部分记载，就可以看出，周恩来、邓颖超在重庆与宋庆龄的交往是多么频繁和密切。这些交往，主要是工作上的，也有生活上的。这些交往，见证了周恩来、邓颖超和宋庆龄之间的友谊，以及他们为中国的抗日战争和世界的反法西斯战争所做出的重大贡献。

1944 年 7 月 15 日，周恩来致函毛泽东：“爱泼斯坦今日来谈，除答他所提的问题外，还有保卫中国大同盟的援助，也请你向他提几句，并托他致谢孙夫人及‘中保’所有同人。如你能答应写一信给孙夫人托他带去，那就更好。‘中保’前昨两年所捐之款及其分配数目附上一单，请参阅。”

同年 8 月 14 日，周恩来致信王炳南，谈到他和邓颖超送宋庆龄水果等的交往：“这次带上大批西红柿及西瓜，大概使你们不致再落空（如果上次宋孙夫人的亦为美友告享了，则请在这批内分送一些给她为盼！超托）。”因为王安娜帮助了两家间的交往，于是信里还嘱咐：“望告安娜，谢谢她的通知，下次当函复她，上次小超送夫人的瓜与西红柿，不知收到否？祝你好！黎明好！”

后来，宋庆龄在回忆当时的情景时说：“四十年代初期，周恩来在重庆曾为了我的工作的问题来看我。那时他经常处在危险之中，但他表现得英勇顽强，充满信心。抗日战争将近结束时，根据他的建议，在新的情况下，我把‘保卫中国同盟’转为‘中国福利基金会’（现名‘中国福利会’）。党、军队和统一战线是中国革命胜利的三大法宝，周恩来在这三个方面都做出了不可磨灭的贡献。”

历史已经翻过了极其厚重的一页。今天，我们再来回顾宋庆龄在重庆时，与周恩来、邓颖超夫妇的交往与友谊，仍有十分重要的意义。因为他们的交往，不仅体现在为国家、为人民的伟大事业上，而且还存在于抗战时期的危境生活之中。他们的互相景仰和崇敬，他们之间的关怀和体贴、情谊和爱戴，既是人类美好情感的楷模，也是中共与党外人士真诚合作的典范！他们的壮丽人生永载史册、传之久远，牢牢地铭刻在人们的心中！

仰望淮安

张德虎

“上星期，我们班筹资捐助淮安周恩来纪念馆的钱，我估计已经寄出去了。昨天全校大会上，朱主任还特意表扬了我们班。”

无意中打开泛黄的日记，我的思绪不禁飞到27年前。那是1990年的春天，一个乡下普通的中学里，我们的班主任吕老师神采奕奕地走进教室，兴奋地对我们说道：“同学们，告诉你们一个好消息，淮安周恩来纪念馆正在筹建……”在吕老师的解释中，我们这群农村孩子，才第一次知道淮安这个地方，敬爱的周总理原来是淮安人。听说淮安正在筹建周恩来纪念馆，我们都很激动，纷纷解囊，献上一份小小的心意。我们都是农村孩子，家里并不富裕，有的捐块把钱，有的捐几块，只有一位同学因父亲在酒厂工作，捐了十几块钱。我记得自己当时捐了5块钱，这是我一星期的伙食费，捐出之后，只好在教室啃了几天家里带来的干馒头。但我依然认为自己捐少了，还想再多捐点，只是囊中羞涩，只好作罢了。

从此，淮安成为我仰望的地方，我多希望自己能有一天踏上那片土地，瞻仰一次周恩来纪念馆啊！没想到，两年后我真的来到了周总理的故乡——我考上了心仪已久的淮安师范。辗转数百里，最后再由当时的淮阴市区乘坐公交车，不过几十分钟便到达淮安了。淮安宽敞的马路，林立的楼宇，以及其间蕴藏的幽古之情，无不让我深深震撼。

我们到淮安师范的第一节课是参观周总理故居和周恩来纪念馆。周总理故居位于镇淮楼西北隅驸马巷中，为东西相连的两个宅院，共有大小房屋 32 间，均为青砖、灰瓦、木结构平房。1898 年 3 月 5 日，周总理就诞生在这里，并在故乡度过了整个童年，直到 1910 年赴东北伯父处读书。

随人流走入故居正门，首先映入眼帘的是周总理童年读书的地方，驻足凝望，仿佛听到了当年朗朗的读书声。从读书房向西跨过一个腰门，便是周总理父母住的面南三间房屋，周总理就出生在东边的一间房屋里。故居院内有两株参天老榆树，据说就是他童年时期亲手所植。

院前傍依着一条不起眼的小河——文渠，这是周总理童年时和小伙伴们划船戏水的乐园。沿着文渠向东北不远有处桃花垠，便坐落着 1992 年 1 月建成的周恩来纪念馆。这座寄托着人民思念的纪念馆，由两组气势恢宏的纪念性建筑群、一个纪念岛、三个人工湖和环湖四周的绿地组成。

步入主馆二层瞻仰厅，正中置放着周总理汉白玉坐姿雕像。只见周总理左手抚膝，右手握卷，凝视着远方，仿佛正透过历史的云烟遥望着故园的一草一木。9 月的阳光透过玻璃洒下来，柔和地照在雕像上，坐像慈祥庄重。仰望着周总理的坐像，仿佛看到他正从南昌起义的枪炮声中走来，正从延安昏黄的油灯光影中向我们走来，正从工人、农民的人群中亲切地向我们走来……

追思周总理的一生，他在 12 岁这年的春天，被四伯周贻赓接到东北，这次离开，便再也没有回过淮安。1946 年，周总理曾有机会回家乡淮安，但由于担心亲属被国民党迫害，又怕给地方土改带来困难，加上时局不稳，最终未能成行。新中国成立后，周总理曾表示，现在全国解放了，淮安我是一定要回去看看的。但也一直未能成行。1958 年曾传出周总理要回淮安看看的消息，于是当地政府拓宽了南门大街，又将总理记忆中的镇淮楼改造成独栋的楼宇，而总理也只是于 1959 年在飞机上俯瞰了一下淮安，聊以缓解思乡之情。

周总理不仅自己不回家，还阻止弟弟周恩寿回去，怕给家乡添麻烦，影响不好。1965 年春节前一天（即农历除夕），周总理自己出钱，请人将当地祖茔地上的 7 座坟全部降棺平掉。按当地人迷信说法，“降棺”就是“降官”，是不吉利的。但周总理为了破除旧风俗，提倡殡葬改革，节约出更多耕地，毅然带头平掉了自家的“风水宝地”。

淮安是钟灵毓秀人杰地灵之地，自古名人荟萃，韩信、枚乘、陈琳、梁红玉、吴承恩、关天培等，无不是历史名人。然而，论对淮安的影响，皆无与周总理比肩者。周总理的丰功伟绩，世间瞩目，无须赘述。周总理的品格情操，卓然独立，更是难以逾越的标杆。可以说，周总理是全国人民的骄傲，更是淮安人的骄傲。淮安人一直以是周总理的家乡人而倍感荣耀。在淮安，周总理的精神无处不在，渗透在每个人的心田中，渗透在社会的方方面面，甚至每一个角落。而在淮安建造周总理纪念馆则是淮安人民对周总理的最好缅怀。

我们学校“淮安师范”四个字用的就是周总理的手迹。学校有文学社团，名为“翔宇文学社”，借的也是总理的字。至今我还记得淮安师范的校歌：“古运河畔，楚州城旁，我们的校园在周总理故乡，在周总理故乡。硝烟中诞生，红旗下成长……为中华崛起奔向前方，为中华崛起奔向前方。”

一晃离开淮安已经 20 多年了，这 20 多年来，淮安无不在我梦里，让我思念，让我仰望。

我仰望淮安，我仰望周总理，不仅仰望他一生至伟的功绩，更仰望他一心为民的拳拳公仆之心，还有他高风亮节风姿卓绝的人格魅力！

悠悠东江忆深情

李建辉

在粤东的丘陵大地上，高大的渡槽，深长的隧道，蜿蜒的箱涵，江水川流不息，这是浸透了同胞手足之情的民族之血，这是包含着祖国母亲乳汁的多情东江水，这就是由北（东莞）向南（深圳）进入香港的东江—深圳供水工程。每当我们回顾 50 多年前周恩来总理关心香港同胞的淡水吃用问题，亲自批准兴建东江—深圳供水工程那令人难忘的往事，心情久久不能平静。

在浩瀚的太平洋上，在雄鸡状的神州版图南端，一个鸡蛋大的小岛紧挨着雄鸡的胸脯，她就是被世人喻为“东方之珠”的香港。然而，随着工厂的崛起，人口剧增，香港的淡水资源却日甚一日地枯竭了。

1895 年，香港奇旱，全年总降雨量还不足 46 英寸，使地处热带的香港人初尝了缺水之苦。

1929 年，香港出现了严重水荒，七八十万市民只靠 306 条街的水喉供水，起初是每天供水 4 小时，后来减少到 2 小时。当时多少香港人仰天长叹：“淡水贵如油，淡水贵如油啊！”为解决港人的吃用水问题，当年的广九铁路局将多列车厢改为水箱，组成运水列车到深圳取水。毫不过分地说，水是香港这座城市的生命线。

白驹过隙，时到 1963 年，香港发生了半个世纪以来的大旱，山塘干涸，田地龟裂，草木枯萎。香港当时采取了 4 天供水 1 次的限水措施。一条条望不尽的水桶长龙，一队队蜿蜒曲折的候水者队伍发出了一声声的呼唤："水，水，水！""月光光、照香港，山塘无水地无粮，阿姐担水去，阿妈上佛堂，唔知（不知道）几时无水荒。"这首当时流传全港的童谣，正是当年香港苦旱的真实写照。

"水，水，水！"香港百万儿女的呼声，飘过深圳河，飘到五羊城，飘到首都北京。

1963 年 12 月 8 日，寒流下羊城。可是，在中央中南局书记陶铸的家里却热气腾腾、春意洋洋。周恩来总理端坐在客厅中央，全神贯注地倾听着陶铸、广东省省长陈郁等领导同志的工作汇报。当听到陶铸述说粤港大旱，香港同胞吃水困难时；当听到为解决香港淡水问题，广东省拟在东莞石马河兴建一个供水工程，将充沛的东江水引入深圳水库后再输往香港时，周总理高兴得当即对陶铸等在座的领导说："供水工程由我们国家举办，应列入国家计划，因为香港 95% 以上人口是自己的同胞。"陶铸等领导听了周总理的明确指示后，顿感如释重负。一项由国家拨款 3584 万元的东江—深圳供水工程，在周总理的亲切关怀下就这样敲定了。

3584 万元，这在 21 世纪的中国大陆也许算不上一个大数目，但在当时这可说是一个了不起的数字了。这体现了总理，也体现了祖国母亲对香港儿女深切的关怀。

在周总理做出决策的同时，他还指示有关部门尽快组织人力物力，加速工程建设。为了使香港同胞不再受缺水之苦，陶铸和陈郁等领导说干就干。他们组织了一个强有力的工程领导班子，在中央和各级政府的鼎力支持下，从全省调集了一大批人力，一项造福粤港人民的东江—深圳供水工程很快便在 1964 年 2 月 20 日正式动工了。经过 1 万多人 11

个月的昼夜奋战，这项工程于 1965 年 1 月竣工，同年 3 月 1 日正式向港供水。从此滔滔东江水，带着周总理的深情关怀，像母亲的乳汁滋润着香港每一寸土地，滋润着香港每一个儿女的心田。从此，香港永远告别“月光光、照香港，山塘无水地无粮，阿姐担水去，阿妈上佛堂，唔知（不知道）几时无水荒”的年代。

周恩来总理生前关怀香港居民用水，他的亲密战友邓颖超同志也把东深供水工程放在心上。1984 年 12 月 8 日，80 岁高龄的全国政协主席邓颖超登上了深圳水库右副坝，详细询问了东深供水工程的建设和管理情况。她满怀深情地告诉陪同的领导：“周总理生前没有来得及视察这项供水工程，我代表他来看望大家。希望你们继续努力，把工程建设和管理好，为促进香港繁荣稳定，为密切香港同胞同祖国人民的联系做出新的贡献！”

遵照周总理夫妇生前的嘱托，半个多世纪以来，国家对东江水供港工作高度重视，为支撑香港、深圳和东莞三地经济的高速发展，以供水香港为主同时向深圳及东莞沿线城镇提供东江原水的东深供水工程，先后进行了 3 次大规模的扩建和 1 次改造，至今已发展成为一座大型跨流域调水工程。2000 年 8 月动工、2003 年 8 月建成的东深供水改造工程，总投资人民币 49 亿元，设计年供水能力为 24.23 亿立方米，其中每年向香港供水能力为 11 亿立方米，目前向香港供应淡水占其年耗淡水总量近 8 成。50 多年来，东深供水工程从不间断对香港供水，成了支持香港社会经济发展、表达同胞心意的纽带。

游圆明园遗址公园，怀念人民的好总理

杨世运

第一次到北京游览的人，想看的景点实在太多，天安门广场、故宫、长城……数不胜数。而我在北京工作期间，凡有外地朋友来京，我总想抽时间带朋友看一看圆明园遗址公园。

圆明园被称为“万园之园”，清政府动用了数以万计的工匠，自1709年动工，用了整整150年时间才逐步建成，园内的精美绝伦的建筑群150处，建筑总面积16万平方米。也就是说，平均每一年完成一处园景的建筑。谁料这一宏大的皇家宫苑建筑在刚刚全部完工不久，就在1860年10月被入侵的英法联军抢劫，并被其放火烧毁。

圆明园留下的残垣断壁立在历史的凄风苦雨中，像是一株株站在沙漠上死而不倒的胡杨树，等待机会向后人们诉说千言万语。

“人间正道是沧桑”，苦难的民族终于迎来了新中国的诞生。

新中国成立初期，中共中央马列主义学院（即今中共中央党校）尚无固定的校舍，先是暂居北京西山碧云寺，不久迁往距颐和园正宫门不远处的一片名为南院的旧平房，开始教学工作。

中央领导同志一直在关心中央党校正式校舍的选址和建设工作。但

是当时百废待兴，党校只能因陋就简。直到 1953 年 8 月，在毛泽东同志的亲自关心下，北京市人民政府才同意党校选址建房。当时主持党校日常工作的是常务副校长杨献珍，毛主席对杨说："党校应该选点建校舍了，标准高一点，我已给彭真同志打过招呼，请他协助你们。"周恩来总理也十分关心此事，说："党校要办好，建房子也要做长期计划。"

党校的同志们兴高采烈开始选校址。第一轮选址讨论，定下来的地址是圆明园遗址，因为这里早已是杂草丛生的荒凉之地，选这里建校舍可以不占用一寸耕地，完全符合节约精神。"好，这地方选得好！"不少同志举手赞同。

不料，周总理得知这一选址方案后，立即予以否定。他约见党校负责同志，语重心长地说道："圆明园遗址必须保留，它是侵略者留给我们的伤疤，总有一天我们会对遗址进行整理，让它成为不忘国耻的课堂。"

是周总理的话让党校的同志们把目光放得更开阔更远大了。党校重新选校址，最后选定在地处颐和园之北的大有庄，即现在的校址。

圆明园伤痕累累，惨不忍睹，要把这里拯救成为"大课堂"谈何容易！北京市政府按照周总理的指示，用"千针万线修补丝绣品"的精神，循序渐进，持之以恒地开展工作。除草，清淤，排水，修路，然后在每处遗址四周大量植树，撑起一把把绿色保护伞。十年树木，十几万棵树木终于成林。1976 年，"圆明园管理处"正式成立。

1988 年 6 月，"圆明园遗址公园"开园迎接游客。这时，中央党校的老同志们无不感慨万端，深深怀念敬爱的周总理，若不是他的高瞻远瞩，圆明园早就从北京地图上被抹去了。当时，我正收集资料准备为杨献珍写传记，因此常和他见面交谈。他要求我一定要到圆明园遗址公园好好地看一看。走进公园，我不禁眼含热泪。当年，圆明园被英法联军火烧了三天三夜，后又遭八国联军洗劫一遍。民国初期，那些只知鱼肉百姓的军阀们竟步外国侵略者后尘，来圆明园"捡漏"，把大量木材、砖石、铜管等物资据为己有。只有我们的人民政府想到了要保护遗址。我们的周总理啊，我仿佛看见您也走在参观的人群中，含着欣慰的微笑，在亲切地向我们招手……

世纪梅香

吴光辉

一

斯人已去，梅香依旧。

童年周恩来在故乡亲手种植的那两棵蜡梅树，已经绽放了一个多世纪。当年的幼苗现已变成了枝丫纵横、蓬勃参天的大树。而今周恩来在天国的云端，是否还在俯视着生活在洪泽湖北岸、大运河边，自己那个孤苦伶仃的童年？是否还在寻觅着失落在驸马巷青石板上温暖如春的母爱？是否还能闻到自己亲手培土浇水、正在怒放的蜡梅的芬芳？是否还能听到自己寄托哀思的蜡梅年复一年花开的声音？

二

对于每一个中国人而言，母爱恐怕是整个人生的最大牵挂。而周恩来在他的故乡洪泽湖北岸的江苏淮安，童年时代便失去了母爱。故里旧居成了他回味一生的伤心地。

周恩来曾经这样楚楚地回忆过自己孤独的童年：“我的婶母当我还是一个婴儿时，就已成为我真正的母亲，直到我 10 岁时我甚至一天也没有离开过她。然而，10 岁时，她和我的生母都去世了。”他在这里说的就是在他刚刚出生时，家里为了给病重的十一叔“冲喜治病”，就把他过继给了十一叔，并为他起了“大鸾”的乳名。这样一来，童年恩来就有了三位母亲，第一位是生母万氏，第二位是嗣母陈氏，第三位是乳母蒋氏。然而，“冲喜”的结果并没有“治”好嗣父的重病，十一叔很快就病故了，他的生父为了生计而离开家乡一去未回，家里也就剩下了他的三位母亲。这三位母亲以她们不同的方式给予童年恩来以春晖般的母爱。然而，就在周恩来 10 岁那年，他的生母和嗣母先后病逝，紧接着因为贫穷又不得不辞退了乳母，使他一下子失去了三位母亲。试想一个不到 10 岁的孩子，原本呵护有加的母爱突然接二连三地失落、一下子变得孤苦伶仃时，会是怎样的一种悲惨呀？更何况他还有两个更小的弟弟。

1907 年的秋天，不到 10 岁的周恩来带着只有 8 岁的二弟和只有 6 岁的三弟披麻戴孝，用一条小木船把他嗣母的灵柩运去安葬。

那是一个深秋的傍晚，一个悲伤的残月隐没在半空的乌云里，天上飘着孤苦的细雨，凄凉的斜风随着落叶四处飘零，那条默默的大运河流淌过一条载着棺木的小舟，缓缓而来，又缓缓而去。三个幼小的孤儿给他们亡母招魂的白幡在风中瑟瑟飘动。黄色的纸钱在船尾次第洒落，坠入水面之后无言而列，漂泊成一丝孤儿与亡母之间最后的牵挂。一只凄凉的唢呐在孤独地诉说着他们童年的不幸，悠扬宛转，如泣如诉，声音由大而小，由高而低，渐渐地消失在远处的水面上。童年恩来带着两个弟弟长跪在船头，满脸都是没娘孩子的凄苦。

就这样，童年周恩来永远地诀别了自己的母爱。

三

那两棵怒放了百年之久的蜡梅树，是在周恩来失去母爱之后种下的，是他童年时代孤苦伶仃的一种寄托，也是他童年时代追思母爱的一种表达，更是他少年立志的一种品格象征。

自从生母和嗣母去世之后一直到离开家乡的这两年多时间，是童年恩来带着两个弟弟度日如年般最为艰难的一段日子。他只能依靠典当家产生活，后来他不得不把母亲的嫁妆都给卖了。他把家里所有值钱的东西都卖光之后，又无可奈何地把自家的祖屋给典当出去。

他已经多日没有支付乳母的工钱，觉得再让乳母留在家里，实在是对不起她，只得将刚刚典当拿回来的三块洋钱，双手捧到乳母的面前："蒋妈妈，您把我从小拉扯到这么大，照料了我将近 10 年，我从心里舍不得您走，可如今实在没法支付您工钱了。"乳母一把拉过童年恩来，把他搂在自己的怀里深情地说："大鸾呀，你才 10 岁呀，本来你还应该让妈妈照料你的，如今你还要去照看两个弟弟，要是你妈在世多好呀！"说着说着她的眼眶就发了红，流下了两行眼泪。周恩来也流着泪水说："蒋妈妈，我也没有办法，只有学着去做了。"就这样，周恩来万般无奈地送走了乳母。

周恩来在与乳母蒋氏生活的 10 个年头里，从乳母那里听到了许多劳动人民的故事，如播种、插秧、收割、舂米等。乳母带他到乡下家中去玩，他不仅结交了乳母的儿子这样的穷苦孩子，而且亲身体会了农民耕耘的艰辛，从中他也理解了嗣母经常给他讲的"锄禾日当午，汗滴禾下土。谁知盘中餐，粒粒皆辛苦"诗句的真正含义。乳母与人为善、慈爱宽容的品格，在周恩来的心中留下了深深的烙印。

乳母走了，虽然家里少了一个人吃饭，可日子还是没法过下去。他的生父在外多年，常常音讯全无。没有生活来源时，童年恩来不得不一而再、再而三地往当铺跑。而这时那些原本在恩来的祖父和外祖父当官时，和他家多有来往的亲戚朋友，一个个的都远远地躲着他，使他饱尝了世态的炎凉。

文渠边是母亲在世时常常带他们来玩耍的地方。对此，1958 年夏天，年已六旬的周恩来又一次回忆起自己的童年，对身边的工作人员说：“小时候，我和两个弟弟常常在文渠里打水仗，母亲们怕出事，就把小船都锁起来，我们就悄悄地把锁给撬掉，划船远游，吓得母亲们敲起大锣，满街满巷吆喝寻找。”可见母亲们生前在文渠边给他们兄弟仨留下了多少童趣、多少欢乐。

然而，几个月之前，这种欢乐和童趣随着妈妈的棺材，沿着这条小河被永远地载走了。周恩来和两个弟弟一起泪眼婆娑地凝望着小河的尽头，他们齐声哭喊起来：“妈妈你在哪里……妈妈你在哪里……”他们三个孩子的哭喊没有喊回他们的妈妈，只喊得老天发暗，飘飘洒洒地下起了一场大雪，他们稚嫩悲凉的哭喊便在风雪之中穿行，与雪片一起洒落了一地的悲伤。

后来，周恩来在 1918 年 7 月 26 日的日记里写道：“我从小就懂得生活的艰难。没了母亲，我 10 岁即开始当家，照管家里的柴米油盐，外出借债，受人白眼。”可见童年恩来在走投无路的时候，去亲戚家借钱时所受到的冷遇，所饱受的无情，给他留下了无法磨灭的印象。

当一个只有 10 岁的孩子拉着两个更小的孩子去别人家的门上借债，不但没能借到反而被恶狗狂咬时的那种情景，可想而知是何等的凄凉。在这种情况下，他就更加怀念他的母亲了。他常常到了夜深人静两个弟弟睡熟时，跑到院子里的蜡梅树下，情不自禁地痛哭流泪：“妈妈，妈妈，你怎么忍心丢下我们三个小孩，就这么走了？妈妈，妈妈，你在哪里？”

周恩来童年时代正需要母爱而又突然母爱全失的痛苦，是一般人无法经受得起的，所以他对母亲的怀念也就更加刻骨铭心。正如他在抗战胜利之后在重庆接受记者采访时说的那样：“38 年了，我没有回过家，母亲墓前想来已白杨萧萧，而我却痛悔地想着亲恩未报……”

四

周恩来做了中华人民共和国的总理之后，有一次遇到淮安同乡谢冰岩，又问起淮安故居里的蜡梅树，谢冰岩用了一首诗来回答他的提问："铁骨凌霜健，年年花劲发……"周恩来国事那么繁忙也没有忘记自己在家乡亲手栽种的蜡梅树，就因为那两棵蜡梅树是在他一连失去两位慈母之后种下的怀念树。

他先是在他的童年读书处种下了第一棵蜡梅树。那还是 1904 年，生母万氏在生活困难无法支撑的情况下，和嗣母陈氏一起带着孩子们回到了她的娘家，先是寄居在周恩来的外祖父家，后来搬出去租房定居下来。这就是周恩来的童年故居，也就是现在位于里运河边的周恩来童年读书处。

周恩来永远铭记自己自小由嗣母陈氏精心抚养的温馨往事。陈氏出身于宝应的一个书香门第，父亲是清朝的秀才，陈氏受过良好的家庭教育，自幼喜好诗文书画，有较为广博的学识和较高的文学修养。她性格温和、待人诚挚、办事细心、仁慈礼让。由于年轻守寡，她很少出门，终日守在家中与恩来相依为命，把全部的感情、心血和学识倾注在对恩来的教育上。童年的恩来从家塾回到家里，嗣母不仅进一步辅导他学习，还经常给他讲历史故事和神话传说。后来周恩来到南开学校上学时写了《射阳忆旧》一文，还回忆他"幼时喜闻故事"，对嗣母讲的故事是"辄绕膝不去，终日听之不倦"。

童年恩来曾多次随陈氏去宝应省亲。1907 年春，周恩来生母万氏病故，陈氏愁绪缠身，染病日重，为了治病，携时年 9 岁的周恩来回到她的娘家生活了 3 个多月。周恩来在宝应期间，表哥陈式周不但对周恩来悉心照料，与周恩来终日相伴、同窗共读、一起游览名胜，还向周恩来灌输新思想，传播新知识。

然而，就在恩来的生母病逝后一年，他的嗣母陈氏也病逝了。童年恩来只得把生母的棺木暂厝于离家不远的海神庙，然后护送嗣母的灵柩去与嗣父合葬。在临行之前，万分悲痛的童年恩来在自己的书房窗下亲手种下了这棵蜡梅树。我们完全可以推想，他带着两个小弟弟，是一边哭喊着妈妈，一边挖树坑、培土、浇水的。在回到位于文渠边的自己的祖屋，埋葬了嗣母之后，他领着两个小弟弟在自己的书房边又种下了第二棵蜡梅树。

试想当一个不到10岁的孩子一下子失去了两位母亲时，他是经受到怎样的一种如雷击顶的打击？童年恩来在经受这种打击之后，亲手种下的已经不仅仅是两棵蜡梅树了，他种下的完全就是他对母亲们的悲痛欲绝的怀念。嗣母陈氏去世后，周恩来写过一篇《念娘文》，满怀深情地写道："直到今天，我还得感谢母亲的启发，没她的爱护，我不会走上好学的道路。""慈母终日守在房中不出门，我好静的性格是从她身上继承过来的。"

如今远远地望去，那蜡梅树蓬勃生发的枝丫簇拥的简直就是由无数黄梅组成的一个偌大的花篮。这一树梅花哟，肯定就是落满枝头的无私奉献给孤苦孩儿的母爱。当你走近蜡梅树又能觉得，从每一枝叶每一花朵流泻出来的清香，能洗浴你的里里外外，能渗透你的五脏六腑。这一袭梅香哟，肯定就是孤苦的孩儿祭祀亡母的焚香在缭绕不散。

五

据《淮安府志》记载，周恩来的外祖父万青选一生研习书画，又特别喜爱画梅。这对周恩来的生母万氏起到了耳濡目染的影响。生母精通诗画，曾作《梅花赋》一画，又配上元代诗人杨维桢的《咏梅诗》："万花敢向雪中出，一树独先天下春。"可见万氏对梅花的酷爱之深。这对童年恩来影响很大，也就难怪童年恩来在两位母亲去世之后，在读书处和故居分别栽下的两棵树都是蜡梅了。

那两棵蜡梅树恐怕还不仅仅表达了童年恩来对亡母的怀想，还可以说是两位母亲身后对童年恩来的精神哺育。在那段家破人亡、孤立无援的日子里，或许就是这种蜡梅的品格使童年恩来变得更加坚强。他后来到表舅龚荫荪家去读书，第一次接触到了革命党秋瑾的故事，从幼小的心灵里开始产生了对黑暗社会的抗争。可好景不长，表舅龚荫荪被官府作为革命党通缉，童年恩来也就不得不辍学，并于 1910 年的春天离开淮安，到东北奉天去投奔他的四伯父。就这样一个 12 岁的孩子几乎就是被逼逃离故乡、浪迹天涯了。

离开淮安之前，乳母专门来给他添置了新衣，千叮咛万嘱咐，要他路上小心，要照顾好自己。乳母含着泪对他说："现在你真的成大鸾了，要到天上飞了。可你才刚刚 12 岁，我怎么能放心呀！"说到这里终于忍不住，一把将恩来搂在怀里，止不住地流下了眼泪。

离开故乡的前一天，童年恩来来到城外嗣母的坟前，为她最后一次培土扫墓。他长跪在土坟前，深深地叩了三个头："亲爱的妈妈，你是我的第一位老师，为了我，你像亲生母亲一样，毫无怨言地做着每一件事情。亲爱的妈妈，儿子马上就要离你而去了，或许我从此再也不能回来看望您了……我随身带上了您留给我的诗文，在外地想起您，我就读读您的诗稿……"说到这里，他再也无法说下去，两眼涌出了两行泪水。

他将那叠嗣母留给他的诗稿，小心翼翼地整理好，放进那个小小的行囊里。两年前嗣母陈氏临死前，把她做的一些诗稿拿给了恩来。恩来很爱嗣母的这些诗稿，以致他离开家乡后来到东北、来到天津，甚至东渡日本，全都将这些诗稿随身带着。

我觉得正是因为这三位母亲的教育，才使周恩来 12 岁就能说出"为中华之崛起而读书"的一鸣惊人之语。从这个意义上看，这两棵蜡梅树也就成为周恩来的立志树了。他的三位母亲把全部的爱，倾注在周恩来身上，而周恩来日后又把自己的一生献给了人民。

1910 年 3 月的一个清晨，12 岁的周恩来背着一个小包袱搭乘一叶小舟，渐渐地消失在大运河的尽头。从此，他再也没有回来，他和两位亡母也就成了永别，他和那两棵蜡梅树也就成了永别。

这一走，他一步一回头；这一走，他只能从此将对三位母亲的思念，深深地埋藏在心里；这一走，每到母亲们的祭日他都要焚香静坐，任凭泪水奔涌而下；这一走，他就再也没回来。

在遵义读懂一个人

垫　石

“无偏无陂，遵王之义。”行为端正，做事不偏，是遵循贤哲先王教导的准则。遵义，从1300多年前的播州走来，隐逸在黔北的莽莽群山之中。少数民族集聚，朝廷“鞭长莫及”，土司制度让杨氏家族世袭统治近千年，播州土司威震西南。后“改土归流”废除土司，分播州为遵义、平越。

踏进红墙中间的大门，那栋一楼一底、青瓦红柱、灰砖白墙缝的砖木结构小洋楼映入眼帘，更为别致的是楼上四周有回廊，廊下柱间是卷拱支撑，两端设转角楼梯上下，歇山式屋顶上还开有“老虎窗”。

走上二楼会议室，20把木边藤心折叠椅，整整齐齐围着一张板栗色的长方桌，桌上摆放有文件资料，这就是当年中共中央政治局召开扩大会议的场所。

转到西端转角处，一间陈列着一张老式的暗褐色木架子床，白色粗布床单上有一床灰色薄棉被；窗下一张红漆九屉桌上有铜墨盒、瓷质毛筒、美孚罩子马灯、军委会信笺、信封、毛笔、铅笔等物件；壁上挂有手枪、望远镜与竹斗笠。周恩来，就是在这间屋子里协调组织召开的“遵义会议”。

绕过广场池塘，穿过幽静的竹林，走进“遵义会议会址陈列馆”，那一座座雕塑、一幅幅油画、一块块展板、一件件实物，还有轰轰烈烈的战斗场景，把我带进红军长征的艰苦岁月……

岁月流逝，时间进入到20世纪30年代，国民党调集大批军队，气势汹汹发动5次“围剿”，对红军实行层层封锁，围追堵截，妄图将年轻的中国共产党扼杀在摇篮里。

中国共产党率领中央红军，从江西瑞金出发，冲破国民党军队4道封锁线，强渡乌江，迂回北上。红军在经过湘江战役后，军队从八九万人锐减到3万余人，损失十分惨重，“最高三人团”中，有两人一筹莫展，唯有周恩来同志“毅然挑起重担，承担了实际指挥的责任”。

争论，在于长征初期行军路线的选择。周恩来，是中央政治局七人决策的天平砝码，他的意见决定着红军长征的命运。北上湘西北，同红二、六军团司令部会师，这是原定的行军路线；向西进入敌人兵力薄弱的贵州，争取红军有个喘息和整顿的时机，这是毛泽东同志在通道紧急会议上提出的建议。周恩来同志审时度势，避开已被蒋介石重兵把守的北上道路，接受毛泽东同志的意见。通道会议结束当晚，中革军委发出“万万火急”命令：全军向贵州前进。

红军占领贵州边防重镇——黎平县城后，周恩来主持召开政治局会议，讨论红军的战略方针。博古仍坚持由黔东北上湘西，同红二、六军团会合；毛泽东主张继续向贵州西北进军，在川黔边敌军力量薄弱的地区建立新根据地。周恩来采纳毛泽东的意见，会议通过了《中央政治局关于战略方针之决定》，提出“鉴于目前所形成之情况，政治局认为过去在湘西创立新的苏维埃根据地的决定在目前已经是不可能的，并且是不适宜的……政治局认为新的根据地应该是川黔边区地区，在最初应以遵义为中心之地区，在不利的条件下应该转移至遵义西北地区。”

强渡乌江，攻占遵义。周恩来随军委纵队进驻遵义，安排总部人员打扫贵州军阀柏辉章住宅，还指出“作战科住楼下，把楼上那间大房子打扫布置好，供开会用”。并亲自给刘少奇、李卓然发电报“十五日开政治局会议，你们应于明十四日赶来遵义城”。

1935 年 1 月 15 日，红军司令部在遵义城召开中共中央政治局扩大会议。博古主持会议，做了第五次反“围剿”的总结报告，从客观上检讨了军事指挥上的错误；周恩来的态度截然不同，承认自己在军事指挥上的错误，主动承担责任，还全力推举毛泽东来领导红军的今后行动。

经过 3 天的讨论，政治局扩大会议最后决定：毛泽东同志选为常委；取消三人团，仍由最高军事首长朱德、周恩来为军事指挥者，周恩来是党内委托的对于指挥军事上下最后决心的负责者。

会后中央常委分工，以毛泽东为周恩来的军事指挥上的帮助者。周恩来同志以他当时的地位和威望，从中国革命的最高利益出发，出于对毛泽东同志的充分信赖，自觉地把自己置于助手的地位，让毛泽东同志全权指挥红军的军事行动。

遵义会议后，毛泽东虽是作为周恩来的“帮助者”，但周恩来的主动“让贤”，使毛泽东同志得以指挥四渡赤水，巧过金沙江，跳出敌军的包围圈，从而书写了毛泽东同志军事才能的光辉篇章。

“与有肝胆人共事，从无字句处读书。”周恩来正是以这种甘当配角的崇高品格，促成遵义会议取得圆满成功，使中国革命从此走向伟大胜利！

梅园印象

杜　敏

列车在华灯初上时分，在晨光里，穿过座座城市、村舍。到达六朝古都南京时，天刚亮。

春节前，南京下过雪，这几天，秦淮河畔的雪开始融化，梧桐树下还有少量积雪。我们乘车来到位于长江路汉府街的梅园新村 30 号、35 号和 17 号，中国共产党代表团梅园新村纪念馆，这里是南京谈判时期，中国共产党代表团的办公原址。

风寒天冷，梅花点缀。在梅园新村，我们放慢脚步，静下来，看一看，听一听，想一想，了解与触摸南京谈判的细节，重温学生时代学过的中国历史，感受到周总理如沐春风的情怀；中共代表团成员如南京雨花台的雨花石般宁静、明朗、坚实、无我。

走进梅园新村纪念馆，迎面看见周恩来铜像。铜像是以周恩来步出梅园新村的一张照片为原型塑造的，体现周恩来坚定、沉着、机智、从容的革命家风度，铜像下是一段红色大理石铺成的路，象征着周恩来一生所走过的是革命的道路。

步入国共南京谈判史料陈列馆，黑色大理石地面上镶嵌的一排数字“1946.5—1947.3”把我们带进历史的长河。陈列馆里展示了当年国共谈判时期的各种文物和图片资料，表现了中共代表团执行党中央的指示，为建立和平、民主、独立的新中国，与国民党进行和平谈判的历史。这使我们深切感受到以周恩来为首的中共代表团坚定的共产主义信念、真挚的爱国主义感情、全心全意为人民服务的高尚品质、忘我工作的革命精神和艰苦朴素的生活作风。这些文物，是历史的见证，反映出谈判的艰难与曲折，充分体现了中共代表团为国家的前途、民族的利益不畏艰险的崇高精神和革命乐观主义情怀。

周恩来图书馆是1998年为纪念周恩来百年诞辰而建造的，位于陈列馆北面，上下两层，内设展厅、阅览厅、书库。图书馆主要收藏周恩来的论著、文献、照片、音像资料以及有关书刊、资料等。

中共代表团办公原址——梅园新村17号，是代表团办事机构的驻地。周恩来当年常在这里举行中外记者招待会。楼上，当年有代表团的军事组、妇女组、党派组、电讯室和新闻组办公室。楼下是代表团的小会议室，代表团的一些重要会议曾在这里举行。

梅园新村30号是当年周恩来和邓颖超办公居住的地方。办公室里陈列着当年周恩来用过的写字台、转椅、分省地图以及中共代表团的信笺。在它的不远处，便是当年国民党的“总统府”。中共代表团住在梅园新村是国民党政府指定的，他们说这里离总统府近，谈判比较方便，实际是监视比较方便，他们在周围安装军统特务监视站。郭沫若对代表团所处的险恶环境很有感触，曾描写道：“仿佛在空气里面，四处都闪耀着狼犬那样的眼睛、眼睛、眼睛。”

中共代表团于1946年5月到达南京梅园新村，工作人员将30号的院墙加高，又在对面原先是平房的传达室上加盖一层小阁楼，既挡住了部分监视视线，又可以在小阁楼的临街窗口观察到街头巷尾的特务们的活动情况。为防止梅园新村31号特务的监视，工作人员处变不惊，从容机智，将唯一通风的窗户日夜关上，还蒙上黑、红两层窗帘，时值炎热夏季，每天汗流浃背地坚持工作，十分辛苦。

浮雕式的窗户，马蹄莲花饰，白色的石刻，镂空的窗户，上面设计的是朵朵梅花。周恩来很喜欢梅花，梅花的傲霜斗雪，最能体现周恩来的无产阶级革命家风范。梅园一草一木都是周恩来和邓颖超亲自培土、浇水栽种的。门前是两棵柏树，围墙边还种有石榴树、垂丝海棠、葡萄藤等。周总理当年住梅园新村，这里的梅花，象征着主人的精神、品格和气度：不怕霜雪打，任凭寒风吹，笑在百花前，昂首迎春归。

多年前，我曾参观过中南海西花厅。作为北京市代表团成员，我访问日本，参观了岚山周恩来纪念诗碑。后来，到过天津的周恩来邓颖超纪念馆、绍兴周恩来纪念馆学习。现在，参观南京梅园新村，我们回顾历史，缅怀先烈，发扬光荣传统。想起毛泽东对梅花的咏叹："俏也不争春，只把春来报，待到山花烂漫时，她在丛中笑。"冬去春来，北京中南海西花厅的海棠花开了。我问你，亲爱的伙伴，谁为我们安排了幸福的生活？答案自在心里。

富春江畔伟人情

方　放

一代伟人周恩来的一生，是革命的一生，光辉的一生。他呕心沥血，把自己毕生的精力，无私地奉献给中国人民的革命事业，把情和爱洒向祖国大地的每一处。生命不息，奋斗不止；鞠躬尽瘁，死而后已。

伟人离去虽已四十余年，他的丰功伟绩却永驻大地，在人民心中筑起一座巍巍丰碑。海棠依旧，丰碑永存。

万水千山总关情。浙江西北部的桐庐县，地处诗情画意、人杰地灵的富春江畔。值得自豪的是，无论在硝烟弥漫的革命年代，还是在百业待兴的社会主义建设时期，这里都留下了伟人的足迹，留下了伟人永不磨灭的形象。一代伟人周恩来与桐庐结下了深深的缘分，情洒富春江畔。

抗战行——伟人的情怀

周恩来第一次来桐庐，是在国难当头的抗日战争时期。

1939年2月中旬，为了力挽民族危亡，中共中央军委副主席周恩来，以国民政府军事委员会政治部副部长的公开身份，从重庆来到东南抗日前哨。2月23日，周副主席到达安徽泾县云岭的新四军军部，向新四军传达了中共六届六中全会精神，并对新四军今后的活动方针做出了重大而正确的决策。

3月初，周恩来抵达浙江金华。此时杭州已沦陷，国民党浙江省政府已迁于此。本计划在这里会晤国民党浙江省政府主席兼第五战区司令黄绍竑，促黄抗日。由于黄在天目山浙西行署视察，会晤未成。周副主席又在这里秘密会见了中共地下党浙江省委书记刘英，并召开省委扩大会议，传达了中共六届六中全会精神和我党有关抗日政策与指示。

离开金华后，周恩来一行又马不停蹄地继续向抗日前哨跋涉。3月19日，周恩来由淳安方向进入分水县（后并入桐庐县）境内，当晚在与县城武盛镇一溪之隔的东溪乡陈八韵家宿夜。翌日晨，周恩来由县自卫队队长李国明和陈八韵之子陈萍等护送，抄一条依山傍水、狭窄崎岖的小道，步行去天目山浙西行署，在禅源寺内会晤了黄绍竑，并对暂迁于此的浙大等校师生做抗日演讲。3月25日，周恩来自天目山按原路返回分水，再宿陈八韵家。为答谢陈家两次留宿与款待，周恩来还特送对联一副，上书：

八韵先生雅正

同心协力伸正义

精诚团结扫横蛮

周恩来赠

3月26日凌晨，周恩来等乘木帆船顺天目溪而下，于上午9时许抵达桐庐县城。下午1时半，周恩来在县府大礼堂向县政工队员、妇女工作队员及其他各机关团体共200余人，作了《桐庐为战时前进县》的演讲，高度赞扬了桐庐民众的抗日斗志，他说：“这次行踪所到，每嫌抗日阵容散漫，民气奢靡。及履浙土，不由不令人心折，尤其是接近战线各县，各种紧张情形，非但与后方各县有天壤之别，即与同一接近战线之皖南各县比较，亦觉远胜。如桐庐密迩火线，隆隆炮声，明晰可闻，且遭敌机一再猛炸，而秩序安定如故，攻势政治，有条不紊，民众抗敌情绪高涨，有训练、有组织……桐庐确系战时前进之县。尚希再加努力前进，以造成战时模范县。”

演讲完毕，周恩来不顾旅途劳累，又乘船沿富春江而下，抵离桐庐县城 30 里的窄溪镇，在中山纪念堂又发表抗日演讲：“……中国不会亡，抗战一定胜利，但任务是艰苦的、长期的，全国同胞必须团结一致，万众一心，军民协力，共赴国难，争取最后胜利。”用完晚餐后，周恩来一行当晚离开桐庐县境，乘船沿富春江而下转程绍兴。

周恩来这次抗战桐庐行，是他东南抗日前哨行的一站。当时正处抗战烽火燃起之时，国共两党共同抗日协议达成之后，作为中共主要领导者和决策者的周副主席，为了担负起挽救中华民族的重任，毅然从大后方奔赴东南抗日前哨，宣传我党的抗日主张，发动民众，结成统一战线，同心协力，共同抗日。这一行动足见共产党言行一致、表里如一的抗战诚意和为此做出的积极努力。桐庐虽是抗日前沿的一个小县，又是路过，但周副主席却十分关注它的命运，在这里两次做抗战演讲，并做出了“抗战一定能胜利”的预言，极大地鼓舞了全国民众的抗日斗志，历史见证了中国共产党的英明伟大。

更值得桐庐人民敬仰的是，周恩来同志在抗战桐庐行中那崇高的革命精神和爱国情怀。一代伟人从小立下报国之志，年轻时起就投身革命，从南昌起义到井冈山，从万里长征到陕北延安，他始终以饱满的革命热情投入到艰苦卓绝的革命斗争中去，置生死于不顾。在民族危亡的紧要关头，他挺身而出，以坚韧不拔的革命斗志，大义凛然地出行东南抗日前哨，在“炮声隆隆，明晰可闻，敌机猛炸”的抗战前沿，他不顾个人安危，一心救国，力挽狂澜。抗战桐庐行，凸显了一代伟人的雄才胆略和革命情怀。

桐庐桥——伟人的丰碑

历史的安排是如此巧妙。整整20年后，周恩来再次来到桐庐。

不过，和前次不同，这次出行，是在新中国成立10年后的社会主义建设时期。这时的周恩来，已是日理万机的共和国总理。

那是1959年4月9日上午，周恩来总理在视察新安江我国第一座大型水电站返杭，途经天目溪和富春江交汇口的桐君山汽车渡口时，他下了车，见到渡口很忙，有20多辆大小汽车争先恐后过渡，便问摆渡船工："渡口这么多汽车争着过渡，既耽误时间，又不安全，在这里建座桥不好吗？"船工回答："这里20多米深，不好造桥，上游一点的浮桥埠，水浅地质好，可以造桥。"周总理听后，便对陪同的浙江省委副书记霍士廉和中央水电部的领导说："杭新公路是浙江的主干线，新安江已建电站，富春江水电站不久也将建成，这两个地方将成为新型的小工业区。现在车辆还不算多，将来要成倍增加，过江必将造成更大困难。回去同省委和江华同志商量一下，帮助桐庐造一座大桥。这是百年大计，千年大计啊！"

周总理回到杭州的第二天，桐庐县委便接到省委办公厅来电："根据周总理的指示，经省委研究，决定在天目溪浮桥埠建一座桥，第三季度省里派人来勘察设计。"

8月中旬，省委副书记吴宪来桐庐，他说："一定要按照周总理的指示，把这座桥勘察好、设计好、建设好，不辜负周总理的期望。"并初步落实了建桥资金。

当时，国家正处国民经济困难时期，财力、物力都很紧缺。但为了完成周总理的嘱托，为了实现周总理和桐庐人民共同的心愿，桐庐大桥工程还是如期上了马。在桐庐人民的努力下，经过一年零一个月的苦战，克服重重困难，一座横跨天目溪、全长228.23米、行车道宽6米、人行道宽1.5米的钢筋混凝土公路大桥——桐庐大桥，终于在1960年底建成，从而结束了桐庐江上无桥的历史。从此新航线畅通了，桐庐本土的交通也发展了。桐庐大桥为当地和国家的国民经济建设做出的贡献有多大啊！

到了改革开放的新时期，桐庐大桥又成了320国道线上的重要纽带。日复一日，年复一年，多少奔驰的车辆，沉重的车轮，从它身上而过，不分昼夜，超常的工作量，超负荷的运行，它实在太累了，可还是默默承受着。到了20世纪90年代，它的处境才引起关注。为了减轻它的负担，国道线桐庐段终于改建了，这为桐庐大桥解了难，分了忧。人们为之欣喜，为之庆幸。可好景不长，飞速发展的经济，与日俱增的车辆，仍使它忙得日夜不得喘息。90年代末，县里果断决定，刻不容缓地要在桐庐大桥附近另造一座新桥。

每一个桐庐人都记忆犹新，桐庐大桥是在周恩来总理的直接关心下建成的。读完桐庐大桥的光辉历史时，每一个桐庐人都会激起对周总理的无比崇敬和深切怀念。历史经历有时会有惊人的相似之处。周总理第一次出行桐庐，是在繁忙的战事中，虽是路过，只留宿两夜，但他留给桐庐人民一笔宝贵的精神财富；时隔20年，已是新中国总理的他，第二次来到桐庐，在繁忙的国事中，也是路过，甚至在这里没喝一杯茶、一口水，可他带给桐庐人民和国家的是一笔巨大的物质财富。人民总理爱人民，一心为人民谋幸福。桐庐大桥的建造，正是周总理时刻想的是人民这种高尚品格的体现，是他对富春江畔桐庐人民的一片情愫。

值得一书的是，由于桐庐大桥的特殊性，在建造新大桥时，设计者真是煞费苦心、殚精竭虑。在桥址选择上，有意让新老两桥十分贴近，肩并着肩，相依相伴；在桥的形体上，两桥相似，一样的高度、一样的桥墩、一样高的护栏、一样多的灯柱。这一匠心独运的设计，其寓意不言而喻。新桥落成时，观看者络绎不绝。站在桥头，群情激动，放眼远眺：一边是新大桥，这位刚上任的接班人，它责无旁贷地在履行自己的职责；一边是老大桥，这位劳苦功高的老前辈，它义不容辞地继续为新大桥分忧。两桥情同手足，相依为命。光阴荏苒，而今老大桥虽年近花甲，但昔日那独当一面的风采犹在，它仍在发挥自己的余热。此时，每一个桐庐人都情不自禁在赞叹：啊，桐庐大桥，你是一代伟人的丰碑！

蜡梅花开

高建国

蜡梅，在风雪中绽蕊怒放，淡淡的清香沁人心脾。

1964 年的一个冬夜，宏伟的北京人民大会堂里，欢声笑语在山东厅荡漾。新娘子——一位面容端庄、身材颀长的姑娘，脸红得像是喝醉了酒，秋水般明澈的眸子燃烧着幸福的火焰。

瞧，大厅中央桌子上那只鲜艳的花篮多吸引人哟！小镜子、梳子、雪花膏、影集……静静地躺在里面，像是在对人们夸耀：送花篮的人可真称得上细心呢！

姑娘瞥一眼花篮，一股暖流注入心间，难忘的一幕又浮现在眼前：

早上，她像往常一样往人民大会堂厅室送水。正走着，一个熟稔、亲切的声音传入耳郭："大刘，晚上有时间，我就参加你的婚礼。"

被唤作"大刘"的刘桂兰怔住了，抬头看时，啊，原来是他！不知疲倦的身躯，仿佛蕴藏着永不枯竭的力量；浓黑的眉毛下，一双炯炯有神的眼睛闪烁着睿智、慈爱的光芒。

"总理，这……"姑娘惶遽地低下头，一只手略显局促地抚弄着自己的衣角。一位管理着数亿人口的大国总理，怎么会有时间参加一个普通服务员的婚礼！

可是，总理微笑着，匆匆离去了……

姑娘凝视着总理送来的花篮，一任感情的潮水在胸中泛滥，直到伙伴们兴奋的话语把她的思绪打断。

“听说总理今晚正在参加一个会议！”

“开完会，还有一个小接见呢！”

啊，总理！您是那样繁忙，可您对身边的服务人员又是那样关怀备至、体贴入微！

记得有一次，有个服务员的男朋友来了，住在离人民大会堂较远的旅馆。服务员在与您交谈时，不经意间讲到了这件事，您便亲自打电话给人民大会堂领导，重新为这位服务员的男朋友安排了比较近便的住处。还有一次，您在中南海紫光阁看文艺演出，听说一位服务员的爱人也在场，便立刻派人把他请了过来，让他坐在自己身边的座位上。那位同志是第一次见到您，起初还有些紧张，脸都红了。可是，当您亲切地询问他家住哪里，在哪里上的学，现在哪里工作后，他的拘谨之情顿时烟消云散。总理！您作为开国元勋和大国当家人，为党和国家及人民做了那么大贡献，却始终以社会公仆的身份出现在人民中间。在您身上，哪有一丝一毫官贵民贱的陋习！我们有什么心里话，都愿向您讲，就连小辫子该不该剪，也请您拿个主意……

时钟指针指向 9 点半，热闹的大厅里突然寂静下来。敬爱的周总理和邓大姐，在国务院事务管理局负责同志陪同下，神采奕奕步入大厅，来到了婚礼现场！

霎时，大厅里响起一阵热烈的掌声。

总理向参加婚礼的人们频频点头致意，不无歉意地笑着说：“你们来得都挺早，我有事，来晚了。”

“不晚！”大伙望着总理因劳累而略显消瘦的双颊，心里翻起了一股股热浪。

“两位新人好啊！祝贺你们！”总理高兴地望着新郎和新娘，快步走上前来，满面春风地同他们一一握手，脸上的笑纹饱和着欣慰与喜悦。新郎和新娘紧握着总理的手，激动得有些发慌了，事先想好的话竟一句也说不出来，只是嘴唇嗫嚅着：“总理好……”

总理和邓大姐用笔依次在“来宾登记簿”——一块火红的绸布上写下了自己的名字，然后在桌旁的空位子上坐了下来。

司仪宣布婚礼开始。新婚夫妇一起唱了首歌，随后，司仪请总理讲话。总理愉快地点点头，亲切问道：“大刘，你今年是 30 岁了吧？”

“嗯。”新娘子刘桂兰羞涩地答道，脸更红了。

是啊，见惯了总理挺拔的身影，听惯了总理爽朗的笑声，此刻，为何却脸红心跳，激情难抑？只因为，只因为姑娘忠实地履行了总理对她们的指示，把自己的青春年华，都贡献给了党和人民的事业！这片片娇羞的红云哟，不正是姑娘发自心灵的喜悦！

总理又转向新郎——天津市一位普通的工人，蔼然问道：“你今年多大了？”

“33 岁了。”新郎落落大方地说。

总理舒心地笑了，笑得那么动人。大家把总理的笑容摄入脑海，把总理的期望铭记心上。接着，总理又叮嘱说：“你们已经是晚婚了，但还要计划生育。”说到这里，总理轻轻顿住了，询问似的望着两人，说：“过 3 年，再要孩子怎么样？”

这，还有什么说的呢？新郎和新娘子互相对视着，会心地笑了。顿时，大厅里响起了一阵愉快的笑声，宛如春风鼓浪。

总理，日理万机的总理，为了一个普通的家庭，不，为了全中国上亿个家庭生活得幸福、美满，您考虑得那样细致、周全！谁能忘记呢？探家归来，您和服务员们共尝从家乡带回的玉米饼子，教育大家身在福中要知福，艰苦朴素不忘本；风雪寒天，您派人送来“三根汤”（用白菜、萝卜、葱根熬成），告诉服务员说，老年慢性气管炎都是年轻时感冒引起的，要大家谨防感冒；为了使大家更好地完成各项任务，您指示大家要学外语、学科学文化知识，并亲自为服务员派来教员，还亲笔为大家改正墙报上的错别字；您还多次嘱咐大家要晚婚，要计划生育，还让邓大姐和医生专程到人民大会堂，为服务人员讲解计划生育常识……

欢愉嫌夜短。

温馨的冬夜，时间过得是那样快，不觉夜已经深了。总理站起身，又一次握住新婚夫妇的手，殷切的话语犹如春溪潺湲：“希望你们互相鼓励，互相学习，更好地为人民服务和工作。”说罢，总理环视大厅向大家告别，一直朝自己的工作室走去。

窗外，蜡梅在寒风中摇曳着，芳香愈加浓烈。厅内，人们久久地凝视着总理馈赠的花篮，把总理的恩泽铭刻在心间。

请记住啊，挺秀的蜡梅！1964 年的一个冬夜，北京有这样一次不寻常的婚礼……

（本文根据人民大会堂原服务员任建坤、胡淑喜、高峰、高原等回忆写成）

“银冈”弥香别耐读

高玉恩

一座银灰的影壁，闪烁着古院的华光！

一道高高的围墙，拢不住书卷的芬芳！

一块睿智的大匾，诉说着寻道者的理想！

一尊汉白玉雕像，矗立着人民心中的榜样……

这就是关东最古老的书院，这就是少年周总理读书时留过足迹的“银冈”！

读书藏书写书编书，由书推演，我对书院亦情有独钟。或许受我的影响，女儿也渐渐爱上读书和旅游。有共同的兴趣，于是，2016 年中秋节这天，我们一车五人顶着淅淅沥沥的细雨飞车前来造访。

古书院，坐落在铁岭市银冈小区中，是东北唯一现存的古代书院，自然有几分神秘。可眼前的古院并没有高阁楼台，亦看不见雕梁画栋的殿堂，而是青砖黛瓦、质朴无华的平房。可谁能想到，百余年前，12 岁的儿童周恩来曾在此读书。于是，让这声名并不显赫的书院独具非凡的浓香与历史的重量！此时，也许是心诚感动了天公，忽然雨霁天晴，让我们造访之心豁然开朗！

书院占地 8800 平方米，建筑面积 3500 平方米，其中有 44 间清式平房校舍，黑砖、黑瓦、木格花窗显得沉稳而敦实。书院坐北朝南，三院并联，中间是主院，东侧是银园，即花园，西侧是周恩来同志少年读书旧址纪念馆。书院建筑质朴雅致，门前矗立一座大型青砖影壁墙，壁心浮雕鎏金楷书大字“银冈书院”，字体平整苍劲，庄重刚直，彰显古院教书育人的严谨校风。朱红色大门上布满了乳钉，檐头上镶嵌着“文运遐昌”阳刻篆字，记载书院三百年来教育事业的辉煌。正是：三春净露滋桃李，一院清风浴古今。

走进绿桐拂墙的古院，寂寥中更显幽静。斑斑驳驳的青砖默写着书院的兴衰、历史的苍凉。院分二进。一进院中有正房、东厢、西厢各三间。正房为讲堂，讲堂门柱有楹联：

雪海当堂，三百年炎黄文化传一脉；
群山聆教，九万里华夏英才下百川。

楹联上的文字生动地概述了银冈书院在历史长河中，桃李满天下，传授中华文化的历史功勋。室内陈设讲案、讲椅、条凳，如见当年师生讲学盛况。院内有两通古碑，其中一块是郝浴撰《跋银冈书院记》，记载书院创建始由。郝浴，字雪海，清代直隶定州人，因定州古属中山国，故后人尊他为郝中山。其为顺治六年进士，顺治八年任湖广御史，巡按四川。1654 年，因揭露吴三桂跋扈行为，遭诬陷而流放开原四年。在流放期间，到铁岭拜访著名诗人函可和尚，因见铁岭民风淳厚、风景宜人，遂在银冈购地造房，命名其室为“致知格物之堂”，招生收徒。康熙十四年，吴三桂叛清，起三藩之乱，康熙帝念郝浴有灼见，有忠心，遂为其昭雪冤案，官复原职。郝浴在离铁岭前，将居所正式命名为“银冈书院”，并将书院后二百余亩田产献给书院，作为办学之用。他在铁岭生活了 17 年，对银冈爱之甚深。在他赴任前，泣抚银冈，不忍别之。他一生不但为官清正，而且文学艺术造诣颇深，为清代著名诗人，有《郝中山文集》传世。西厢房为藏书室，藏《古今图书集成》240 函；东厢房，就是少年周恩来读书、学习古代诗文的东斋房。驻足其间，火炕上有方桌，桌上放笔墨砚卷。恍惚中，似见少年周恩来正在书诗录文，不舍昼夜刻苦攻读，沉醉在美妙的文化经典之中。书房门柱有联云：

与有肝胆人共事；
从无字句处读书。

此乃周恩来在南开中学撰写的自勉联，其意深远，让我们解读出他的情商高远，成熟之早，识见之深，努力向书本学习，更注重向生活学习的实践论思想。由此，我们想到：在银冈这座名院中，周恩来不仅仅学到了文化知识，还汲取了忠臣名将高尚的思想德操，为他日后成为具有儒家风范的一代伟人打下深厚的根基。

院落的第二进为“郝公祠”，门上的大匾十分醒目，让人顿生敬意。三间祠房，是居室，亦是他讲学的书房。居室门厅悬郝浴草书“致知格物之堂”大匾。康熙二十二年（1683 年）7 月 15 日，他病逝于桂林任上。噩耗传来，铁岭学界、银冈诸生无不为之哀痛，遂将寓所辟为“郝公祠”，以资纪念。

郝公祠中“致知格物”大匾引起我极大兴趣，郝公为什么将之挂在卧室，其语意是何？原来，此语出自《礼记·大学》，其为儒家哲学用语，是说只有通过“致知格物”才能使自己心正意诚，进而凭着修身、齐家、治国、平天下的路径，实现个人的生命价值。朱熹在《大学章句》中认为“致知”即“推极吾之知识，欲其所知无不尽也”，“格物”即“穷至事物之理，欲其极处无不到也”。按接替郝浴办学的董国祥解释：“知者，心之灵也。致者，推而极之以求蔽也……天下、国、家、身、心、意皆物也，诚、正、修、齐以至治、平即格物也……此即所谓知善知恶是良知，为善去恶是格物。”在郝浴“致知格物”思想的滋润中，在前赴后继一代代师表的引领下，300 年来，书院走出魏夔均、任辅臣、石璞等一大批革命的志士仁人。我想，周恩来当然就是其中的佼佼者！

1910 年春，12 岁的周恩来随伯父周贻赓，由家乡淮安取道山东、天津来到东北，自辽河上溯，由马蓬沟渡口上岸到铁岭，进入银冈书院小学堂读书。正是因为这位德高望重的中华人民共和国的第一任总理曾就读于此，银冈书院锦上添花，光彩照人。书院于 1979 年 9 月被辟为周恩来同志少年读书旧址纪念馆，2013 年 3 月 5 日被国务院确定为全国重点文物保护单位。周恩来回忆这段学习生活时，曾深情地说：“我在铁岭入了小学，6 个月后又去沈阳入学，念了两年书。从受封建教育转受西方教育，从封建家庭转到学校环境，开始读革命书籍，这便是我转变的关键。”从这率直的话语中，我们真真切切地读出“启蒙教育，生活环境，对人生成长该是何等重要！”真是“近朱者赤，近墨者黑呀！”

西院是周恩来少年读书纪念馆。走进大门，稀寥的游人，院子显得格外空旷，碧绿的草坪铺满庭院，草坪中长着些许圆溜溜球木。在南西北三面校舍的环护中，院里耸立着周总理汉白玉雕像。周公稳稳地站在黑色大理石基座上，身着大衣，体魄矫健，目视前方，右肘微抬，左手执卷，似正在为国高瞻远瞩，精心筹划……我和女儿在像前留影，并向这位心中的伟人深深鞠躬，以示由衷的敬意与怀念！

院内平房里设有“生活新起点”“第二故乡情”“伟人周恩来业绩展”“周恩来读书教室”，共展 127 件实物、340 张照片，真实生动地再现了周恩来在银冈书院这块宝地奋发苦读、卧薪尝胆、少有壮志、聪慧过人、登龙首山的故事……陈列室中陈列着周总理少年手书作业本、历史照片、用过的衣物……最显珍贵、最能引起我注意的是周总理那首慷慨激昂、洋溢文采与爱国豪情的珍贵墨卷，让我反复吟咏，不愿离去：

大江歌罢掉头东，邃密群科济世穷。

面壁十年图破壁，难酬蹈海亦英雄。

这首诗是周恩来在南开学习后，于 1917 年由天津登轮东渡日本临行前所作，于 1919 年书赠南开校友张鸿诰的。

徘徊在古老的书院内，踏着周恩来少年的足迹，秋风送爽，书香萦心，榴盆花红，豆蔻少年身影如在院中。在银园行吟“大江歌罢”，无限诗意弥漫园中，仰影壁上“为中华之崛起而读书”的伟大襟怀，令人唏嘘不已，敬意油然而生……于是，百年书院与伟人身影便叠加重合而一！我深深感到：访书院、览胜迹、走山水，是旅游，更是一种阅读；崇尚伟人、学习伟人，不能只是泛泛的观览，还需一种静读、细读、深读、精读。不读，怎能识山水之精神；不读，怎能解诗文之内蕴；不读，怎能辨人生之奥理；不读，怎能谙伟人之少小立志，面壁苦读，于逆境中奋起之精神……其实，人生就是活到老学到老，笃学求索，发奋永进的过程。依我看，人生无时无刻地在读：读诗读文，读山读水，读人读事，读古读今……正是：几百年旧家无非积德；第一等好事还是读书。那么，就将“读”作为一种生活的姿态，一个日常的习惯，一生永恋的情人吧！

银冈书院就是一函闪光的绵长的史卷。敬爱的周总理，就是一本学不尽读不完的大书！

天空中海棠盛开

郝随穗

到了您的生日，您的春风就要赶赴一场北方的大雪，3 月，我在陕北瓦窑堡的天空下仰望。雪花飘落下春讯，脚下的大地正在复苏，春天正从您的南国徐徐走来。

我的爷爷记得您，我的父亲记得您，我记得您！这个春天的海棠花记得您！

1936 年的春天里，您在陕北瓦窑堡的下河滩种下一棵树，您说树长大了，就能长出红枣。您说枣树开花的时候最好看，那宛若小米一样金黄的碎花，就像天空中的星星点灯，照亮黑暗。那是一棵枣树，不是海棠树，那是一棵您深爱着的枣树，犹如您深爱的海棠树。

我的爷爷说，您的胡子跟他的胡子一样长，您的个头跟他一样高，您是一个爱笑的人。爷爷说，见您穿着打满布丁的灰布衣服帮瓦窑堡的老乡推碾子拉磨，您爽朗的笑声好像瓦窑堡的唢呐声，热乎乎地暖了大伙的身子，干的活就是再累，也不觉得苦。

我的父亲记得您啊，他说虽然没见过您，但是在一场恶战开始之前的首长动员讲话中，总指挥彭德怀讲到毛主席和您。您说为了打赢这场战斗，想办法买了一头猪犒劳作战人员，给他们吃了一顿烩肉片蒸馒头的大餐。那场战斗胜利了，那顿飘香的猪肉菜至今成为瓦窑堡的一段佳话。

一个下午，您在下河滩散步，遇见哮喘病发作的老王蹲在墙角不能动弹，您便快步上去扶他起来，让警卫员叫来医生医治。老王的病最终还是没有治好，过了几年，他死的时候说，能得到您的关照，自己这辈子没白活。老王死后，埋葬的那天，下雪了，送葬的人说，那是您捎来的话，您的话落在众人的身上，就像是给大家披上了棉袄。

1936 年 6 月 23 日，瓦窑堡的早晨十分宁静，您坐在几棵枣树下批阅文件和电报，突然，瓦窑堡城里枪声大作，原来是国民党晋陕绥宁四省边区地方部队高双成的 86 师两个营 800 多人，突然从石湾方向袭击瓦窑堡。您急忙让警卫员叫醒正在熟睡的毛泽东。当时危急情况下，您拒绝了毛泽东要您跟他们一起撤离的要求，直到目送毛泽东、张闻天安全出了南门，自己才撤退。这就是您和毛泽东、张闻天三人在瓦窑堡经历的“瓦窑堡脱险”。惊心动魄的故事早已成历史，如今瓦窑堡的老人和山河依旧记得您的从容不迫，您的舍生取义。

1935 年 12 月 17 日至 25 日，中国共产党在陕北瓦窑堡召开了政治局扩大会议。这次会议解决了遵义会议没有来得及解决的政治策略问题，确定了建立抗日民族统一战线的政策。会议期间，您在瓦窑堡的窑洞里认真思考发言，认真做笔记，为国家的命运、为民族的统一殚精竭虑，夜以继日。瓦窑堡会议的召开和您的存在，使得瓦窑堡这个弹丸小镇走进中国的辉煌史册。您在瓦窑堡曾说过，您爱瓦窑堡的山山沟沟，您说瓦窑堡的父老乡亲是天不怕地不怕的英雄好汉。多少年过去了，20 世纪的您似乎依旧住在瓦窑堡的窑洞里，下河滩的老乡来到您的窑洞前，擦了又擦青砖窗台，浇了又浇那棵枣树。

我记得您。我的记忆来自我的爷爷和我的父亲。

爷爷是我的一本书，书页上写满您的名字。受苦受难的爷爷见过几个大人物，其中一个是毛泽东，一个是您。爷爷说，你们在瓦窑堡的时候都是好人哪，就跟咱瓦窑堡的老百姓没什么两样，吃穿一样，做人做事一样。

父亲说，周总理在那次战前动员会上捎来的话很情长啊，他们吃了这顿好饭，打仗的时候士气很高，满脑子想的就是您对他们的挂念。战斗结束了，这份挂念还在，这一挂念啊就是两个世纪的岁月，海棠花开了又谢，谢了又开，每一次挂念，都是您瓦窑堡父老乡亲绵长的思念。

我的记忆是碎片拼凑起来的一个凸显的您。

您是江南水乡的美男子，80 多年前您在陕北瓦窑堡——我的家乡的窑洞里住下，您就住下一个伟人的全部，您把理想与信念放在这孔窑洞里，您把智慧与勇敢放在这孔窑洞里。在瓦窑堡近一年的时间里，您和您的战友上米粮下黄河，去延安到安定，这里的山水养育过您，这里的乡亲念叨着您。海棠花开过、枣树花开过，您的理想与信念、您的智慧与勇敢、您的一切都在瓦窑堡的时光里得以滋养，得以壮大。

已是春暖花开，我要过了秀延河大桥，再去下河滩您的故居走走，那里有您的足迹、您的身影，也有您的气息。那里的枣树上早就挂满了果实，一年一次的枣红了，都是瓦窑堡人对您的无尽的思念。

我仰望北方的天空，正是海棠盛开时。您在一朵朵盛开的海棠花中，您在大地和蓝天的春风中。

在新疆感受周恩来精神

胡　芳

一个偶然机会，我在网上看到“海棠杯”全国征文活动。这是“深切缅怀伟人周恩来，大力学习宣传周恩来精神，深入挖掘周恩来精神的丰富内涵，充分展现周恩来的光辉形象和崇高品格，积极弘扬和践行社会主义核心价值观”的应时之举。我决定把自己在新疆感受周恩来精神的经历写下来参加征文投稿。

参观展览终身受益

作为一个新疆人、旅游行业从业者，我多次有机会到新疆石河子市参观“周恩来总理纪念馆”。1965 年 7 月 5 日，周恩来总理和陈毅副总理出访归国途中，在石河子总场接见干部职工和支边青年，发表了“出身不由己，道路可选择”的重要讲话，为推动新疆各项事业的发展和广大知识青年安心边疆、建设边疆起到了促进作用。1977 年 7 月 1 日，就在这白杨林带建成了全国唯一一座周恩来总理纪念碑，纪念碑成为石河子的标志性建筑和新疆著名的人文景观之一。

周恩来总理纪念碑坐落在新疆石河子市北郊，距市中心 2 公里。周总理享年 78 岁，所以碑身筑高 7.8 米；周总理来石河子视察时 67 岁，所以碑文位高 6.7 米。周恩来总理纪念碑南侧是周恩来总理纪念厅，北侧是周恩来总理纪念馆。纪念碑正面刻有“敬爱的周恩来总理永垂不朽”12 个金字。统观纪念碑，挺拔高耸，造型凝重，风格淳朴雄浑，碑前花卉和长松柏，给人以温和严肃之感。周恩来总理纪念馆作为精神文明建设的重要基地，被共青团中央命名为“全国青少年爱国主义教育基地”“新疆爱国主义教育基地”，让下一代知道老一辈革命家为国家做出的牺牲，让公众知晓周恩来精神。

我每次来纪念馆参观都会在讲解员的带领下，再一次了解周恩来的生平和精神。我在每一次的参观过程中，通过简单的讲解，都有新的感悟和收获。在爱里读懂一个人是很容易的事。这里浓缩了两种深沉的爱：一种是周恩来对国家、对青年的无私的爱和博大的爱，一种是人民对周恩来的崇敬和爱。通过展览让人们真正认识革命巨人周恩来，学习周恩来精神。可亲可敬的总理有 60 多年的革命生涯，26 年的总理任期，日理万机，鞠躬尽瘁，死而后已。当年送您走十里长街，今日陪您看十里繁荣。雄狮已醒，复兴在即。山河犹在，国泰民安。这盛世，如总理所愿。

周恩来的一生是追求真理、崇尚理想、生命不息、奋斗不止、不断进取的一生。周恩来少小目睹患难之中国，年少的他就庄重地确立了“为中华之崛起而读书”的坚定信念。为了追求真理，他东渡日本、远赴欧洲考察，在彷徨中决意另辟“新思想”，最终选择了共产主义这个拯救中国的良方，从此对共产主义坚信不疑。为了实现共产主义这一崇高理想，周恩来在中国革命的各个历史阶段都站在斗争的最前列。

周恩来的一生是为人民服务的一生，他视自己为人民的公仆，视为人民服务为自己工作的出发点、毕生的追求。他视人民为国家的主人，自己为人民的公仆。把人民群众置于国家主人之地位，是他乐于做人民公仆的思想基础。他始终以人民公仆的形象出现在人民面前，虔诚地向群众学习，真诚地为群众服务，最典型地表现了共产党人所倡导的主仆之间的关系，这也是他永远赢得人民爱戴的重要原因。

我作为“长在红旗下的一代”，通过一次次来纪念馆，我认为自己逐渐读懂周恩来精神，读懂周恩来。周恩来的伟大人格给了我来自灵魂深处的感召和激励。

传承精神走向未来

我是70后，周恩来那句“为中华之崛起而读书”一度是我的奋斗目标。这是一个值得尊敬的国家领导人，同时他也活在了人们心中。在我心中，周恩来是一个完美的中国男性。

周恩来一生酷爱学习，且善于学习，学以致用，不断丰富自己，改造自己，进而改造社会。周恩来自幼酷爱读书，投身革命后虽肩负重任，但一刻也不放松学习，无论是革命战备的戎马岁月还是社会主义建设的繁忙时期，他都千方百计挤时间读书。周恩来读书学习不仅善思好问，善推求比较，还善于向社会学习。他远涉重洋赴欧洲勤工俭学时，除在学校读书外还利用假期进行社会考察。周恩来“面壁十年图破壁”的诗句，集中地表现了他对学习与运用、知与行、认识与实践的辩证关系的深刻理解和一生践履。为了中华之崛起而学习，成为周恩来一生的思维“定式”，激励着他活到老、学到老。

我作为新时代的国家公务人员，要努力做到敢为人先，努力进取，拿出干事业的胆气，真抓实干，敢作敢为，敢于动真碰硬，不空谈，讲求实效，要敢于冒险，勇于创新，不屈不挠。工作都是为人民服务的，视为人民服务为自己的义务。应该经常思考如何经过我们的努力工作，实现中华民族伟大复兴的中国梦。

不忘初心继续前进

周恩来纪念馆是新疆党员干部思想教育基地。今天生活在这块土地上的新疆人，发扬着新疆精神，紧跟着时代步伐，奋勇前行。中央新疆工作座谈会统筹部署，各省市援疆项目在新疆大地落地生根，自治区多项富民利民举措惠及各族群众，以现代文化为引领弘扬时代风尚，共筑丝绸之路经济带，追逐中国梦想，新疆的经济社会跨越式发展，取得了巨大成就。各族人民斗志昂扬，扬帆起航，共筑新疆辉煌未来。

周恩来这个名字，走过 120 年的风雨历程。在周恩来逝世 40 多年后的今天，人民依然深切地为他的精神所打动。周恩来集中华民族广博的智慧于一身，扬中华美德的魅力于中外，成为值得中国人世代学习的楷模。学习周恩来精神，绝不仅是一种缅怀，这是一个毫不褪色的人格话题，通过学习周恩来精神，去触摸一种跨越时空的人格精神，感受到作为一个中华儿女的自豪。

要做好周恩来精神的传承工作。当今的中国更需要大力弘扬周恩来精神！不管是中国的未来，还是中国的目前，都需要周恩来精神。

“周恩来楼”的故事

稽汝广

小时候，常听老人们讲大连的轶事，他们说，南山有“林彪别墅”，岭前有“徐海东楼”，黑石礁有“周恩来楼”。

沙河口区黑石礁西村街 61 号星海宾馆就是老人们说的“周恩来楼”。那是一栋欧式二层洋楼，1933 年建。从正面看，别墅的天窗开得很大，既是为了采光，也是为了突出中间，比例适中，显得非常和谐。建筑简约多变，两侧特意使用弧形设计，通过这样的微妙变化将贵族气质一点一滴渗在建筑的表面。

最初，这里是晚晴肃亲王善耆第七个儿子宪奎的府邸。宪奎又叫金壁东。关于他的名字还有一段故事。肃亲王善耆与恭亲王溥伟一样，拒绝在退位诏书上签字。在日本人的扶持下，善耆先后两次策划“满蒙独立运动”。第二次“满蒙独立运动”初期，即 1916 年 1 月，蒙古分裂分子巴布扎布为了表示对已经灭亡的清朝的忠心，将两个儿子农乃和甘珠尔扎布送到旅顺的善耆王府。礼尚往来，善耆把宪奎送到叛军的队伍中，实际上就是交换人质。宪奎临走前，善耆为他取名金壁东，意思是

“东方的壁垒”。

金壁东果然“不辱父命”，虽然“满蒙独立”再次失败，但日后他却成为伪满洲国的股肱之臣，先后身居“铁道守备队中将司令”“黑龙江省省长”等要职。这座黄色的小洋楼就是金壁东在伪满洲国成立后第二年建造的。

新中国成立后，金壁东官邸被接收。1950 年改为“旅大市人民政府交际处黑石礁宾馆”（也叫“黑石礁招待所”），1985 年 2 月更名为“星海宾馆”。

新中国成立初，考虑到周恩来总理日理万机，比较劳累，毛泽东主席便亲自安排他来大连静养。1951 年 5 月 13 日，周总理来到大连，名义上是来疗养，实际上是把办公室移到了大连。

周总理来大连的第一天便到文化街 75 号，探望在那里养病的徐海东。两天后，徐海东带着全家到黑石礁招待所回访，同来的人还有陈赓和夫人傅涯。周总理热情地邀请他们共进晚餐，饭后同他们做了长时间的亲切交谈。

在大连期间，周总理先后视察了大连港、造船厂、化工厂、机车厂、西山水库、台山水厂等地，观看了大连工业展览馆（旧址在今博览大酒店）。

初来大连时，周总理只在院子里或在院外附近散步。一周后，他提出要到远郊风景区或公园去看看。当时正值抗美援朝特殊时期，一旦被认出，必然招致群众围观，暴露目标后，可能会遭到敌机袭击和美蒋特务暗杀。保卫人员经过商量后，建议周总理化装。6 月天不好戴口罩，大家就提议让他留胡子。周总理一听就笑了：“那还不容易。”由于他胡子长得特别快，一个星期两撇八字胡就长得很像样子了。后来，周总理改变了主意：“这胡子不能留，哪有总理怕群众的道理。只要相信群众，依靠群众，做好工作，是不会出问题的。”说着，他便刮掉了浓密的胡子。

“周恩来楼”位于 202 路黑石礁站（原终点站）附近。电车驶动时会发出咣当咣当的响声，韩光市长怕影响周总理的休息，临时规定有轨电车只开到星海公园站，星海公园至黑石礁区间停运。周总理知道这件事以后，当即来到市政府严厉地批评了韩光，让他立即予以纠正。10分钟后，电车按时开到了黑石礁。

每一条街道都有故事，每一个房子都有记忆。之后，这栋洋楼还住过刘少奇、朱德、宋庆龄、贺龙、粟裕等国家领导人及多位外国元首。

林彪也住过黑石礁招待所。那是“文革”前夕的一个盛夏，他来大连视察，下榻在黑石礁招待所。当时，林彪全家都来到大连。住宿黑石礁招待所的第一天晚上，叶群听到咣当咣当的响声，当即向宾馆工作人员询问。工作人员告诉她：“这是有轨电车行驶的声音。”叶群听后，非常不满：“这怎么行，这不影响首长休息吗？马上打电话叫他们停了！”

电车一停引起市民不满，有关部门不敢说明事情真相，只好说因为要维修轨道。多年后，事情解密，人们更加怀念周总理。1995年，电视连续剧《周恩来在大连》重现了周总理1951年命令恢复电车通行的故事。

缅怀周总理

李兴旺

他把所有的心装进心里，他把所有的爱握在手中，他把所有的伤痛藏在身上，他把所有的生命归还世界。他，就是这样的人。50 多年革命生涯，26 年总理任期，他鞠躬尽瘁；他离去，身后没子女也没财产，却有十里长街百万群众洒泪送别！

诸多影视、文学作品及回忆录多是侧重展现周恩来温文尔雅、和蔼可亲、忍辱负重等品格，于是在人们的印象中，周恩来总理是一位温文尔雅的白面书生式人物。但其实，周总理有我们不知道的四个侧面……

1913 年至 1917 年，周恩来在南开学校就读期间，曾拜在天津开设武馆的韩慕侠为师，习学“形意八卦”，后周恩来在黄埔军校任政治部主任，韩慕侠则被聘为黄埔军校首席国术教官，周恩来再度学艺，可见周恩来师出名门。

遵义会议前期，周恩来长期担任共产党军事方面的第一领导者，曾组建了著名的“中央特科”，并亲自讲授保卫自己、打击敌人的基本方法。

周恩来既是课堂上的武术教师，又扮演实践中的“武林高手”角色，常常奋不顾身地亲自指挥红队，抢救被捕同志，镇压叛徒特务，虎口除奸，先后处决了罪大恶极的叛徒何家兴、戴冰石、白鑫和国民党特务头子王斌、马绍武等人。

当时周恩来化名“伍豪”，所以他的特科行动被称为“伍豪之剑”，他的特科比国民党特务头子戴笠的部队厉害百倍。蒋介石曾对戴笠说：“如果我们抓住了周恩来，整个共产党就会垮台。”

周恩来留日期间 1918 年 4 月 3 日的日记写道：“阅英文报，得知日政府又提二十一条于中国矣！”在日本阅读英文报纸，可见其英语水平的确高矣。

周恩来一直有阅读英文报纸的习惯，纪录片《百年恩来》中就有他在工作之余阅读英文报纸的镜头。美国记者斯诺在《西行漫记》中记述了他与周恩来的会面：“他讲英语有点迟缓，但相当准。”

1954 年，周恩来在日内瓦会议之后经过莫斯科，参加苏联人举办的一个酒会，当周恩来致辞时，他使用了英语，以致与会的不少苏联权贵还要翻译人员把他的英语致辞翻译为俄语。

基辛格博士在回忆录《白宫岁月》里这样描写他所认识的周恩来：“他听英语时，不必等到翻译，脸上的笑容和表示理解的表情，很清楚地表示他是听得懂英语的。”

1972 年，尼克松总统顺利访华，签署了《中美联合公报》，答谢宴会上，章含之在翻译尼克松的致辞时翻译错了一个词，尼克松当时说中美之间的距离很近，才 1.7 万英里，他说的“1.7 万”英文表达就是“17 个千”，章含之翻译成“1700 英里”。在场没有一个中方人员听得出来，只有周恩来抬起头来说：“含之，太近了点儿吧。”

周恩来除了英语水平较高外，还接触过日语、法语、德语、俄语。1917 年 9 月，19 岁的周恩来从南开学校毕业后东赴日本，进入日本东亚高等预备学校主修日语。

1941 年 4 月，美国作家海明威夫妇访华时，在重庆见到了周恩来。海明威夫妇与周恩来之间的交谈没有使用英语，而是由王炳南的德籍妻子担任翻译，通过法语进行。

据说海明威选择欧美上流贵族在交际场合使用的语言来表示对周恩来的尊重，更让海明威惊奇的是周恩来竟然不用翻译就能听懂法语。

柬埔寨国王西哈努克在他的回忆录中对周恩来的法语水平有这样的评价："周恩来有一位很出色的法语翻译，其口语相当流畅标准，但她在传达总理的连珠妙语时，偶尔也会出现一两处小错。""智慧超人的周恩来出于谦虚，同我交谈时没有使用法语，可是他明察秋毫，总是尽可能礼貌地指出和纠正翻译的失误，让她重作确切的表述。"

在一次由周恩来主持的国务院会议上，有一位部长在汇报工作时，只是照着材料一个字一句话地念，好几次念错闹出笑话来。

周恩来强压住内心的火气，提醒说："不对！看清了再念。"这位部长又看着念一遍，情况依然糟糕。会后，这位部长被点名罚了站。

20 世纪 50 年代的一天，周恩来总理前去机场欢送西哈努克离京，大家目送着西哈努克进了舱门，便迫不及待地往机场门口走，打算去看正在进行的足球比赛。

周恩来勃然变色，让秘书把他们叫回来，面对那些将军喝问："你们学过《步兵条例》没有？《步兵条例》里哪一条规定，总理没有走，你们就可以走了？你们当将军能这样？在部队里，首长没有走，下边全走了，行吗？客人还没走，机场已经没人了，人家会怎么想？你们是不是不懂外交礼节？"

难忘，与总理的“偶遇”

魏　青

几年前，父亲还健在。

父亲退休后没啥事，我们都劝他学学周围的老人出去转转，人多处凑个热闹，但老人家就是不为所动，就是喜欢宅在家里，摆弄那些当年的老粮票老布票老油票什么的，一副深居简出的样子。

一天，我决定参加一个征文活动，妻子问哪方面的，我故意卖关子，便说是关于一个大人物的，妻子一笑，大人物？多大的人物，你见过吗？我摇头。我说，我没见过但我认识，不仅我认识，你也认识，不仅你认识，全国人民都认识。妻子忙问谁。我说“周恩来”，妻子一脸愕然。

一向沉默寡言的老父亲正靠在阳台上眯眼晒太阳，一听到“周恩来”仨字，忽然挺直腰板来了精神，说道，你们说的大人物，我，见过。我以为老爷子在梦游，没有搭理他。心想，一个退休铁路工人，一辈子就知道敲洋镐，连天安门是啥样都没有见过，竟说见过周恩来，真是敢说。

但父亲却说，我不是开玩笑，我说的是真的，我不仅亲眼见过，而且相隔不远。于是，父亲一五一十地跟我们聊起当年“巧遇”周恩来的经过。那时父亲尚年轻，是大修段里的一名线桥工。1958 年夏天，暴雨连连，黄河出现百年不遇大洪峰，父亲和工友们正在泺口黄河铁路桥上忙着捣鼓石砟，加固路基，桥下黄河的水势凶猛，冲得桥墩哗哗地响，这时十几位干部模样的人走过来，走在中间的一个人有些面熟，谁也没有想到一个只有在报纸上电影里见到的大人物这个时候会来到自己眼前。大伙都在紧张地忙碌着，等那些人从他们跟前道间的石砟上一步步走过去，大伙才反应过来，哦，那不是总理吗，白色的短袖衫，两道浓眉，神情专注地注视着脚下的路基，和电影里报纸上的总理有些不太一样。总理也来关心咱们的铁路桥哩，大伙的心里都热乎乎的。过后才知道总理是担心济南黄河铁路桥被冲垮，影响津浦大动脉，便顶着烈日来大桥视察。

完了？完了。就这些？就这些。就没和总理说说话？没有。也没握握手？没有。合影呢？更没有。

我“扑哧”一声笑了，心想，老爷子唉，您可真逗！

我对父亲的话信少疑多。父亲的话如是真的，一个普通铁路工人，能亲眼看见总理的风采，也算三生有幸。但一没有说话二没有握手连个照片也没有留下，空无佐证，怎能让人信服呢？再说，如此“抢镜”的事，以前怎么从来没听他老人家说起过呢。

父亲一脸肃穆，他说，那个年代不像你们现在，一个手机啥都解决了。那是什么年代啊，百业待兴，底子是那样薄，新中国成立也不过 10 年。那时的人非常单纯，想的都是如何为国家建设出力流汗，别的，谁会去琢磨那么多？

作为一个文学发烧友，我正为征文的事大伤脑筋，妻子建言，不如就写父亲说的这件“重要见闻”，我没有理会她说的话。虽说那是一次以缅怀总理丰功伟绩为主题的全国性征文，由于我心里存着疑惑，所以父亲的述说，我在文章里只字未提。一直以来，我仅是将他的话视作笑谈，怎么能跟全国人民都敬仰的总理联系在一起呢。在我根深蒂固的潜意识里，父亲是一粒尘埃，而总理是一颗星球，他们的世界相隔太远。

我按照我的理解写出了一篇征文。随着寄出的征文石沉大海，父亲的“述说”也在我脑后烟消云散。

一晃几年过去。父亲终于没能等到抱上他日夜念叨的大孙子而撒手西归。后来，记得是去年春天，一个偶然的机会，我带 4 岁的儿子去山东书城挑选儿童读物，无意间在一本厚厚的图片集里，翻到了一张老照片，照片下方的几行说明文字，引起了我的注意。这是一张有关周总理来济南视察的照片，可能是拍摄者距离他们较远，照片中的人显得略微有些模糊。总理走在一座高大的铁路桥上，白色的短袖衫，左手腕上有一块手表，旁边有十几位干部陪同着，神情专注地注视着前方，他脚下的那座桥恰是济南泺口黄河铁路桥。照片拍摄的时间正是 1958 年。这年夏天暴雨连连，黄河出现百年不遇的大洪峰，照片特别交代周总理是从河南视察完郑州黄河铁路大桥接着又马不停蹄奔向济南的。这张照片在平时公开的资料中我从来没有见过。这时，我脑海里忽然闪电般地想起了父亲，想起父亲讲述的那段往事，那段他曾引以为傲而我却不以为然的往事。

我仔细地端详着这张照片和照片里的每一个细节，我瞪大眼睛找遍了所有的角角落落也没有发现父亲的影子。

尽管如此，这张照片仍给了我震撼的冲击力。因为这和父亲述说的那件事非常吻合。看来是我误解了父亲，父亲的讲述确有其事。估计连他自己也不知道，总理视察铁路桥的那一幕，早已有人将它定格在了影像里。

手抚照片，我不由得百感交集。

父亲啊，我的老父亲。你一个普普通通的工人，不过千里铁道线上的一小颗螺丝钉，在这样的镜头里，又怎么会出现你的身影呢？不仅是你，即便是现在，资讯如此发达，一个草根百姓，又有多少机会能和国家总理出现在同一个画面里呢？虽然照片里没有你，但在我的心里，我依稀看到了你正在桥上的某一个角落里手举铁镐辛勤劳作的身影，以及你影子后的那个世界。

忙于工作的工人父亲不过是和同样忙于工作的国家总理在一个特定的时间和地点，来了一次无意中的偶遇。这种没有交流没有握手没有留下蛛丝马迹的一遇，对于常年奔走于祖国大江南北日理万机的总理，或许是一种常态，但对于一个普通百姓来说，即便是这样的邂逅纯属偶然，也足以令他回味一生。在他眼里，总理，以及所有事必躬亲心系苍生的公仆都是共产党的化身，而共产党就是他心中的太阳。

只不过，岁月无情，不管是领袖还是百姓，最终都已随风而去，成为我们这些活着的人眼里的历史和书中的文字。

但历史和文字，向来是用来铭记的。它们绝不会忘记那些应该铭记的人。

一张模糊的黑白照片，仿佛是命中注定我要与它相遇，就像当年父亲与总理相遇。这种机缘际会无声地印证并还原了父亲的讲述，偶然地拉近了历史和现实的距离。当一位伟人和我们的家人产生交集的时候，伟人的名字忽然间褪去了些许神秘色彩而显得真实亲切，伟人的身影也变得触手可及。

儿子见我看得如此投入，便用稚嫩的声音问我在看什么，我指着照片里的那个慈眉善目的人对他说，周恩来。周恩来是谁呀？我一怔，迟疑了一下，摸着他的小头对他说，爷爷，一位非常非常有名和非常非常可爱的爷爷……

走出书城，和风阵阵，一缕缕花香沁人心脾，大街小巷，又是满树海棠抒情时。

回到家，妻子正坐在电视机前聚精会神地观看热播剧《海棠依旧》，4 岁的儿子跑过去，指着电视里的那个慈眉善目头发花白的老人，一个劲儿地对他妈妈说，爷爷爷爷，非常非常有名非常非常可爱的爷爷……孩子的天真让我的目光停留在了墙上父亲的遗像上，我猛然意识到，不几天就是清明节，一个熟悉的影子又要在我的泪水里复活。顷刻间，一浪浪难以抑制的潮水冲开了感情的闸门——我迅速打开电脑，以一颗赤子之心，轻轻写道：

宽厚的大地是父亲裸露的脊背，儿女不过是他们撒落的种子。但愿每一粒种子，都能理解父辈的教诲，每一片绿，都不忘记大地的情怀。

名流的泪水为哪般

欧家斤

哭，由于痛苦或激动而流泪出声。俗话说，男儿有泪不轻弹，只因未到伤心处。刚毅的文化将军陈沂和儒雅的文学家叶圣陶为何均泪流满面？这都是源自于周恩来的恩情！

惜别的泪花

陈沂曾任总政治部文化部长一职8年，抗美援朝期间3次以副总团长的身份率团赴朝，常和周总理见面。陈沂不幸被打成“右派”后，有人想把陈沂送到门头沟下煤窑。周恩来总理得知后干预道，陈沂为党做过很多工作，还是应该给他分配个工作。为此，陈沂被攻下放到齐齐哈尔园艺场。落难时陈沂无时不在怀念总理，无法找总理申诉满腹冤屈，“我是从不哭的，有一次我也禁不住在一个野地里放声地哭了。”

1962年夏天，陈沂来到省会探亲。有天傍晚，他和爱人往松花江畔走去，忽然看见一组车队迎面驶来。联系到新闻媒介报道情况，陈沂对爱人说："怕是总理的车队啊！"他俩继续向江畔走去，还顺路到朋友家去坐，直到夜里 9 点钟才回家。刚进家门，孩子就着急地说："刚才省委交际处来电话，说中央有位客人要见你。"陈沂断定那位中央的客人就是总理。他当即给交际处打了电话。不一会儿，车就来了，把他夫妇接到 107 宾馆。

见到陈沂夫妇，周总理把他俩拉到长沙发上坐下，第一句话便是"陈沂同志，你这些年受苦了！"握着周总理的手，陈沂觉得一股热流涌进心窝。周总理接着说："刚才去街上我没有看到你们，是小超（指邓颖超）见到后对我说'那不是陈沂同志吗'，所以我一回宾馆，就要他们立刻去找你，要他们在 11 点以前一定要找到！"

陈沂向周总理简单地谈了自己的情况。周总理问："毛主席最近讲了司马迁的故事，知道吗？"陈沂点点头。周总理继续说："司马迁受了宫刑还写《史记》。你陈沂，一个共产党员，难道还没有司马迁那几根骨头吗？"这话深深打动了陈沂，大大鼓舞和提高了他继续在下边劳动锻炼的勇气。

晚年的陈沂写下了《谒周总理故居》，表达了自己的崇敬之情："树立楷模共瞻仰，一言一行后世师。"

悲伤的痛哭

史晓风回忆说，周恩来总理特别关心党外朋友，他在任叶圣陶先生秘书期间，就知道周总理曾两次救叶先生脱离险境。

"文革"一开始，教育部首当其冲，叶先生被戴上了"文教界封资修的祖师爷"和"一贯反对党的领导的漏网大右派"等帽子，遭到"横扫"和打击。当时叶老已 72 岁高龄，若继续遭批斗和冲击，后果将不堪设想。周恩来总理得知这些消息，就思考着怎样保护这些学术界的老朋友。1966 年 7 月，国务院决定将高教部和教育部合并为教育部，派人到教育部宣布，叶圣陶和林砺儒因年事已高，免去副部长职务，工作听候安排，使之得以避开运动的风头。

1976年周总理逝世后的某一天，史晓风去东四八条看望叶圣陶先生，声泪俱下地讲述当时读到和听到的有关周总理的故事和传闻。叶先生特地戴上助听器，听得非常仔细，一点细节上的疏漏或逻辑上的不严密都不放过。史晓风一个接一个地讲，后来实在控制不住自己的感情，便说："叶先生啊！有一件事，我一直没有跟您说起过，今天非说不可了，您听了可不要太难过！"叶先生说："你尽管说！"史晓风就说开了，叶圣陶还没听完就"哇"地一声像孩子般地号啕大哭起来，捶胸顿足地说："是周总理救了我的命啊！"

史晓风讲的能够让叶圣陶号啕大哭的故事原委是这样的：叶圣陶先生"赋闲"在家，精神上受到一连串的打击，心情很郁闷。1967年9月21日早晨，叶先生由幼孙永和陪同到街上浴池洗澡，刚下水便感到异常难受，连忙回家休卧，前胸、后背剧痛难忍，大汗淋漓，体温不断上升。叶圣陶长孙打电话向秘书史晓风求助，史晓风尽管当时已被打成"黑帮爪牙"，还是硬着头皮去找还没有"靠边站"的教育部副部长刘皑风，请求他向周总理报告。皑风同志二话没说，立即向总理办公室报告，很快得到"全力抢救"的指示。叶先生住进"反帝医院"（即协和医院）的双人病房，确诊为"急性前壁心肌梗死"，经两个月的精心治疗而病愈出院。叶圣陶知道，在乱糟糟的日子里自己能享受这样的医疗条件，肯定上边有谁发了话。叶圣陶哪里想得到，自己的病情竟惊动了日理万机的周总理。听秘书史晓风叙述此事，叶圣陶先生怎能不放声痛哭呢！

总理活在我心中

唐经欧

又是一年芳草缘，又是清明祭奠时。中国人民敬爱的开国元勋周恩来总理离开我们40多年了。然而，他那毕生为新中国奋斗的光辉形象和丰功伟绩，却日日夜夜地萦绕在我的心头，成为我不忘初心、继续前进的原动力和精神力量。

我是新中国培养的第一代农业技术推广人员，18岁那年响应党中央和毛主席“到农村去、到边疆去、到祖国最需要的地方去”的伟大号召，从苏南来到苏中、苏北，在农村这个广阔天地里摸爬滚打了大半辈子。我退休后仍居住在农村，并被所在乡镇老区建设促进会聘为特约研究员，时刻关注我国“三农”事业的发展与农业现代化。

打开尘封已久的记忆闸门，周总理那伟大的革命精神便一一呈现在我眼前。

1954年夏，苏北发大水。盐城地区专员公署组织我与农业局的征经中和粮食局的宋哲敏组成三人小组去淮安县（当时隶属盐城）赈灾救济。我们先后去过苏嘴、钦工、车桥等区，并专程前往心仪已久的淮安驸马巷周恩来故居，见到周总理的养母周八太太，她老人家向我们介绍了总理青少年时代的生活学习情况，这使我们深受启示、教育和鼓舞。

20世纪60年代，周总理十分关心苏北棉区农民的生产生活，曾多次交代参加中央棉花工作会议的同志，带口信给中共江苏省委、省人民政府负责同志，促进了国家商品粮、优质棉基地建设，保证了以粮保棉、以棉促粮、粮棉双丰收大政方针的实现。

20世纪80年代淮安周恩来纪念馆筹建期间，盐城市郊区总工会倡议机关企事业职工捐款以表心意，我也积极响应。

退休后，我曾多次去淮安，瞻仰总理故居和纪念馆，每次都加深了对周总理的理解和崇敬。2006年，中共淮安市楚州区纪委拟于2007年举办周恩来廉政思想研讨会，我也积极响应，并撰写《周恩来廉政思想的“四性”探索》一文寄上。盼望许久，该委于2007年2月15日来信称：“您好，来稿已收到，感谢您对研讨会的关注和支持，首先，请允许我们向您表示歉意。由于我们这一活动已纳入2008年3月5日淮安市迎接周恩来诞辰110周年庆典活动项目，并经中央文献研究室批准，由市委、市政府与中央文献研究室联合主办。因此，这一活动推迟了。具体评比、开会和研讨的时间，届时与您联系。”遗憾的是，10年时间过去了，迄今仍杳无音信。

令人欢欣鼓舞的是，为深切缅怀一代伟人周恩来的光辉业绩，大力弘扬和践行周恩来精神，“海棠杯”全国主题散文征文大赛，在阳春三月拉开了帷幕，给了我又一次写作机会。

中国人民永远不会忘记，是90年前周恩来、朱德、贺龙、叶挺等领导八一南昌起义，打响了武装反抗国民党反动派的第一枪；在两万五千里长征中，作为领导核心之一，他极力推选毛泽东同志担任最高领导人；在抗日战争和解放战争时期，作为五大书记之一，他辅助毛泽东同志战胜了日本帝国主义、汪伪政权和国民党反动派，建立了中华人民共和国。

世界人民永远不会忘记，周恩来总理制定的和平外交路线、和平共处五项原则，既巩固和加强了中国大国地位，又为世界和平奠定了方向和基础，我们的朋友遍天下。从日内瓦到万隆，从北京到亚欧非，到处都可看到周总理风尘仆仆的影子。

高山仰止，景行行止。周恩来廉政思想以其视角独特、观点新颖、切入度深、操作性强而成为中国革命和社会主义建设的无价之宝。作为新中国第一任总理，他在建立健全民主、廉洁、高效政府上的一系列理念和实践，对于我们今天在以习近平同志为核心的党中央坚强领导下深入开展反腐倡廉，仍然具有十分重要的现实意义和极其深远的历史意义。

彻底的唯物主义者是无所畏惧的。纵观周总理的一生，从少年时代"为中华之崛起而读书"到"把我的骨灰撒到祖国的江河大地上做肥料"，周恩来同志把自己的一生，毫无保留地献给了祖国人民。尤其在史无前例的"文革"十年动乱中，他以常人难以想象、难以忍受的大仁、大德、大智、大勇和自我牺牲精神，面对极其复杂困难的特殊环境，忍辱负重，力挽狂澜，竭尽全力地与林彪、"四人帮"反革命集团进行了艰苦卓绝的殊死斗争，维护了党的团结和统一。正如他在自述中所言："在'文化大革命'中，我只有八个字，鞠躬尽瘁，死而后已。"

周总理精神，永垂不朽，与天地兮长存，与日月兮同光。

海棠花永开

王子君

1949年4月的一天，周恩来来到中南海大院西北角考察，信步走进了西花厅。

院中盛开着的海棠花，惊艳了他！

这正是海棠花开得最美丽的时候。海棠花整树整树地开着，红色的、白色的花朵，一簇簇紧密团结，花香四溢。花与树叶交相辉映，叶若翠玉，花如凝脂，既古朴大方，又不失艳丽，呈现出旺盛的生命力和从容淡泊的气质，看得人心里很温暖、很温馨、很诗意。而且，海棠花开的是群花，暗合了周恩来与人民群众心连心的品格。周恩来心中欣喜，竟一下子爱上了这里的海棠花，爱上了这个开满了海棠花的院落。

1949年3月25日，中共中央从西柏坡迁到北京，拉开了建设新中国的帷幕。中共中央首选的落脚地是香山，周恩来等几位领导人因组织筹建新政权工作，率先住进了中南海丰泽园。时值春天，百花齐放，美景如画。日理万机的周恩来没想到，在他未曾有片刻闲暇感受春天的北京，却一眼看到了海棠花。

开国大典之后，已成为新中国总理的周恩来要搬离临时居住的丰泽园了。搬到哪里去呢？他想起了在春天让他怦然心动的海棠花院落，于是，1949 年 11 月，他和邓颖超搬到了西花厅住下。这一住就是 26 年。

26 年间，海棠花年年开放，开得鲜艳，开得漂亮。花开时节，周恩来白天在繁忙的工作之中，会抽几分钟在树下散步观赏，吟诵着海棠诗句，得以放松片刻；夜间工作劳累了，他会步出房间站在甬道旁，用力吸气，从海棠树上闻到一些花的芬芳，得以愉悦精神，好继续工作。海棠花，成了他颐养身心的法宝，邓颖超深知这一点。1954 年 4 月 26 日至 7 月 21 日，周恩来参加日内瓦会议，其间，西花厅里的海棠花开得热烈。邓颖超给周恩来写信，特意剪了最美的一枝海棠花，随信寄到日内瓦，希望他在紧张的工作中，看一眼海棠花，权当是一种享受。

刚搬入西花厅时，工作人员大失所望。虽然西花厅名字好听，且曾贵为清代摄政王载沣的西花园，实则已近迟暮，阴暗潮湿、荒败老旧，且海棠花早已谢落，院落在初冬冷冽的气息中更显寂寥。总理岁数不小了，常闹腿疼，即便是白天，他也得在腿上盖块毯子办公，况且他夜间办公多，这样潮寒湿重的环境怎么受得了呢？工作人员于心不忍，多次向总理建议把房子修一修，可都被拒绝了。总理的理由是，国家穷，大多数群众都住不上这样的房子呢。多少个冬天过去了，他们硬是没能拗过总理。直到 1959 年初，周恩来去南方出差两个月，他们才趁机对西花厅进行了维修和加固，并搞了点简单的内装修。所谓的内装修，也就是将潮湿的铺砖地改成地板，把一块霉烂的旧地毯换成新地毯，此外更换了洗脸池、浴缸、窗帘和吊灯。

周恩来回来了。海棠花开得正艳，他满心欢喜。但转眼发现家里换了新颜，立刻批评道："你们给我修得这么好，老百姓在哪里修，老百姓在哪里洗澡？"他命令工作人员将地毯、沙发、窗帘等凡是能撤走的统统撤走。随后，他就这次装修在国务院会议上多次做检讨，并当众宣布，"只要我当一天总理，就不准在中南海大兴土木！"副总理及部长、副部长们都震动了，都以为西花厅被修成不得了的宫殿了，纷纷跑来参观。参观之后，他们深受震撼。房子只是修了该修之处，没有任何的铺张浪费，更谈不上奢华。但总理一心想的是人民群众，生活上处处与群众做比较，群众还享受不到的，他岂能先享受到？

周恩来的表率之风，海棠花也为之动容，它们无声地飘落下来。满地的花瓣，为周恩来散步铺出柔软的花毯。

海棠花开花落，伴随着周恩来迎来一个个春天，见证了周恩来为国操劳日渐苍老的容颜。

因为心心念念的是群众，在西花厅里，周恩来经常过着比常人更加简朴的生活。一次他出国访问，内衣破了被送到我驻外使馆去洗。当大使夫人抱着衣服回来时，伤心得泪水盈眶，她怒责工作人员道："原来你们就这样照顾总理啊！这是一个大国总理的衣服吗？"是啊，这哪是一个大国总理的衣服？！衬衣多处打过补丁，白领子和袖口是换过几次了的，一件白底蓝格的毛巾睡衣，早已磨得像一件纱衣，下面补了几十个补丁，找不出原来的纹路！大使夫人不知道，周恩来简朴惯了。平日办公，为避免衣袖磨破，他都要戴上套袖。一副蓝布套袖一戴就是 20 多年，套袖边上磨破了，一缕缕线头像长了"胡子"似的，他也不同意换。他珍惜身边每一样不起眼的东西，他常说："多少同志牺牲了，连个名字都没有留下，我们这些幸存下来的人，还要些什么呢？"他就是怀着这样一种朴素的情感，将自己词典里"生活""享受"之词全都升华为对人民群众的关爱、对无名先烈的敬念。

1966 年 3 月 8 日凌晨，河北邢台地区突然发生里氏 6.8 级强烈地震，共有 5 个县 34 万群众受灾。接到报告后，周恩来紧急召开国务院和总参有关人员会议，部署救灾工作。9 日晚，他又赶赴灾区，深夜到达受灾最为严重的隆尧县的一个村子。他站在一片废墟之中，迎着寒风向群众讲话。他满脸憔悴，却像盛开的海棠花一样，让灾难中的群众感到好温暖、好安心、好有盼望。

持续数十年的超负荷工作，严重损害了周恩来的身心健康。1967 年，心脏病缠上了他。邓颖超和工作人员多次劝他注意休息，但他依旧通宵达旦地忙碌。工作人员最后想出一招，在他的办公室门上贴了一封20多人联名签字的公开信，请求总理改变工作方式和生活习惯，保重身体。陈毅、聂荣臻、李先念和叶剑英等中央领导也在这封公开信上签名支持。周恩来内心十分感动，却也只在公开信上批示了8个字——诚恳接受，要看实践。

"实践"就是他不可以休息。国家正处于前所未有的动乱之中，他必须竭尽全力维护社会稳定，不使国民经济陷入崩溃。白天，他开会、接见、找人谈话，经常忙得连吃饭的时间都没有，很多时候只能靠喝葡萄糖水充饥；凌晨两三点钟回到西花厅，又急忙坐到办公桌前批阅文件。是他的鞠躬尽瘁，挽救了摇摇欲坠的社会；是他的高风伟德，再造了共和国中流砥柱！

总理也是肉体之躯，没有时间吃饭，他饿啊！工作人员看在眼里，疼在心里。他们绞尽脑汁地要让他能随口吃上一点东西以补充些能量，不至于饿着。他们对周恩来的爱，早已超出了日常的工作关系，代表的已是全国人民对总理的爱。开始，他们试着在保温杯里装了玉米糊，这样，总理在行车路上，就可以就着两片面包喝了；然后，他们在保温杯里加一点米粥；再后来，又把菜叶打碎了加在粥里；能放菜也可以放点肉末吧？再在保温杯里加了点肉末。果然，总理可以随时进食补充点营养了。即便在会议上，只要保温杯放在一边，总理打开盖子就可以"吃饭"了。

但是，周恩来还是积劳成疾，最终被病魔生生地掳住。

1974年6月1日，下午。周恩来处理完最后一份文件，要前往305医院接受手术治疗，他站在院中，深情地凝望着枝叶茂盛的海棠树。海棠花才谢去不久，青绿的叶子摇动着，似乎在诉说着无尽的眷恋，此一别啊，总理，您何时再回来看我花开满树？

周恩来再也没能回来。海棠花年年绽放，他再也未能看上一眼。

山河呜咽，日月同悲。百万人民十里长安街送别周总理，联合国秘书长瓦尔德海姆宣布联合国总部门前降半旗，为周恩来致哀。为一个国家的总理降半旗，这在联合国史无前例。是周恩来的人格风范，是亿万人民对周总理的爱，为他赢得了世界的景仰！

“圣人无常心，以百姓心为心。”周恩来没有儿女，也没有留下骨灰，却因为心里始终装着人民，而永远留在无数后人的心中，在人民心中矗立起一座不朽的丰碑。如今，他离世已有 42 年，但他的灵魂充盈在天地乾坤，与他的祖国和人民，依旧共着呼吸，共着命运。他就如海棠花，开在机关、学校、工厂，开在湖畔、溪边、公园，开在中南海西花厅里，开在祖国的大江南北，开在世界历史里，开在人们温暖的心里。

他是周恩来。

他是伟人周恩来。

他今在，永在；他永在，永开！

周恩来纪念馆的荷花

江如喜

一

7 月的古城淮安，热浪袭人。我怀着朝圣的心情瞻仰完周恩来故居和纪念馆，又一次在荷塘边停了下来。

荷花正在盛开，粉红的荷花像一张笑脸，风送荷花香，高雅，纯洁，清凉。

我久久地伫立着，想着那个人，那些事，那些他生命中最后的时光。

二

他是无情的人吗？

1951 年 3 月，邓颖超到杭州养病。南方春早，日暖风煦，美景良辰，她很希望他和自己共享，就写了一封信。

收到妻子来信，他一改往日的严肃，回了一封。信就刻在故居的碑廊里：“超：西湖边飞来红叶，竟未能迅速回报，有负你的雅意，忙不能做借口，这次也并未忘怀，只是懒罪该打。”

当我读到时，心不由得一颤。

接到信，邓颖超迅速回复：“不像情书的情书，给我带来了喜慰。回报虽迟，知罪免打。”

这回他可是第二天就赶忙回信了。信的最后写道：“忙人想病人，总不及病人念忙人的次数多，但想念谁深切，则留待后证了。”

从 1925 年广州结婚起，20 多年风风雨雨，两人相濡以沫，相知相惜，理解、尊重、默契、深情、温馨！

然而，即便这样，两人中间也还有许多话，许多埋藏在心里的话没有说。

又是 20 多年过去，当生离死别像大山一样横亘在他们中间，该有多少话要说啊！

“有一次，我们在一起交谈，他对我说：‘我肚子里还装着很多话没有说。’我回答他，‘我肚子里也装着很多话没有说。’”

可是，直到永诀，这些“心里话”还是没有说。永远地埋藏在各自的心底了。

他们有后悔过吗？

1988 年春天，中南海西花厅院里的海棠花又开了。再不见最爱海棠花的那个人了，他已经离开了 12 年。84 岁的邓颖超深情回忆：“你不在了，可是每到海棠花开放的时候，常常有爱花的人来看花。在花下树前，大家一边赏花一边缅怀你，想念你，仿佛你仍在我们中间。你离开了这个院落，离开了我们，你不会再来，你到哪里去了啊？”

纵有千言万语，纵想说尽心里话，可是听的人已经走了，他永远听不到了。

三

是什么话不能说呢？

1976年元旦前后，他已到了弥留之际，一日三厥，气若游丝。邓颖超每日必到病房陪坐。而此时的国家也是风雨苍黄，“四人帮”骤然加快了危国乱党的步伐。从黄埔时期起便和他患难与共又共同经历了党史上许多是非曲直的叶剑英元帅，一天拿来一叠白纸，对病房值班人员说：“总理一生顾全大局，严守机密，肚子里装着很多东西，肯定有话要说，你们要随时记下。”

但直到去世，值班人员都没能记下一个字，交到叶帅手里的仍然是一叠白纸！

还是先听听他说了什么吧！

1975年6月，饱受病痛折磨的他只有61斤。第三次大手术后，7月23日，他最后一次来到人民大会堂，嘱咐工作人员对新同志要搞好“传帮带”。

8月24日，北海公园。他长时间望着湖水，问身边人员：“你知道今天是什么日子吗？今天是老舍先生的忌日。”

9月，病情急转直下，不得不取消他的外事接待活动。但9月7日，他坚持会见了罗马尼亚党政代表团，这是他最后一次外事活动。他坦然道：“马克思的‘请帖’我已经收到了。这没有什么，这是不以人的意志为转移的自然法则。”转而极力称赞邓小平：“邓小平同志将接替我主持国务院工作，邓小平同志很有才能。”

9月20日，第四次大手术，在手术室门口，躺在推车上的他，握住邓小平的手：“你这一年干得好，比我强得多！”

12月底，病危中的他长时间没有理发。过去一直为他理发的朱殿华几次托人请求给他理发。他告诉工作人员：“朱师傅给我理发20多年，看我现在病成这个样子，他会难受的，还是不要让他来。谢谢他了！”

他交代医务人员：“现在癌症的治疗还没有好办法。我一旦死去，你们要彻底解剖检查一下，好好研究研究，能为国家医学做出一点贡献，我是很高兴的。”

他一再叮嘱邓颖超，死后不要保留他的骨灰。这是他们十几年前共同约定下来的，丧仪要从简，一定不要搞特殊化。

1976年1月7日，深夜11时，弥留之际，他对吴阶平，用微弱的声音给这个世界留下最后的话：“我这里没有什么事了，你们还是去照顾别的生病的同志，那里更需要你们……”

在生命的最后，他依然想的是如何严于律己，遵守组织决定，如何为人民、为后代造福，他心里只装着别人，唯独没有自己。

四

做一株荷吧！

假如有一天，命运将你放逐在黑暗里，这黑暗也许永无尽头，看不到晴朗的阳光温柔的月光闪烁的星光甚至萤火虫朦胧的亮光，一丝光也没有，你会不会从此悲观沉沦？

假如有一天，命运把你遗弃在无边的寂寞里，听不见音乐的旋律鸟儿的歌声风的低吟甚至小草拔节时的战栗，什么声音也没有，你会不会孤独到绝望？

假如有一天，命运把你变成第二个伐桂的吴刚囚禁在淤泥里，每时每刻每分每秒，让你一遍一遍地用水清洗身体仿佛洗刷耻辱和污垢，无有穷期，你会不会心生怨恨？

假如有一天，命运夺去了你的一切：财产、地位、名声，健康、尊严、灵魂，你一无所有，甚至死了连骨灰都不留下，你会不会感到难过和不甘？

假如能坦然面对这一切，不动摇不叹气，那么你就成了一株荷，一株“出淤泥而不染，濯清涟而不妖”的荷。

荷，一生都在修炼，修出高洁完美，炼出淡泊从容，修炼出无私忘我甘于奉献的本色。无言的荷花啊，不就像敬爱的周恩来总理吗？！

西安事变中的周恩来

王　洁

历史，往往会在不经意中转个弯。发生于 1936 年 12 月 12 日的西安事变，就是让中国近代史转弯的大事件，这出由张学良将军与杨虎城将军共同主演的历史大剧，在 1936 年末，突然改变了中国的政治方向，结束了国共对峙，国共两党再次结成统一战线，张杨两将军也因此而彪炳千秋。然而西安事变这出大剧里还有另一个重要角色就是周恩来，也许是因为周恩来的丰功伟绩太多了，也许是周恩来鞠躬尽瘁的人民总理形象太深入人心了，以至于他在西安事变中的重要作用常常被忽略。

周恩来在西安事变中的作用有多重要，可以用张学良的话来回答。晚年，张学良谈到此事曾说："周至此时（指周恩来去西安后）俨为西安之谋主矣。""谋主"一词，尽显周恩来运筹帷幄之气度，力挽狂澜之态势。

周恩来在西安事变中的作用，主要是由他来西安后的几次重要会谈串联而成的。1936 年 12 月 12 日，张杨两人因为与蒋介石就国内外政治，尤其是对日抗战问题上产生了不可弥合的分歧，毅然发动"兵谏"，武力活捉蒋介石，这就是震惊中外的“西安事变”。随后张学良通电全国，提出了“改组政府、停止内战”等八项主张，并同时给中共发去电文，要求中共派出代表来西安共商国是。

经过协商，中共方面随后便派出了周恩来、博古、叶剑英、李克农、罗瑞卿等重量级人员组成的代表团前去西安斡旋。1936 年 12 月 15 日傍晚，周恩来一行人来到了西安，随即代表团便被安排在张学良所在的张公馆居住，当天晚上，张学良便迫不及待地会见了周恩来。

此时的张学良太需要周恩来的帮助了。原因有二：一是他之前与周恩来有过几次私下会晤，对周恩来极其钦佩；二是现在的他也受到了来自各方的压力，需要周恩来的相助。张杨二人，可能想当然地认为蒋介石是共产党的敌人，而共产党与苏联关系亲密，捉蒋之后至少会得到苏联的认可。然而事实上就在事变的第二天，苏联政府就发表声明严厉谴责张学良，甚至怀疑这是张杨与日本人勾结的阴谋。而国内的军政要员则对张杨二人大加挞伐，南京政府甚至组织了“讨逆军”，国民政府的空军已经开始轰炸西安了。更让张学良没有想到的是包括名流学者在内的社会各界人士也是一边倒地责备张杨，局势明显对张杨二人不利。

就在这关键时刻，周恩来到了西安。15 日晚，两人见面，简单寒暄之后，张学良直入主题，把当前面临的形势告诉了周恩来，并探询中共的意见。在周恩来动身来西安之前，中共方面已经定下了“和平解决，逼蒋抗日”的基调。周恩来说：“西安事变……有两种前途，一是说服蒋介石团结抗日，只要他同意停止内战，一致抗日，就拥护他做全国抗日的领袖。二是蒋介石拒绝谈判，那就宣布他的罪状，公审他并给予处置。但这样将引起大规模的内战，给日寇亡华以可乘之机……要力争好的前途，避免坏的前途。”中共方面从国家大局出发，明确表示希望和平解决此次事件，这让张学良颇为感动，经过一晚上的深谈，两人基本达成共识。随后，12 月 17 日，周恩来又与事件的另一主角杨虎城将军在他府邸止园进行了会谈。同样苦口婆心地与杨虎城分析了当前的形势，杀蒋只会有利于亲日派。杨虎城将军最终也接受了共产党的意见，愿意和平解决事件争端。此时的西安，在周恩来的斡旋下，事实上已形成了三位一体的局面，即东北军、西北军、共产党已俨然结盟。这个三位一体的局面成为推动西安事变和平解决的实力保证。

共产党与张杨二人虽然已达成共识，但这才迈出了第一步，接下来面对的是对此事件持敌对态度的国民政府。西安事变如同在南京政府扔了一枚炸弹，南京政府已乱成一团，也分化成了两派，即以何应钦为首的亲日派与以宋美龄、宋子文为首的亲美派，两派或出于公或出于私，角力于朝堂之上。何应钦等人坚决主张武力讨伐，并组成了“讨逆军”；而宋子文兄妹俩则坚决主张和平解决。在周恩来尚未来到西安的 12 月 13 日，与宋氏兄妹和张学良都交好的澳大利亚人端纳便先行来到了西安劝说张学良放蒋。12 月 20 日，宋子文来到了西安，张学良表明了并无犯上之意，只是希望蒋能停止内战一致对外，宋子文表示愿意劝说蒋介石。

随后，张学良透露了周恩来也在西安，并希望能与宋子文面谈的讯息。与周恩来会谈？这让宋子文颇为犹豫，毕竟此时共产党还是敌对方，他心里不清楚共产党的葫芦里装了什么药。他谨慎地派出了与他同来的郭增恺与周恩来会面，郭回来向宋子文报告了中共希望和平解决事件的态度，这才让宋子文心安不少，随即匆匆返回南京向国民政府汇报。

12 月 22 日，宋子文宋美龄兄妹再次从南京来到西安，在蒋介石的允许下，西安事变的几方人士终于坐到了谈判桌前，最为引人注目的是周恩来代表的共产党与宋氏兄妹代表的长期剿共的国民政府坐到了谈判桌前，政治解决西安事变的大幕终于开启了。这具有划时代的意义，自 1927 年国共决裂后，双方艰难地坐到谈判桌前了。会谈中，周恩来首先表示西安事件共产党并未参与，随后谈到了当前局势，周恩来力陈“九一八”事变后，民族矛盾成为中国的主要矛盾，希望蒋介石能改变“攘外必先安内”的政策，枪口一致对外。宋氏兄妹则坚持“应该在政府的领导下，共同努力”。由此可见，双方的观点已经在接近。

12 月 24 日，周恩来又单独与宋美龄会谈。这时的宋美龄说：“我等皆为黄帝裔胄，断不应自相残杀，凡内政问题，都应在政治上求解决，不应动用武力。”她已明确表示愿意停止内战，以政治手段解决国内问题，双方在大方向上已达成基本一致。

周恩来从 12 月 15 日来到西安开始，便马不停蹄地会见张学良、杨虎城、端纳、宋子文、宋美龄，还要安抚东北军与西北军内的少壮派。然而，所有的这些都只是为即将到来的高潮大戏做准备，真正的高潮是 12 月 24 日晚间，周恩来与蒋介石在高桂滋公馆的会面。

周恩来与蒋介石可以说是老相识了，同时也是老同事。第一次国共合作期间，很多共产党人加入了国民政府并参加国民党的党务活动，毛泽东曾任国民党的宣传部代理部长，而周恩来曾任黄埔军校的政治部主任，黄埔军校校长则是蒋介石，可以说他们是共事多年。假若不是党派之争的话，两人或许会成为一对好搭档或是好朋友，但自蒋介石发动“四一二”反革命政变后，国共两党正式决裂，周恩来与蒋介石也自此决裂，至今已有 10 来年未见面了。想不到，在 10 来年后，他们会以这样的方式在这样的场合下见面。

见到蒋介石，周恩来颇为动情地说：“蒋校长，我们十年没见面了，你显得比以前苍老了。”蒋介石叹了一口气，说：“恩来啊，你既然承认是我的部下，你应当服从我的领导。”周恩来说：“只要蒋先生能改变‘攘外必先安内’的政策，停止内战，一致抗日，不但我个人可以服从蒋先生的领导，就连我们红军也可以听蒋先生指挥。”周恩来的回答很是巧妙，既顾全了蒋介石的面子，又坚持了共产党的立场。蒋介石苦笑，周恩来一直是他很器重的人才，只是可惜这么优秀的人才却一直未能为他所用。随后，周恩来重申了共产党的方针政策，愿服从蒋介石领导联合抗日。周恩来口才甚佳，言辞又有理有节，再加上蒋介石也落在他人手中，最终蒋介石做了“停止剿共，联共抗日”的积极表态。至此，西安事变已达到了共产党方面的既定目标，这出大剧终于可以落幕了。

纵观整个事件的和平解决，周恩来在其间合纵连横居功至伟。在周恩来一生中，丰功伟绩太多了，西安事变不过是他人生中的一朵浪花，可这朵浪花最终促成了国共再次携手、打败日本侵略者。

优秀奖

晨露未退 春雨沾“衣”

——二外“海棠”常开

邓 琳

“媛媛，如果有空，可否帮我给总理代献束花？这也许是最后一次拜托你献花了，等你去别的地方读博，怕是再没有合适的人了。”一清早就收到了韬的简讯，尽管远在甘肃酒泉，毕业也已经两年多了，但每年总理生辰、祭日两次献花她却从来没有落下过。

我与韬可以说是自入校起就相识，那时，她作为外语专业的学生，每天天微亮就要起床，宿舍楼一开门就一头冲向晨光，在总理像旁的空地上听广播、背单词，我虽是中文专业，但在外语学院的语言氛围中也养成了早起读英语的习惯，总理像旁的空地虽然不大，但青松掩映，清旷幽静，像旁常年放置的鲜花清芬素雅，所以常爱去那儿伴着鸟鸣声晨读。久而久之，常在总理像旁相遇的我们就逐渐熟悉起来。犹记得她在那里问我为什么要来二外读中文系，我不假思索地回答道：“为了传承、传播中国传统文化啊！”她猛地抬起头来，看向我的眼神中闪动着星辉，语调中带着难抑的激动，“如此才有几分总理当年的风骨！也不枉做一回二外人啦！”经她这样一点我这才意识到，原来不知不觉间，周总理少年自强的精神早已融进我们的血脉中，成为二外人的底色。

大一时的我们还带着初生牛犊不怕虎的朝气，常叹青春太短，未来可期，恨不能马上毕业，一转身就投入到社会做出一番轰轰烈烈的大事来。彼时，我们虽没有男子把酒言欢的豪气，却也常坐在一起畅谈人生理想、世界时局，最常去的地方便是二教的那片浓荫之下，有时坐在长椅上，更多的时候则是趁着渐浓的夜色坐在台基上，倚靠在总理像身后，那时她时常会看着花束感叹，尽管二外小，人数少，对总理的情意却深厚绵长，几十年了，总理像前鲜花不绝，每到总理诞辰纪念日更是会堆成一座座小花山，而且都是同学们自发送的，好像总理从未离去，依然还在这所他最关心的学校里。

这四年，我们见证了二外 50 年校庆，头发花白的老校友们返校，互相搀扶着向总理像鞠躬；小孩子们在总理像附近笑闹，给总理打伞遮雨；毕业生们穿着毕业服，临行前郑重地和总理像道别。从懵懂无知时的披星夜谈，到后来焦头烂额地奔走于各个招聘会之间，时光随着雨季和沉闷的夏天一起消逝，我们就这样不知不觉地成长起来，唯有 2 号教学楼前的绿荫和总理像前的鲜花，就像初见那天一样，似乎也永远不会变似的。青松掩映下的总理总是目光灼灼地望向前方，望着一茬茬的二外学子来来往往，守护与见证着二外的成长。最终，韬热血地选择回去建设家乡，赴酒泉做一名海关工作人员，我则留校继续完成当年的梦想。

“对了，今年是总理诞辰 120 周年，拜托你帮我选一捧大花束吧。”一旁的手机传来提示音，我低头看到她又传来的一条简讯，总理离开我们竟有 40 余年了吗？是啊，细想来，二外建校也有 50 多年了，比我们两人的年岁加起来还要大呢。校史中记载的第一件事就是二外建校缘起，这是每一位二外人都熟知的，也是大家总会自豪地讲起的。1963 年 10 月，法国总统戴高乐派前总理来中国商谈中法建交事宜，周总理判断中国的外交事业将迎来大发展，12 月底总理接连访问亚非国家，深感外事外交人才的匮乏，为了培育更多的外事外交人才，总理指示对外文委创办一所外语院校，又亲自起名为北京第二外国语学院。当时教育部的刘副部长说叫“第二”好像不怎么好，总理说第二有什么不好，巴黎有巴黎第二大学，我们中国人民解放军还有第二炮兵，二炮还是主线部队呢，有什么不好。就这样，我们的校名定了下来，这其中不仅饱含总理的殷切厚望，也寄寓着对二外的坚定信心。从筹备建校到正式开学，二外只用了半年的时间。从申请报批，调员拨地，再到亲拟办学方针，我们是总理一手缔造的，也是总理亲手培育的，这是二外的开始，也是二外与总理情缘的开端。

建校初期，周总理一连五天来到二外调研，他第一次来到二外时是早上 5 点多，陪同前来的同志说那天总理一夜未眠，听取意见时，他没有坐在高台之上，这位已经是 68 岁的老人就搬来了一个小马扎坐在同学们中间，给同学们开会。来到食堂和同学们一起吃大锅饭时，他把食堂师傅特意做给他的鸡蛋汤分给大家，自己却只是在菜碗里倒了点热水当汤喝。

一生为国操劳的总理没有留下子嗣，但二外人常说，我们都是总理的孩子，在漫长的岁月里，总理就像培育幼儿，一路关心、护佑着我们。“文革”时期，中国人民大学、北京语言学院等许多院校都被迫停办了，但总理像护着自己怀里的幼儿，说：“别的学校我不管，二外这所学校我要！你们没有人要，我要！”在那段时期，对外派遣留学生的名额是很有限的，但总理总是要留给二外一个名额，就是因为总理的坚持，就是因为总理的那句“你们没有人要，我要！”，二外才得以在风雨飘摇中保全、成长，这份生死攸关时不离不弃的情谊，二外人始终铭记。这个故事几次在学校晚会上被演绎，但每次听到这句话时总还是忍不住哽咽，说“没有总理就没有二外”这句话是一点都不为过的。

总理对二外就像对自己的孩子一样悉心呵护着，一片冰心，点点赤诚，何以为报？二外人以自己的言行践行了对总理最诚挚的感情。1976 年周总理逝世，二外汉语教研室 16 位教师化名“童怀周”，取“共同怀念周总理”之意，前往天安门收集整理各界人士悼念周总理的诗篇，共同编辑出版了《天安门诗抄》。无论是当年的这群教师，还是时常惦念着给总理献花的我们，抑或是一代代铭记、传承总理“为中华之崛起而读书”的二外学子们，都在以自己的方式表达着二外人对周总理深厚的怀念之情。沧桑风雨半世纪，二外迭经变革，从建校之初的 5 个系 14 个语种扩展至如今成为一所以传承东西文明、促进中外交流为己任的语言类高校，总理惠泽不忘，建校初衷不忘。

如今总理像矗立之处，当年是一个小高台，总理初到二外时，师生都热切地盼望见到总理，人群拥挤，总理说：“你们大家不要挤，你们都是要见我嘛，我来站在高一点的地方！”如今站在像前，还可体会到总理当年的体贴用心。斯人已逝，春风带雨，总理像旁的青松沙沙作响，海棠花枝也随风微微颤动，木香如瀑，花湿雨沉。总理啊，当时你一手培育、保护的孩子，如今也已走过 55 个春秋了，每日在这里看着它成长，不知你是否安心了一些呢？看到二外如今培育了更多的外语人才，如你所愿为我国的外交事业做出了贡献，你也可欣慰一笑了吧。

从校园花铺里捧回了一束花，不知是晨露未褪还是沾染上春雨，浑圆的水珠顺着花瓣打了个转儿就滚到了花心里，我整理好花衣，轻轻地把它放在了总理像前。

军旗下的敬仰

赵　进

周恩来很帅，剑眉炯目，气宇轩昂，那张早年在黄埔军校任职时的戎装照尤为经典。那年，是周恩来戎马生涯的风华起点。3 年后，年仅 29 岁的周恩来做了件石破天惊的大事。

1927 年，平地一声春雷，由周恩来为起义前敌委员会书记的中国共产党人，在南昌打响了武装反抗国民党反动派的第一枪，由此开启新纪元，诞生了从无到有的人民军队。这一刻，将永远铭记这支光荣军队的主要缔造者之一周恩来。

那日凌晨，微光下的周恩来，热血澎湃，振臂高呼。胸前的红领巾，像红红的火焰，在周恩来、在共产党人的胸膛燃烧，昭示着一个火红的时代开始了。

儿时一梦，头戴五星，闪闪发红光。30 多年前，我从家乡这片曾经养育过周恩来和新四军、打过鬼子的红色热土应征入伍。报效祖国，好好当兵，为周恩来家乡争光争气，是我最朴实最真实的想法与追求，也正是我列队军旗下对周恩来等老一辈无产阶级革命家“戎马精神”和火热情怀的无限缅怀与敬仰。

作为多年在蓝色海疆服役奉献的当代军人、周恩来的家乡人，我眼里的周恩来，不仅有高尚的“五德”精神，而且还有不容忽略的一往无前、铁血担当、决胜千里的“戎马精神”，和一腔热爱军队、倾注国防、情系官兵的火热情怀。一幕幕周恩来策马扬鞭、运筹帷幄、情洒军营的生动画面，永远镌刻在历史的丰碑上。

巍巍昆仑，硝烟可证。身经百战几度历险的周恩来，我军军事工作开拓奠基者之一，其雄才武略、足智多谋的军事大才堪称卓越。他先后担任中国工农红军总政委、中央革命军事委员会副主席、代理总参谋长等职，甚至在红军长征时曾一度是军事工作的最后决策者，危难中挽救过党和红军，协助指挥一系列改变中国命运的战略大决战，功勋卓著，贡献卓越。那个时期，周恩来剑眉如刃，炯目如炬。

新中国成立后，彪炳史册的“两弹一星”与核潜艇的研制，海军、空军、第二炮兵的创建，抗美援朝、炮击金门、中印边界自卫反击战和西沙海域自卫反击战等，苍穹之上，碧海之下，国门内外，无不浸透着他的大智慧、大勇气、大心血、大担当。

“知己知彼，百战不殆。”周恩来的戎马生涯，可谓波澜壮阔，也可谓惊天传奇。因工作性质特殊，我还特别关注在那血雨腥风的峥嵘岁月，周恩来直接创建领导我党我军首个神秘的“红色特工”组织，活跃潜伏在不可或缺的隐蔽战线，斗智斗勇，屡建奇功，力挽狂澜。陈赓、钱壮飞、李克农等，无不驰骋天下。

时空斗转星移，值得骄傲的是，我所入伍的部队也是个颇具神秘色彩的团队，使命任务特殊，素质要求特别。其前身的特别代表们，在 20 世纪 60 年代初的一次秘密任务前，受到周总理的亲切接见。那日，总理剑眉凝重，炯目殷切。时任中共中央统战部副部长的廖承志，还受周总理的委托，在北京前门饭店宴请了这批注定载入史册的特殊客人，这段珍贵的历史更是激励我锤炼特种本领、不辱特殊使命的鲜活样本，让我受益匪浅。

特种兵特种人，特种人特种魂。就是在这支享有“国之利刃”美誉的部队里，我唱着激昂的“八一”军歌，踏着铿锵的正步，摔打前行。那些年，我当过丛林野人、水下蛙人、空中飞人，也先后远赴一些海域执行过特殊任务，经受了特殊考验。还去过“八一”军旗升起地南昌等红色圣地，追寻周恩来闪光的戎马足迹，在不断敬仰中升华铁血向上的正能量，积极做宝贵精神的学习传播者。由一名海军“蛟龙突击队”的普通士兵，成长为这个“战狼”部队的领导，扛上了“三星上校”军衔，获得了许多荣誉，还自豪地担任了全军军演“特战群”政委。

铁打的营盘流水的兵，我在家乡弘扬伟人周恩来精神和全国双拥模范城的感召下，依依惜别碧蓝如洗的大海，惜别非常热爱的特种部队，转业投身家乡建设，走上同样特殊光荣的纪检监察战线，走上手握利剑的巡察岗位。虽已脱下军装，但那份崇高的敬仰与镶嵌着五角星的“八一”军旗，将永远定格在我永葆军人本色的星空，和总理独特的精神魅力一道，激励我不忘初心，敢于担当，执剑向前。

总理品如蜡梅，独钟海棠，那是他和邓大姐的特殊情结。细心的总理一定看到，朵朵海棠花开的背后，还默默绽放着一颗颗不起眼的“五角星”，这会不会是总理独钟海棠的又一情结呢……

我的父亲和周恩来的故事

蒋汉昭

我的父亲蒋伯凯，字岂凡，1892 年生，浙江桐庐人。抗战初期曾在桐庐任抗日自卫队大队长。自我记事起，我父亲常常给我讲 70 多年前他和周恩来的一段往事，让我永世不忘。

“七七”事变后，抗日战争全面爆发。不到一年，杭州、富阳相继沦陷，桐庐和富阳交界的窄溪就成了防御日寇的前沿阵地。为防止敌人从富春江溯江而上侵扰桐庐，我父亲奉命在窄溪马浦江面上构筑一道封锁线，把富春江航道拦腰截断。

父亲带领弟兄们及民工数百人，冒着严寒，在江面上抛石、打桩、沉船、布水雷。经过三四个月的艰苦奋战，终于成功封江。依托封锁线，加派了岗哨，严密防守。自那以后，日寇再没有从水路进犯过桐庐。

1939 年初春，周恩来以国民政府军事委员会政治部副部长的身份到东南抗日前线视察。所到之处，发表演讲、阐明形势、鼓舞士气、振奋人心，团结抗日，立抗战必胜之信念。

清明节的前几天，周恩来一身便装来到桐庐，在会场慷慨陈词，各界人士争相聆听，会场爆满。我父亲奉命执行周恩来的安全保卫工作。下午，周恩来来到窄溪马浦视察富春江封锁线，对父亲的工作给予高度赞扬。

晚餐设在窄溪饭店，包括我父亲在内的本地知名人士 5 人陪同。饭菜简单，不饮酒，席间气氛亲切热烈。在座人士都做了自我介绍。周恩来得知我父亲是黄埔军校五期生，还参加过北伐战争，非常高兴，对窄溪的防务再次给予肯定和褒奖。周恩来平易近人，和蔼可亲，令大家深为感动。

饭后周恩来即起身赶赴绍兴，我父亲奉命护送，亲点一个班的战士，全副武装，护送周恩来由窄溪码头登上一艘快船（人力客船），请了两位熟悉水路、经验丰富的艄公，趁着朦胧月色沿富春江顺流而下，小心谨慎地通过封锁线来到敌占区。很快，船消失在夜幕中。

船在昏暗的月色下行驶，江面上风平浪静，只有船桨击水的声音。战士们仍然心情紧张，高度警觉。周恩来接着晚餐席间的话题，问我父亲在军校的生活和北伐战争的往事，还问到家眷和孩子。昔日，在军校聆听周恩来主任（军校政治部主任）的教诲；今天，周主任近在咫尺。周恩来讲话的声音虽然压得很低，却铿锵有力，给人以温暖和力量。

不知不觉，船到了临浦地界，已是深夜。周恩来跳上了在那里等候的另一艘船，去往绍兴。临别，他让随从人员取出了 6 块大洋，让我父亲转交给家眷和孩子，以示关怀。

1945 年 8 月 15 日，日本宣布无条件投降，中国人民赢得了抗日战争的伟大胜利，举国上下一片欢腾。接着，我父亲奉命要解除马浦封锁线，销毁水雷，疏通航道。清晨，我父亲带领两名助手，到马浦江边挖好掩体，用步枪瞄准水雷发射。随着枪声，水雷发出惊天巨响，震耳欲聋。水面激起十余丈高的水柱，巴掌大的弹片四处乱窜，带着呼啸声从我父亲身边飞过。远处围观的人群欢呼雀跃。8 年了，人们没有这样开心过，积压在心头的痛都释放了出来。当确认水雷全部引爆后，随即清理江面障碍物，尽快辟出一道水道，陆续恢复通航。一道把富春江人为隔断近 6 年的封锁线终于完成了它的使命。

2014 年 8 月 15 日，我带领家人和孩子们，一行 12 人，驱车来到马浦，站在富春江边那曾经构筑封锁线的堤岸上凭吊父亲，我心潮起伏，噙着泪花，追忆往事。70 多年过去了，这里发生的一切都成了历史。脚下浩浩江水，伴随着我的万千思绪和无限感慨，奔向远方，汇入海洋。

（据姐姐蒋慧聆口述整理）

心中的明灯

孙中宜

以前，我被告知认真工作是应当的，拾金不昧是应当的，奉献牺牲也是应当的……太多的“应当”使我视高尚而不见，于是我失去了许多感动的机会，更不知何为感动，又为何感动。而彻底打动我的内心，使我感动的人，是周恩来总理。

虽然语文课学过周总理的故事，但半个世纪前的零碎往事距我遥远，我被动地学，并未深入了解他。一次，我偶然翻阅《风雨四十年》等史料，被周总理的传奇经历所吸引，原来人生可以如此精彩。我的思想跟随着书中的周总理，为他争取自由和理想而感动，才明白品格、思想和理想都要靠奋斗，不会“应当”天生就有的。反观自己日复一日上学、写作业、放学、写作业，生活平淡无奇，心绪受老师的褒贬和成绩排名的困扰，仿佛是一只井底之蛙。

我禁不住去找了关于周总理的更多的史料，其中最让我内心激荡的有两件事。

一是他在 1955 年参加亚非国家首脑会议中力挽狂澜的杰出外交表

现，使他赢得了很高的国际声望。

会议上，虽然绝大多数国家的代表表达了对和平友好的诉求，但也有些国家的代表对新中国存在疑虑，甚至公然反对共产主义。

周总理于是在各国代表之间费力斡旋，他指出："中国代表团是来求团结而不是来吵架的。"他强调了新中国求同存异的外交政策，用平等的态度缓解了气氛，也平息了争论。

最终，与会成员一致通过了《亚非会议最后公报》，提出了指导国际关系的"十项原则"，为中国乃至世界各国间的外交留下了宝贵的精神财富。

另一件事是他在 1975 年四届全国人大一次会议上代表国务院作《政府工作报告》。当时，他已是癌症晚期的古稀老人，但他依旧坚持在大会上宣读了报告的首尾两段。此时正处"文革"末期，政治环境动荡，周总理不顾病痛，仍顽强坚持拼命工作，并同邓小平、叶剑英、李先念等同志一起，与"四人帮"进行了坚决斗争。

都说危难之时方显英雄本色，最困难时往往最能体现出一个人的品格。周总理是"应当"请病假离岗休息的，是"应当"退休后置身事外的，但他却安然和无畏地面对斗争和死亡，以极大毅力，顽强、忘我地和"四人帮"斗智斗勇。他这种克己奉公的敬业精神及全心全意为人民服务的思想，令人敬佩、心碎且深受感动。

想起我自己总为一些鸡毛蒜皮的利益与同学争吵，怕占用学习时间、影响考试排名而不肯担任班级"小干部"职务，比起周总理，我实在差太多了。我决定以他为榜样正视自己的缺点，并把"求同存异"作为同学之间交往的准则，严于律己，宽以待人。

过去，我只在课文中了解到周总理的清廉、平易近人和鞠躬尽瘁，却不知道他如此坚毅。我流下了眼泪，并在由衷崇敬他的同时心生愧疚：我要纠正自私的行为，积极地为大家服务。学习伟人不是喊喊口号、表表决心，而是要结合自己的具体情况付诸行动的。我们学生虽没有岗位职业，但有学业，要学习他的"敬业"精神，就要敬重自己的学业和同学的信任，改正只顾为应试而学习的思想。如今，我已逐渐成为一个认真负责的“小干部”，而且得到了老师和同学们的赞扬。

从周总理的事迹中，我不但领会了什么是感动，什么是崇高，而且也确定了我奋斗与追求的目标。我敬仰他，不是盲目的偶像崇拜，而是从实际生活出发，并应用于生活和学习。

周总理的功绩深深地留在了我的脑海里，因为这对我来说不仅是历史知识的积累，更重要的是他的伟大人格、高尚品德与光辉思想成了我的指路明灯，给我鞭策、督促和精神鼓舞。

在纪念周总理 120 周年诞辰之时，我以此文由衷地致以最深切的怀念。

孺子牛颂

——题周总理在十三陵水库工地拉车照片

朱群英

星星让我们宁静如暮，鸽群使我们激动于晨。淋漓尽致的阳光中，忆念依然鲜嫩。我们思维的天幕上，依旧闪耀着熟稔的光芒。啊，周总理，我手捧起珍贵的照片，止不住泪眼迷离。啊，瞻仰光辉的形象，我心中的波涛翻腾不息。

总理呀，您肩上的是条普通的绳子吗？分明是条纽带，它把您和人民紧紧联系；总理呀，您拉起的仅仅是一车黄土吗？分明是整个祖国辽阔肥沃的大地。您拉着革命的犁，为祖国的富强耕耘，曳着真理的耧，为人民的幸福播种。身上的劲啊，日日夜夜，清晨使到黄昏，黑夜使到黎明。胸中的火啊，岁岁年年，春燃到夏，秋燃到冬。把崇高的品性，刻在百姓心里，把伟大的生平，写在中国每一寸疆域。对人民，您不要半点享受、丝毫报偿，对革命，您只知鞠躬尽瘁，死而后已。因为跋涉，脚下硬茧层层，除了征尘，背上行囊空空。一头白发，却凛对千古风流。爽朗的笑，延伸开来，就是一支澎湃的歌。

这便是周总理，这才是周总理！

“俯首甘为孺子牛”，您对生命何曾有过丝毫吝惜，您把每一次呼吸都献给了大众，即使是火化的骨灰也不留给自己，您用头颅叩击真理之门，把心举成灯盏，您的目光牵引走向，注释生命。而今，清凉明澈的注释里，13 亿个梦叠加其间，透着辉煌魅力！您从没有个人的烦恼，只有人民的疾苦常教您坐卧不宁；您不知道个人的得失，但为了党的原则，您从来毫厘必争。您一无所有，但，您有一颗最富丽的心灵，因为祖国和世界无时不在您的心中。您站在黄土地上，为共产党人立下了标本。一切妖魔鬼怪都怕看见您高大的身影，您身上的光辉啊，把他们照得千疮百孔。您浓眉横扫，刺穿他们肮脏的心胸。在欢乐的时光里，我们多么想念您呀，敬爱的周总理！您无私功自高，不矜威益重，为我们劳累了一生，没有带走什么，我们给您的也只有一颗怀念的心……白玉无瑕，比不上您的高贵品德；大海无垠，比不上您的广阔心胸；松柏常翠，比不上您的不朽英名；五岳峥嵘，比不上您的伟绩丰功。人民的怀念就是一座不朽的丰碑呀，永远在亿万人民的心头高耸！

该坍塌的不会站着，该站立的依然雄壮。这帧发黄而犹新的照片，每读一遍都打湿了我的眼睛，那视野里摄入了高层次的明朗。咀嚼其中的涵蕴，那么所有匆促的脚步将变得庄严，所有朴素的婚礼将变得神圣，所有平静的血液将变得沸腾。在祖国母亲贫瘠而温暖的怀抱里，每个人渴望成为真实的粮食，沉重但却灿烂地成长。在最详尽的地图上，十三陵很小、很小，也许，只是一个不引人注目的角落，而周总理拉车的步履，使我们激动的心沉甸甸地泊进庄严的礼仪。敬爱的总理呀，该休息，休息一下了，看您已热得敞开了外衣；敬爱的总理呀，快停停，停停喝杯水吧，看您额上已沁满晶莹的汗滴。快把您肩上的车绳交给我们吧，我们会像您一样拼尽全力，规划明天并对未来高瞻远瞩，沿着您沉稳的足迹前进。

站在新年巡视春天的依然是燕。更多的蜜蜂在搬运泥土的香气。那新翻的泥土像拓开的一片涅槃，敬爱的总理呀，我们将所有对您的思念深深播种，老牛和犁领着我们正朝春光里走啊，那所有的灵感都会入土生根，因为我们和太阳定了合同：只卖汗水不卖心！

周恩来培育家风的故事

钟昌斌

论及新中国的总理周恩来，全国人民乃至世界各国政要，无不对之称颂不已。苏联部长会议主席柯西金说：“像周恩来这样的同志是无法战胜的，他是全世界最大的政治家。”前国家主席李先念认为：“中国共产党因为有周恩来而增添了光辉，中国人民因为有周恩来而增强了自豪感。”周恩来能在全世界赢得如此赞誉，不仅仅在于“中国如果没有毛泽东，就可能不会燃起革命之火；如果没有周恩来，就会烧成灰烬”（尼克松），如此高瞻远瞩的治国平天下为政智慧，同时还因为他在修身齐家等家风建设方面的卓越贡献。

一个伟人的背后，总伴随着许多美妙的故事，周恩来伟大的一生，动人的治家故事，也如同他高超绝伦的治国理政艺术一样，一言一行、一举一动，都深深地感染着每一个中国人，甚至让世界上许许多多的政要们为之动容。

“修身及家，平均天下，此古乐之发也。”（《礼记·乐记》）家国同构，治家就是治国。1968 年，周恩来的侄女周秉建在内蒙古插队，由于表现好，当地群众推荐她应征参军，周恩来得知后对她说：“你参军虽然符合手续，但内蒙古那么多人，专挑上了你，还不是看在我们的面子上？我们不能搞特殊化，一点也不能搞。”周秉建最终脱下了军装，返回内蒙古草原继续插队劳动。在她临行时，周恩来温情地训导她说，他自己没有孩子，但要教育侄子侄女走自己这一条路。（张东明：《周恩来的十条家规》，人民网—人民日报，2015 年 4 月 21 日）

注重从细节上严格要求家人还体现在周恩来的行动之中，“以身教者从，以言教者讼。”（范晔：《后汉书·第五伦传》）周恩来教育后人，训导家人，处处从细节入手，在点滴示范，注重身教是他的显著特点。在衣着上，他总是觉得“织补的那块有点痕迹也不要紧，别人看着也没关系。丢掉艰苦奋斗的传统才难看呢”；在饮食生活中，他坚持“四菜一汤既经济又实惠”的生活作风，在外地视察或召开会议，他始终与大家吃一样的饭菜，离开时也一定要付清钱和粮票；在车辆使用方面，他乘坐的专车一直是国产红旗牌轿车，“别人不坐我坐，我喜欢国产车”，“那个奔驰车谁喜欢坐谁坐去，我不喜欢，我就坐‘红旗’”，理发、看病、探亲访友、看戏等都算作私人用车，照章从工资中扣交付费（《周恩来简朴的生活习惯》，历史名人故事）。所有这些，都是周恩来“事能知足心常泰，人到无求品自高”家训的生活体现。

周恩来对家人和身边工作人员常常以委婉的语言教育他们，用自己的行动引导大家，同时，还特别看重制度在家庭管理中的重要作用。新中国成立之初，新中国总理周恩来，有不少故乡亲友都渴望利用这一家族关系去谋求一官半职，正当这些亲朋抱着这样的“理想”的时刻，周恩来从治国必先治家的角度，针对亲友们的这种心态，专门召开家庭会议，与热爱的家人一起，共同议定了“十条家规”：1. 晚辈不准丢下工作专程来看望他，只能在出差顺路时去看看；2. 来者一律住国务院招待所；3. 一律到食堂排队买饭菜，有工作的自己买饭菜票，没工作的由总理代付伙食费；4. 看戏以家属身份买票入场，不得用招待券；5. 不许请客送礼；6. 不许动用公家的汽车；7. 凡个人生活上能做的事，不要别人代办；8. 生活要艰苦朴素；9. 在任何场合都不要说出与总理的关系，不要炫耀自己；10. 不谋私利，不搞特殊化。（张东明：《周恩来的十条家规》，人民网—人民日报，2015 年 4 月 21 日）我们可以毫不夸张地说，这“十条家规”围绕怎么生活、怎么交友、怎么做事、怎么言语等细微之处，详细给予亲友一一规定，这就是周总理管好家人、治理好国家的重要步骤。也正是因为“我的任何亲属来北京都不派车”，“只要我当一天总理，邓颖超就不能到政府里任职”（《周恩来总理的十条家规》，2012 年 7 月 7 日），乃至于侄女周秉建的婚姻问题，“你能不能找个蒙古族青年呀？过去王昭君不就是做了蒙古族人的媳妇了吗，蒙古族小伙子是很不错的。”（《周恩来侄女听伯伯话插队内蒙古》，黑龙江新闻网—老年日报，2009 年 12 月 3 日）以“我身为总理，带一个好头，影响一大片；带一个坏头，也影响一大片。所以，我必须严格要求自己。”（《周恩来简朴的生活习惯》，历史名人故事）绝不能搞“近水楼台先得月”，绝不拿党和人民赋予的权力为自己和亲人谋私利，以制度、家规管理家人，从自己做起，从家人做起，他，仿佛成了一面镜子，告诫我们党在取得政权以后，如何掌权，怎样用权，如何过这个权力关、亲情关，成为党的历史上对亲属严格要求、对身边的干部严格培养的典型教材，周恩来的“十条家规”也成为新中国历史上最具特色和产生重要影响的家规范本。

如果说家训是教育家人的思想火花，那么家规则是一个家族进行有效治理的理论总结，当然，如果能把这些有效优良的因子融入后人的血液里，一代一代延续下去，让它成为这个家族遵循的风尚，成为引领族人继续前行的家风，那么，这将是一个家族无比的荣耀。周恩来的一生，为了中国人民的幸福生活，兢兢业业，鞠躬尽瘁，这如同太阳炽烈的光芒，普照大地形成一股强大的风流，吹拂在周恩来家族之中，也滋养着中国人民。周总理去世后，邓颖超同志为了进一步增强这种家风的能量，又补充了几条家规，分别致信给中央和有关亲属。1982 年 6 月 17 日，她又将相关家规和死后遗体供医学解剖、不留骨灰、不开追悼会等内容一起写入遗嘱，强调“对周恩来同志的亲属、侄儿女辈，要求党组织、有关单位领导和同志们，勿以周恩来同志的关系，或从对周恩来同志的感情出发，而不依据组织原则和组织纪律给予特殊照顾和安排，这是周恩来同志生前一贯执行的。我也坚决支持的。此点对端正党风，是非常必要的。”同时还嘱咐亲属，这些家规虽然都是日常往来和生活中的平凡琐事，但作为共产党员，都要从党群关系的高度上来重视这些“家事”，这对严肃党的纪律和改进党的作风有着重要意义。

周恩来总理平坟

赵建华

作为人民公仆的楷模，周恩来总理的一生总是在为国家、为他人着想。未满周岁时，周恩来就过继给了叔母陈氏，他的童年是在嗣母陈氏的陪伴下度过的。博学多才的陈氏，是周恩来的第一任老师。周恩来对两位母亲都抱有很深的感情，可是，10 岁时，生母和嗣母却在一年内先后去世。年幼的周恩来强忍着巨大的悲痛，带着两个更小的弟弟，兄弟三人扶着陈氏的灵柩，乘船回到家乡淮安。经历了革命的戎马倥偬，周恩来对两位母亲的怀念始终没有停息。1941 年，周恩来曾表示，抗战胜利后盼能到母亲坟前扫墓。他对记者说："38 年了，我没有回家，母亲墓前想来已白杨萧萧，而我却痛悔着恩情未报。"1950 年，他又深情地回忆："1946 年，我在南京。南京离淮安只有 300 余华里，我很想回淮安老家看看，因为淮安还有我两个母亲的坟。"

可是，新中国成立后，作为国务院总理，周恩来深知自己需要以身作则。从 1952 年起，他开始通过身边工作人员，向家乡转达了自己关于平掉家乡坟地，分给群众耕种的指示。淮安县委的领导起初很不理解，在感情上也不能接受，于是，平坟的事情就被拖延下来。可是，随着时间的推移，总理平坟的意志不但没有消减，反而愈加坚定。1958年，周恩来亲自写信给淮安县委，商讨平坟之事，在信中，总理写道：“我家有一点坟地，落在何方，我已经记不得了。如淮安提倡平坟，有人认出，请即采用深葬法了之，不必再征求我的意见。我先函告为证。”

可是，出于对总理的敬爱，接下来几年里，平坟的事情依旧没有下文。1965年，周恩来在北京同弟弟周恩寿商议平坟一事。因担心乡亲们想不通不肯平，周恩来决定派一位亲属前去做大家的工作并督办此事。深明大义的周恩寿自告奋勇，表示非常愿意前往，细心的总理思忖片刻，却说不妥。原来，周总理是担心恩寿回乡，地方政府请客接待，影响当地工作，并造成不必要的浪费。见弟弟没有异议，周恩来便说：“还是等在西安的尔萃回去办吧，他母亲在淮安，是探家，不会惊动地方领导。”就这样，农历除夕，周尔萃、孙桂云在告知族人后，带领30多位乡亲，来到周恩来祖茔地，平掉坟头，深埋了棺木。

获悉事情办成后，周恩来从工资中拿出70元钱给生产队寄去，汇款人一栏里端端正正地写上“周恩来”3个字，在附言一栏内还有几行清晰的小字：“此款支付生产队平坟工资和赔偿青苗损失费。”除淮安母坟外，二十世纪五六十年代，周恩来还指示平掉了重庆的父亲坟地，以及位于浙江绍兴的周家祖坟。淮安平坟后不久，中央便开展了大规模的“平坟还田”运动，以身作则、严于律己，总理的平坟之举在全国传为美谈。

总理平坟，意在以身作则、率先垂范，看似有悖孝道，实则却是至忠至孝，堪称孝廉。作为领导干部，理应事事处处想在群众前面，走在群众前面，只有这样，才能做好群众的领路人。有了这样的领路人，方能上行下效，带动全社会风清气正，远离浮躁浪费、奢靡之风。

条例的“严格和准确性”。之后，这一“画蛇添足”的做法自然又被人“揪”了出来。

在财政和税收条例出台过程中，出了小错，周恩来作为总理，自觉责无旁贷，为此，他对工作更加严谨和认真了，以后，凡是财政部出台有关税法问题的法令、指示等文件，他都要亲自过目，并精心细算一次，同时，认真询问出台有关规定的缘由，只有财政部的人先讲通，他也认可了，他才同意将条令提交中央人民政府委员会全体会议上讨论。

缴纳祖居房产税

“百岁堂”位于浙江绍兴宝祐桥，是周恩来的祖居。“百岁堂”之名，缘于周氏族上一件光宗耀祖的事情，清康熙三十七年（1698年），周家周懋章的夫人王氏正好100岁，为祝贺老人高寿，浙江巡抚特送了一副“百岁寿母之门”的匾额，因此，周氏住宅便得名“百岁堂”。

新中国成立之初，诸业凋敝，国家经济尚在起步和恢复阶段，居住在“百岁堂”的周氏族人，有不少人失业在家。而1951年8月，为了加强税收征管，政务院（国务院前身）公布了《城市房地产税暂行条例》，规定“房地产税由产权所有人交纳，产权出典者，由承典人交纳；产权所有人、承典人不在当地或产权未确定及租典纠纷未解决者，均由代管人或使用人代为报交”。据此，“百岁堂”的一些房产也需要缴纳房产税。可周家很多人没有工作，缺乏经济来源，生活都很困难，怎么有能力缴纳房产税呢？有人便自然而然想起了已经当上新中国总理的周恩来，想通过周恩来的关系，要么，能减免一下税款，要么，能在资金上直接援助一把，帮助他们脱离困境。

1950年，住在“百岁堂”西院的周云峰，给周恩来写了一封信，诉说自己失业，日子不好过，无钱缴纳房产税。周恩来得知他的苦衷，不久，便汇钱，替周云峰缴纳了这部分税款。

1953年，住在“百岁堂”中院的周氏族长周希农和东院的周家长辈周文炳，也因无力缴纳房产税，而联名给周恩来写信，请周恩来施予援手。而后，二人收到周恩来的回电，大意是，国家的税收绝对不能欠缴，并要一次缴清。又过了两个月，周恩来给周希农汇来钱款，周希农和周文炳又东挪西凑，想方设法，将不足的税款补齐，缴清了房产税。

在纳税上，周恩来没有依靠自己的特权，为亲戚们减免一分税款，而是拿出自己的钱来，帮助他们缴纳，这件事情也成为新中国领导人诚信纳税的一桩“美谈”。

给企业家上“纳税课”

新中国成立之初，一些不法商人抓住党和政府在经济管理上的漏洞，大肆从事各类违法活动，导致国家市场经营混乱，比如：一些资本家向一些政府干部行贿、拉关系，盗取国家经济情报，捞取不当得利；在生产中，偷工减料，以次充好，生产出的铁锹、罐头、饼干、棉鞋等产品根本不合格，却向国家和部队输送；国民党遗留下的一些财产，本该上交国家，一些资本家却隐匿不报，据为己有；在日常生产经营中，企业家通过设置假账、伪造记账单据、少记或不记收入、多记支出等手段，大量偷逃国家税款。据不完全统计，在天津市检查的 1807 家纳税户中，存在偷税、漏税行为的，占到 82%；在商业化程度更高的上海市，抽查了 351 家纳税户，存在偷税、漏税行为的占到 99%。同时，商人们偷税的税额也相当大，一般偷税户，少缴税款占到应纳税总额的 50%，有的纳税户，少缴税款占应纳税款的比例甚至高达 80% 以上。

针对市场经营中存在的这种不正之风和混乱行为，毛泽东、周恩来等中央领导十分重视，1952 年 1 月，中共中央发出了《关于在城市中限期展开大规模的坚决彻底的“五反”斗争的指示》，在城市开展了“反行贿、反偷税漏税、反盗骗国家财产、反偷工减料和反盗窃经济情报”的“五反”运动。

为了不使运动扩大化，保护大多数工商业户们的经商积极性，毛泽东还制定了处理工商户的基本原则："过去从宽，今后从严；多数从宽，少数从严；坦白从宽，抗拒从严；工业从宽，商业从严；普通商业从宽，投机商业从严。"通过这种宽严并济的整治，有力刹住了市场上的一股违法经营之风，规范了工商户们的经济行为，也追回一大批财产和资金，为国家挽回了巨大损失。

这场运动结束后，周恩来在一次约见上海工商业人士的会上，敞开心扉，向在座的人士说道："国民党统治中国的时候，大搞苛捐杂税，横征暴敛，通过税收获得的钱财，都进了'四大家族'（指蒋介石，宋子文，孔祥熙，陈果夫、陈立夫四大家族）的腰包，当时你们用真假两本账，搞偷税漏税，这是对他们的反抗。现在，共产党为人民办事，取之于民，用之于民，你们既然是爱国的工商业家，怎么还搞偷税漏税呢？这样做，怎么对得起国家和人民呢？"

这一番肺腑之言，让在场的很多企业家顿生羞愧之心，纷纷表示，以后要遵纪守法，照章纳税，真心实意为国家做出企业家应有的贡献。

拒绝为农民增加负担

农民的负担，自新中国成立以来，一直是个沉重的话题。在国家生产恢复和经济发展上，占全国大多数人口的农民，承担了很大的成本和代价。

1949 年 12 月，周恩来在一次会议上的发言中指出："现在农村负担，占国家财政收入的 41.4%，城市负担占 38.9%，而实际上许多税收，如盐税、货物税、屠宰税等，很多还是要转嫁到农民身上的。"1950 年 4 月，周恩来在另一次会议上，又强调了农民的负担："在整个国民经济中，农业和手工业生产的比重约占 90% 左右，现代工业仅占 10% 左右，在国家税收中农业税也占一半以上，这些在量上是很大的。"

在毛泽东、周恩来等中央领导的推动下，全国大力推进土地改革，兴修水利，发展生产，使新中国农业和农村建设得到了极大恢复与发展，农民的生活也有所改善。但是，这一好景并不长。由于“反右倾”斗争的扩大化，以及国家执行了一些错误的政策和发展路线，导致国民经济走上了一条畸形发展轨道，在生产和建设上，出现了很多不切实际、不合理的做法和现象。例如，在“大跃进”上，盲目搞钢铁大生产，浪费了大量人力、物力不说，生产出的很多钢铁也是废品；在农业上，“浮夸风”盛行，一亩地可以产上万斤、几万斤粮食的虚报数不胜数，而粮食征收是根据地方上报的产量为依据进行计算的，因此很多地方干部为了解决上级征收量大于地方实际产量的问题，弥补需要上缴的粮食缺口，把本该农民留下的口粮和种子全部上缴；在日常生产上，一级一级强行摊派任务，不顾实际和客观规律，严重破坏了正常的生产和经营秩序。再加之，国家没有建立进出口粮食的正常通道，全国一些地方发生了自然灾害，粮食减产。对此，知晓基层一些内情的周恩来是颇为痛心的。

三年困难时期过后，全国农业生产才重新恢复和发展起来，但是国家财政上还有些拮据。一次，有关部门的人向周恩来提出，可以适当增加一些农业税，缓解财政困难。

周恩来当场予以否决，并向周围的人斩钉截铁地说：“你们今天记录在案，我活着的时候，你们不能增加农业税负担，将来我死了以后，你们也不能随意打农民的主意。”

在国家经济建设和发展上，广大农民付出了极大的代价，在经济刚有起色之际，怎么能再给经济底子薄弱的农民增加负担，让他们雪上加霜呢？对农民饱含深情的周恩来，这次坚定地站在了农民的立场上，用自己的决心和意志，为农民说话。而他这番铿锵有力、字字如铁的话，对那些不顾农民切身利益，盲目追求自身政绩、经济效益和财政收入的人，也是一番有力的告诫和警示。

一位富有的贫穷者

岳秀红

他的衣服

他从不追求衣服的华丽时髦。他的一套睡衣，买于 1950 年，破了补，补了再补，补丁摞补丁，已经磨得无绒了仍舍不得丢弃，整整穿了 26 年，一直穿到他离开这个世界。他穿的衬衣，习惯换袖口领子，一直穿下去。虽然颜色已经不协调统一，工作人员请求他换新衣服，他仍然说："旧的还可以再穿。"他很少做新衣服，但缝补衣服的次数在同事中最多。有一次，他交给服装师一件又破又旧的大衣，请服装师帮忙再缝补一下。服装师看了看手中破得不能再破的衣服，摇头说："这件大衣不能再穿了，我给您做件新的吧。"他拒绝了，要求服装师想方设法再缝补。服装师无奈地接下了这桩"化腐朽为神奇"的差事。绞尽脑汁后，服装师干脆把大衣全拆开进行重新加工，更换里外完全烂掉的部分。他穿上这件缝补过几十次的大衣，兴高采烈地说："师傅，让您巧手一改一补，就跟新的一样嘛。"他不仅衣服做得少，连参加外事活动出国，必需的衣服也都是自己掏钱，从不让公家报销一分一角一元。

他的饮食

在饮食上他坚持“三个反对”。第一反对公私不分。他办公场所的院子里有不少空地，负责种花的工作人员种了常见的蔬菜，目的是为了让他经常尝鲜。一次，食堂工作人员给他炒了一盘豆角：“这是咱院子里自己摘的豆角，很嫩。”他马上皱了眉：“给钱没有？”食堂工作人员不解地问：“自己种的，往哪儿给钱？”他批评纠正说：“你说的不对。公家地，公家水，长出东西就全成自己的了？回头你算清，吃了多少豆角多少白菜，按市价该是多少钱，把这笔钱交了。分两部分交，一半交机关，是土地和用水钱；一半分给花工，是花工劳动所得。”第二反对铺张浪费。他外出视察，多次向随行人员交代：“一切按标准吃，按标准交钱。”他还提出具体的要求：“不准吃山珍海味，不许摆水果摆糖，发现摆了要撤回去。”他还说：“搞复杂了就是铺张，铺张本身就是一种浪费，这种情况一定要杜绝。”第三反对搞特殊化。在集体食堂吃饭时，他坚持和大家一起排队买饭。他有时到人民大会堂职工食堂就餐，大家看到他来了，都让他先买。他笑着说：“按刚才排队的次序就很好，你们要是不买，我也就不买。”他每次都是买点青菜、萝卜之类的素菜，买几个馒头或窝窝头，和大家坐在一起，边吃边谈。他喜欢把掉在桌上的窝窝头的碎屑都捡起吃掉，把菜盘里剩下的汤喝光。

他的家规

他亲自制定“十条家规”：1. 晚辈不准丢下工作专程来看望他，只能在出差顺路时去看看；2. 来者一律住国务院招待所；3. 一律到食堂排队买饭菜，有工作的自己买饭菜票，没工作的由他代付伙食费；4. 看戏以家属身份买票入场，不得用招待券；5. 不许请客送礼；6. 不许动用公家的汽车；7. 凡个人生活上能做的事，不要别人代办；8. 生活要艰苦朴素；9. 在任何场合都不要说出与他的关系，不要炫耀自己；10. 不谋私利，不搞特殊化。他是家规的制定者，他一样是以身作则率先垂范的严格执行者。新中国成立初期，老家唯一的长者八婶母两次来京看望他，他都未派车接过。他的小弟弟，在革命中受伤，后来又生病。他执意要求小弟弟的单位按有关规定给小弟弟办理病退手续。他说，身体差干不了工作，不能多拿国家的工资。小弟弟病退后，从 1950 年到 1968 年都在他那里领取生活费，直到自己的 6 个孩子全部参加工作，经济能够完全正常运转。大弟很早为革命献出了生命，后来他把侄儿接到北京抚养。当时北京有干部子弟学校，专门培养烈士、高级干部子女，条件相当好。但他没有让侄儿上这个学校，而是执意送侄儿到普通学校就读。还特意嘱咐侄儿，无论是与领导谈话、填写表格，还是同学之间交往，千万不要说出与他的亲属关系！有一次，两个来京探望他的晚辈来不及看戏，他的秘书做主让司机送他们去。他很快知道了，严厉批评两个晚辈和秘书："这是搞特殊化！破坏了家规。晚到几分钟，少看一段有什么了不起呀！"他要求秘书："记上账，今晚交双倍车费，扣我工资。"

他的收入和开支

他是位高权重的高官，但他一样是贫穷者。1976 年 1 月，他离开这个世界，他和一样是高官的妻子共有的积蓄是 5100 元。区区 5100 元，算是他留下的遗产。他的收入其实不低，他的工资每月 400.80 元，他妻子的工资每月 347.50 元。从 1958 年到 1976 年，夫妻俩工资收入一共是 161442.00 元。这些在当时也算是巨款的钱，在他亲自安排下做出了这样的开支：用于补助亲属 36645.51 元，补助工作人员和好友共 10218.67 元。他的想法是，自己补助后，就能够减少国家的负担。他自己制定的关于家里积蓄的规矩是：凡积蓄够 5000 元，又没特别需要的开支，就全部交党费。因此，1976 年 1 月份他去世时，他和妻子的总积蓄仅有 5100 元。

他的名字

他的名字是周恩来，中华人民共和国的第一任总理，一个富有的贫穷者。在物质上他十分贫穷，在精神上他是不折不扣的超级富豪。他无私地把自己的宝贵精神财富留给自己万分热爱的祖国和人民，他是人民永远的好总理！

光辉照耀永向前

——周恩来对我人生的影响

易少敏

周恩来，中华人民共和国伟大的缔造者之一，开国元勋，他带领华夏儿女推翻“三座大山”，建立新中国，走上日益强盛的社会主义道路。周总理，您是北斗，照亮茫茫夜空，以坚定的信念照耀中国，引领中国步步前行。

我生于1960年，周恩来、周总理，那清亮亮的名字和亲切的称呼，可以说，我再熟悉不过了，我是看着他的肖像、看（听）着他日理万机处理国家大事的新闻报道、听着他的感人故事成长、长大的，他对我的人生影响最大，他那清瘦慈祥和蔼的面容早已烙印在我的心灵，定格在我的脑海，他那高大、英俊而充满智慧的光辉形象，已然是生命中的巍巍青山，引领我的人生道路，激励我奋发进取；周总理啊，您的崇高思想和鞠躬尽瘁、死而后已全心全意为人民服务的革命精神，与日月同辉，照耀我的学习、工作、生活和人生航程。

一

“求学不忘报国，报国不忘求学。”周恩来学生时代非常喜欢这句话，将其视为座右铭，确立远大志向，勤奋学习，报效祖国。1910年春，12岁的周恩来随伯父周贻赓来到东北读书，一次，老师问学生，读书是为了什么？同学中有的说是为了帮父母管账，有的说是为了个人前途，而周恩来却斩钉截铁地回答：“为中华之崛起而读书！”后来他以优异成绩考入天津南开中学，与同学临别赠言时，挥笔写下了“同心努力，万里前程指日登”的豪迈誓言。

在南开，他为学校刻蜡版、写讲义，以补助膳食费。他学习勤奋刻苦，品学兼优，得到南开创办人严修和校长张伯苓的赏识。他积极投身“五四”爱国革命运动，成为天津青年学生运动的领导者，遭到反动当局逮捕，经多方营救才得以出狱，为培养这位堪称“宰相之材”的年轻人，学校选他出国深造。1920年，22岁的周恩来登上法国邮船西渡重洋赴法国勤工俭学，开始了他的欧洲求学和追求真理的新征程。无论在东北还是在南开和法国勤工俭学，他总是一边刻苦学习，甚至还要辛勤工作以贴补生活，一边矢志不渝地追求崇高的革命理想。

1960年是荒年，此时出生的我，生不逢时，出生不久，父亲被打成“右派”，到农村下放劳动，全家从城镇迁回偏僻的乡村老家。父亲的工作漂泊不定，跑了许多基层单位和村庄，可谓颠沛流离，历经无数风雨和坎坷。

失落的家境、读书无用论，如此背景之下，无人问津我的学习，学校学习抓得不紧，记忆里从小学到初中，忙得最多的是放牛、割青草、打猪菜，记得三四年级还辍学回家放几个月的牛……就这样，迷迷糊糊的我上了高中。

高中离家有十几里路，高一第一学期算是“文革”后期，学工学农，学校有一个贫下中农管理的小农场，学习不紧，每天早出晚归，风雨兼程，中午带点米在学校蒸一盒饭、打二分钱的青菜汤。粉碎“四人帮”后恢复高考，第二学期学习渐紧，开始住校，二三十名学生住在两间土墙草房里，睡的是稻草铺。为鼓舞我们努力学习，老师讲周恩来求学的感人故事，还让我们看有关周总理青年时代的书籍。这个时候，我对周总理有了更多的了解，知道学生时代勤奋攻读，为他以后成长为一代杰出伟人打下了坚实的人生基础。

科学的春天到来，周总理志存高远、求学报国的青少年时代的成长历程，极大地激发了我的学习热情，我与众多迷茫的青年学生一样，变得清醒了，开始如饥似渴学习文化知识。基础很差，连最简单的一元一次方程都不会解，不知道什么是因式分解，像是一个文盲！

一切从头来。在军工厂工作的大姐给我买来学习资料，我自己摘抄一些试题，学校有时也印一点资料，除了吃饭、睡觉，其他时间基本上都在学习，起早贪黑、挑灯夜战，是习以为常的事。没有草稿，就从大姐单位拿来废旧的检验单作为稿纸用，一年多时间，用了一二麻袋。

功夫不负有心人，在刻苦和勤奋之中，我的学业成绩有了长足的进步，数学竞赛年级第一，县化学检测也是年级第一。然而，由于学习紧、饮食差，又患上顽固性皮炎，奇痒难忍，患上失眠症，体质孱弱头晕，第一年高考前夜彻夜未眠，第二天怎么走进考场的，现在一点都记不得了，结果以十几分之差而名落孙山。第二年认真复习，终修正果，考上师范学校，成为全乡恢复高考后第一批师范生。

二

工作后，涉猎较多有关周总理的书，《周恩来的故事》《外国人心目中的周恩来》《我的伯父周恩来》《周恩来的最后岁月》《人生楷模周恩来》等，书中从不同侧面、不同角度，从大大小小的事情中体现他高贵的美德，进一步了解他的风格、人格、智慧、胆识、胸襟。他积极进取，视自己为人民的公仆，求真务实，躬行实践，任劳任怨、尽心尽力为人民谋幸福、谋利益，特别是他晚年患上癌症，仍然带病工作，三次手术伤口未愈便处理国家大事！

周总理这种为人民而忘我工作的精神，深深地感染和影响着我，给了我巨大的工作动力。我努力像周总理那样，认真踏实做事，精益求精、一丝不苟做好每件事、做好每个环节每个细节，像对待自家孩子一样，关心、呵护每个学生的学习和成长，用爱和真情、心血和汗水教诲学生，建立和谐融洽的师生关系，创新工作方法，既向课堂四十五分钟要效益要质量也向教学科研要效益要质量，教育教学成绩突出，被县政府评为先进教育工作者。

能做是福。除了完成教育教学工作，我还长期负责学校的教学科研工作、一些教务和考核工作、图书管理工作、工会工作、教育宣传和学校主要文字工作。干一行爱一行，每样工作都做得像模像样：一些课题被评为县优秀课题，个人被评为县教学科研先进工作者，学校被评为教学科研先进校；图书管理经验在全县介绍推广；教育宣传年年被评为县市宣传先进工作者，曾三次在全县通讯员笔会上作经验介绍……

三

生活中周总理平易近人，坦荡无私、有权不私，廉洁清明，对家人严格要求：食堂排队买饭、不许动用公车、不要脱离劳动、生活要俭朴等；他自己一件睡衣、一双凉鞋、一块上海手表一用就是几十年，然而对贫困百姓却慷慨解囊，在河北革命老区他用自己身上最后的钱给村民的孩子买了一身新衣服。平易显崇高，自律显博大。

周总理的品德引领着我，无论图书管理还是负责教学科研工作和工会工作，我都能严格按照规章制度、考核细则去办事，亲属和普通老师一视同仁，做到公正无私、规范合理。积极参加劳动，假期曾参加华东输油管道土方工程大会战，被评为先进个人；星期天参加淮河防洪抢险，肩抬二三百斤重的装满泥土的草袋，累得尿血，大堤安然无恙，我无怨无悔。

2006年在南京做肠道手术，上手术台前，还为学校拿出几千字的有关行为习惯养成教育课题研究方案，通过电子邮件发送给学校，及时实施研究。现在，按有关文件精神，我已从副校级岗位上退休，但我依然发挥着余热，担任学校关工委常务副主任，积极配合学校做好关心下一代工作，走访调研，完成五千字的农村留守儿童校外教育管理调研报告，推进留守儿童的教育工作，学校被评为关心下一代先进单位，本人被评为先进个人。

贵在参与，我积极参加县市征文活动，为地方建设建言献策，在市环保、旅游和治淮60年等征文中多次获奖。笔耕不辍，经常写作散文，赞美家乡、弘扬向上的人生观，近年来有二三百篇散文、诗歌在报刊上发表，为地方文化建设尽了绵薄之力。

四

人生阅历、实践经验告诉我，周总理的“五德”与新时期的淮安精神一脉相承，与“四风”格格不入，反“四风”必须树“五德”，树“五德”可有效遏制“四风”！

周总理是我一生追随的榜样，我的人生极其平凡，“虽不能至，然心向往之”。我会矢志不渝地追随总理的足迹，像他那样行走在漫长的人生道路上，他的崇高思想和革命精神是我人生的灯塔，照耀我人生的航程，不断前行……

孩子敬爱周爷爷

杨秀斗

上次去常熟，因为时间的关系，途经淮安，没来得及参观周恩来总理纪念馆。回来以后，小孙子总是念叨，他想去看周爷爷，必须得去，一定要去。因为《海棠依旧》电视剧的热播，周爷爷的形象深深地在孩子幼小的心灵扎下了根。因为这个电视剧是根据周秉德《我的伯父周恩来》一书改编的，周秉德从小就生活在周总理身边，最了解周总理的工作和生活细节，所以书写得十分感人，电视剧改编得也就非常成功，是家喻户晓的范本。看到孩子的执着，我们心中是欣慰的。小小年纪，敬仰崇拜革命先辈，这是希望的一代，因此承诺一定再到淮安，去看周爷爷。就在孩子一年级的第一个假期，妈妈亲自开车，与表姨家的小姐姐一道，自胶东专程去淮安，了却心愿。

现在的孩子，生活环境不同，懂事得早，年纪不大就学会求知和思考。淮安之行，有如家国情怀的启蒙，对孩子的影响很大。回来后，小孙子总会对我说：“奶奶，你看，这是我拍到的，这是我看到的，这是我写出来的。”虽然有的字还没学，只用拼音代替，却是字字真切，句句感人。经过小家伙的详细描述，淮安的一切鲜活地呈现在我面前。适逢“海棠杯”主题征文，使我有机会将心里的感动写出来，畅快淋漓地表达，是祖孙隔辈共同的心愿。

坐落在淮安市北门外桃花垠的周恩来纪念馆三面环水，环境幽雅，朴素而庄严，有仿北京中南海西花厅和周总理铜像广场。邓小平题写的馆名笔风厚重威严大气。自开馆至今，每年接待着络绎不绝的内外宾客，是一座展现一代伟人风采的巍巍丰碑。湖心岛上的建筑，既有传统的民族风格，又有现代化的建筑特色，可谓匠心独运，寓意深刻，表达了亿万人民缅怀总理的心愿。小孙子说，在北侧的周爷爷遗物陈列馆，看到的衣物、办公用品、其他生活用品，都非常普通，甚至陈旧，有的还打了补丁。小孙子说，周爷爷是开国的总理，国家高级领导人，生活还这样简朴，自己要学习周爷爷老一辈革命家的精神，勤俭节约，不忘初心，认真读书，报效祖国。小大人一样说出的话，令我震撼，这一次的淮安之行，对孩子，是美好心灵的浸染。

小孙子抚摸了纪念馆主馆铺的每一块基石，方梯形、八棱柱体，描绘得十分清晰。四根巨大的花岗岩石柱撑起锥形的屋顶，有如总理一生呕心沥血托举着中华大业，人民的前程，国家的兴旺。主馆有三层，一层是展厅，共分八个部分。丰富翔实的文献资料和珍贵的文物图片，五个电视显示屏，展示总理光辉的一生。为了中华之崛起，为了新中国的诞生，为了祖国的昌盛，周恩来立志求索，艰辛奋斗，鞠躬尽瘁，风范长存，成为亿万人民永远怀念的好总理。他没有遗产，没有后嗣，没有墓地，一个从不准为自己树碑立传的总理，却在全国人民世界人民心中立下了永恒的丰碑，也是联合国唯一为之哀思怀念降半旗的大国总理。展馆二层高 3.2 米的周总理汉白玉雕塑，手握长卷，微微含笑，凝神远方。有如生前为国操劳，雄韬大略凝神望远，稳操胜券。登临三层观景台，远眺淮安古城，俯瞰整个馆区风景，牌楼式景门，人字形附馆，精准的“八一”造型。南昌起义的枪声，警醒着国人。

阅过岚山诗碑，这是周恩来 19 岁留学日本回国前二次游岚山所作。

岚山在周恩来读书的城市京都附近，登高望远求知激情，是少年周恩来的一次真情抒发，因此有了著名的诗篇。到20世纪70年代，在周总理的付出和努力下，终于实现了中日邦交正常化。1978年，总理生前极大关注的《中日和平友好条约》缔结。同年11月邓小平访日，陪同出访的时任全国人大常委会副委员长、中日友协会长廖承志亲自书写，与日本人民共同立下了这座具有伟大意义的诗碑。邓颖超曾亲赴日本，为诗碑落成揭幕。周总理说过，中国人民和日本人民都是勤劳勇敢的人民，中日两国应该世代友好。岚山和诗碑作证，周总理生前为中日友好做出了非凡贡献。人民和平的愿望是美好的！逆历史潮流而动，践踏人民的意志，一意孤行，不会有好结果。雨中岚山诗作，情感点点润诗行，就如昨日晤面。百年书法，千年诗章，镌刻在每一个爱好和平人们的心坎上。

继续前行，赏过海棠林，走过海棠路，经过樱花路、五龙亭，怀恩亭中，念总理徜徉在海棠树下，指点江山，操劳国事。伟人已去，海棠依旧。总理钟爱的海棠花，是中国特有的植物，平原和山区，野生和种植，都有生长。花开簇拥，粉色、淡粉、红褐，烂漫无香，却昼夜无眠，勤勉时光。正如人民的好总理，在盛开海棠的西花厅，日夜秉烛，为人民殚精竭虑，直到最后一息。海棠花是解语花，最知道周总理的辛劳，默默相伴周总理一年四季，花开果长，年年昌盛，百姓疾苦夜夜倾听。小孙子现在特别喜欢海棠花，听过讲解员阿姨甜美的声音，他牢牢记住了海棠的很多芳名，花神、花贵、花妃。就是北宋大文豪苏轼的那首海棠诗，也背得朗朗上口，韵味十分。“东风袅袅泛崇光，香雾空蒙月转廊。只恐深夜花睡去，故烧高烛照红妆。”清明踏青时，桃李杏尚在含苞中，独有海棠春来报早，绽放枝头，蓄积全部的能量，为沃野碧空奉献。看，人们流连树下，争相把海棠的洒脱姿容带回家。小孙子钦敬地俯身捧起花瓣，放入贴身的口袋，回去制作标本，镶嵌在书章的首页。看，老人孩子中青年与郁郁葱葱遍野的海棠林相依相伴，亲热十分，珠泪滴落润凡尘，心中是何等欣慰，西花厅的海棠，周爷爷的形象，在更多人的心中丰满伟大立体生根。解语的海棠，不仅开在北京，开在淮安，祖国大江南北，从西到东，海棠花开繁盛，其壮美与从容，地球村为之动容。

小孙子说，在周爷爷办公的地方，见到毛爷爷古铜色半身塑像。两位老人家生前形影相伴，共商国是，现在仍不分离，为国谋划。前辈为了共同的理想信念，水乳交融，心血付尽。今天的国人更要学习前辈的精神，精诚团结，奋力拼搏，为了祖国的强大，为了新丝绸之路梦想的实现，为了世界的和平振兴，每个人都要极尽绵薄之力，发挥聪明才智，做出自己应有的贡献。小孙子印象特别深刻的还有周爷爷办公用的笔筒、笔架、墨盒，都是用敌机残骸制作的，那是战士送给周爷爷的礼物，周爷爷一直珍藏使用。这是战士勇敢击落敌机乘胜凯旋收获的战利品，是周爷爷对为国歼敌顽强英勇的人民战士的爱戴敬重。虽然礼物并不名贵，他却爱不释手，放置案前，相伴秋冬。桌上的文具盒，批改文件的铅笔，简易的台灯，都使小孙子对革命老前辈的节俭朴素由衷地敬佩，也对自己学习中使用笔和本等的浪费深深地自责。新的学期开始，小小年纪的他真的改变了许多。童稚的心灵最容易获得，淮安的这一课，让他从小就有了前进的方向，一步步走向为国为民奋斗的广阔大道。少年有希望，国家有希望，未来有希望，在希望的田野上，是我们的祖国，我们的人民，我们的下一代茁壮地成长。

这个清明节，为先烈扫墓时，赏览了繁盛的海棠花，老师又带着孩子们，种下了一棵棵小海棠。它们在山泉水的滋润下，马上就会抽枝发芽长大。大海边的这片山，因为植入了海棠，而更加显得苍凉壮美。淮安市委市政府，为全世界人民做出了伟大的壮举，淮安周恩来纪念馆，淮安仿北京西花厅，淮安周恩来故居，使每一个思念总理的人，在这里都可以和总理面对面说出掏心窝子的话，身临其境地看着总理在工作和学习。就是生活中简朴的点点滴滴，也真真切切地记述在这里。总理和人民心贴心，总理永远和我们在一起，走进淮安，拜谒总理，成为每一个人的期许。小孙子回来之后，他身边的同学老师，陆续不间断地访问淮安。在下一个假期来临，小孙子还要带着我们全家到淮安去看周爷爷。开国总理是孩子心目中的伟人，是英雄，更是可亲可敬的周爷爷。生活在孩子们美好的敬仰憧憬里，我们变得年轻。激昂的生活热情，使每个人都焕发着精气神，沿着老一辈革命家的指引，不忘初心，做出应有的贡献。天更蓝，海澄碧，祖国欣欣向荣。做一个中国人的自豪，在祖孙几代人的发奋中绵延……

老樟树下

王建成

1933年5月上旬，周恩来同志视察红色苏区工作来过光泽。

——题记

虬枝苍劲，冠如伞盖，挺拔雄伟。清风吹过，飒飒作响，如遥远年代的回声，如战场上的金戈铁马。

闽北光泽县镇岭北溪旁的这棵老樟树，三人合抱粗细，高约30米，树冠径幅约25米，孤零零地屹立在这里千百年。树身上一圈圈年轮，斑驳苍痕的树皮记录了它不平凡的岁月。如一饱经沧桑的历史老人，见证着这块土地上兴衰的历史。树下北溪的河水日夜奔流，似在充满激情地向人们叙说当年那血与火的革命斗争故事。

据光泽县党史资料记载，1962年初的中央工作扩大会议午餐期间，敬爱的周恩来总理来到福建厅看望代表，恰好坐在当时的光泽县委书记段政和县长王起才身边。总理问："你们是从哪里来的？""我们是从光泽县来的。""光泽……"总理沉思一下说，"哦，我曾经到过那里，记得县城浮桥边上有一棵老樟树，现在还在吗？”“在，在，只是浮桥“大跃进”时拆除了，上游建起了大桥！”光泽县委书记和县长激动地回答。敬爱的周恩来总理日理万机，革命经历丰富，一生到过无数地方，没想到时隔30年对光泽这样一个小地方普通浮桥边的老樟树却这样记忆犹新，让在场的人感佩不已。

镇岭浮桥位于城边，原来是一个渡口，北溪在这里环绕而过。河面是由一条条木船用铁链连接，上面铺上宽厚木板的浮桥，长约百米。两头铁链固定在石桩上，平时人们从上面来来往往，涨大水时一头铁链松开，让浮桥只靠一边岸，以减轻洪水冲击。桥头东北面的这棵老樟树下，过往人等渡、休憩，小贩们摆摊招呼过往人……

光泽在第二次国内革命战争期间是中央苏区县之一，黄道、吴先喜、黄立贵、曾镜冰等领导的闽北革命斗争以这里为基点，粉碎了国民党反动派一次又一次的进攻，给敌人沉重的打击。他们还建立了苏维埃革命政权，打土豪分田地，红色革命形势受到了中央苏区领导的肯定。1933年5月初，负责中央苏区工作的周恩来同志视察光泽、邵武、金溪、资溪一带工作时到过这里。人们依稀可以想象当时年轻的周恩来蓄着黑胡子，一身灰布军装，头戴红星八角帽，身背大斗笠，在当地同志和警卫人员的陪同下，风尘仆仆地走过浮桥，来到这老樟树下坐下休息，与这里的群众亲切攀谈，谈笑风生，其乐融融。最后他站起身，手扶树干，遥望远方，思索着整个苏区的革命斗争计划，描绘中国革命胜利的未来，脸上露出了欣慰的笑容……

这棵老樟树后来也许被国民党反动派极端地仇视，看这树干上刀砍火烧，剥皮剜心的伤痕。树身上伤痕累累，断茎洞孔随处可见。老樟树也许是在艰难的岁月中经历痛苦，备受折磨。挣扎，抗争，也曾一度奄奄一息。国民党反动派也许还曾将赤卫队员和同情革命的群众押在这里鞭打，要他们招出红军到哪里去了。在那黑暗的年代，这一带人们被抓、被杀，搞得日渐萧条，人烟稀少。烈士的鲜血浇灌树下的土地，唤醒了人民，更增加了对敌人的仇恨。也许不少人会在月色昏暗的夜晚偷偷来到这老樟树下，祭祀牺牲的革命先烈，祈祷革命的胜利。老樟树也没有被吓倒，在抗争中更加巍然挺立，漠视凶残，漠视风雨，坚定的信念让它和这里的人们一样相信终有一天革命会成功，这块土地一定会繁花似锦，生机蓬勃。

“雄鸡一唱天下白。”这里的人们终于迎来了新中国的成立，老樟树焕发新生，多少年冷枯的枝干都爆出了新绿，更加郁郁苍苍，昂然挺立。当年这四野肃杀的地方，社会主义建设事业日新月异，人们以周总理到过这里为自豪，化作建设社会主义的强大精神动力，用勤劳的双手建设自己美丽的家园。80 多年过去的今天，这里工厂四起，高楼林立，商贸发达，道路宽阔，人车川流不息，一副繁荣昌盛的景象，成为光泽县的一个重要的经济发展片区。树下北溪河面上的浮桥早已拆掉，建起了水泥大桥。到 20 世纪 80 年代又为了适应改革开放和经济发展的需要，改为双行公路大桥。老樟树也作为名贵古木，列入县政府名木古树保护范畴，写入光泽党史资料，作为红色革命教育的景点。

历史的硝烟慢慢散去，血红的记忆如天边的霞光熠熠闪亮，如烟的往事不会因年代的久远而被忘却。先辈们用血浇灌的这棵老樟树，更加郁郁葱葱，枝叶茂盛，成为激励光泽人民建设发展不可缺少的精神信念。

今天，多少人来到这里瞻仰老樟树的风采，缅怀周恩来同志等革命先辈当年的革命斗争经历，追思无数革命先烈为新中国诞生、为光泽人民的翻身解放所创下的丰功伟绩。不禁使人浮想联翩，油然而升起一种崇敬。

老樟树巍然耸立，树下的北溪河水日夜潺潺流淌，似在告诫人们今天革命的胜利来之不易，不要忘记过去，要珍惜现在，建设我们美好的未来。让人民美好幸福的生活，让光泽日新月异的建设成就，来告慰为光泽解放而奋斗的无数革命前辈和长眠在这块土地上的无数英烈……

《大江歌罢掉头东》诗析

——为纪念周恩来总理诞辰 120 周年而作

王灿章

大江歌罢掉头东

一九一七年九月

大江歌罢掉头东，邃密群科济世穷。
面壁十年图破壁，难酬蹈海亦英雄。

这首诗选自《周恩来青年时代诗选》，是周恩来同志于 1917 年 6 月在天津南开中学毕业，赴日本留学之前所作。此时正是五四运动前夕，那时的中国满目疮痍，中国人民在帝国主义和封建主义的双重压迫下过着贫困的生活，处在水深火热之中。在国家危难、风雨飘摇的茫茫黑夜里，一批有志于革命的青年，正努力寻求救国救民的真理。年轻的周恩来同志也怀抱着这样的雄心壮志，由天津东渡日本留学，寻求革命的真理。临行前，写下了这首气势磅礴、表明志向的七言绝句。诗篇壮美，感奋人心，表现了周恩来同志青年时代风华正茂，怀有凌云壮志和救国济世的宏伟抱负。

1919 年 3 月，周恩来同志为了投身到祖国的反帝反封建的洪流中去，毅然决定返回祖国。临行前，他的南开同班好友张鸿诰因感友情难舍，又知他擅长书法、诗词，所以在饯行席间，请他题诗留念，于是诗人挥毫将两年前作的这首七绝写了出来，诗后写着“右诗乃吾十九岁东渡时所作”“返国图他兴，整装待发，行别诸友”，还写明书赠此诗也是为了“自督”。

张鸿诰同志对题诗甚为赞赏，长期保存，视为墨宝，新中国成立后他把题诗奉送到博物馆，如令这个珍藏了近百年的题诗手迹正陈列在中国历史博物馆内。

值此周总理 120 周年诞辰之际，喜读他老人家青年时代的诗作，令人激动，深受教育。

“大江歌罢掉头东”，首句写东渡豪情。起句气势不凡，抒写出诗人出国时的雄姿英发的形象和志在四方的豪迈气概。“大江歌罢”是“歌罢大江”的倒装。“大江”代称宋朝诗人苏轼的词《念奴娇·赤壁怀古》，词的开头是：“大江东去，浪淘尽，千古风流人物。”诗人面对波涛滚滚的江水，唱罢慷慨激昂的歌曲，准备与祖国告别的情景写得气魄雄伟，感奋人心。诗人青年时代就要为祖国建功立业的豪情跃然纸上。“掉头东”表示毅然决然，义无反顾地东渡日本。全句写出了诗人满怀革命理想，唱罢气势豪放的歌曲，正有力地掉转身躯，毅然乘舟东渡的豪壮场景。

诗句仿佛使我们看到了诗人伟岸的英姿：一位满怀革命理想的爱国青年正独立船头，乘风破浪，他时而频频回首烟波浩渺的故园，时而极目远眺即将到达的日本岛国，酝酿着怎样迎接新的生活和战斗。

“邃密群科济世穷”，此句写东渡目的。“邃密”，精深，细密，这里是精研的意思。“群科”，各种科学。“济世穷”，“济”，救助，这里是挽救的意思；“世”，社会，这里是指祖国；“穷”，穷困，危难，指当时的国情。全句是说诗人通过深入地研究各种科学，正是为了挽救国家危亡，达到拯救祖国于贫困中的目的。

周恩来同志从小就怀抱着救国大志，早在沈阳东关模范学堂读书时，校长问同学们：“读书为了什么？”他就庄重地回答：“为中华之崛起而读书。”以后进天津南开学校时，在该校“敬业乐群会”的《创刊词》中，他说道：“吾辈生于二十世纪竞争之时代，生于积弱不振之中国，生于外侮日逼、自顾不暇危急之时，吾人即生于是时矣，生于是国矣，安忍坐视而不一救耶！……天下兴亡，匹夫有责！”正是这一崇高的救国目标，指引着他在革命道路上不断前进。诗人不但胸怀救国壮志，而且具有刻苦学习的精神品质，中学时代就读了不少中外富有民主主义思想的著作，学到了广博的社会科学和自然科学知识。东渡日本留学，也是为了进一步深造，探求救国救民的真理。所以这一句诗既是诗人早年学习生活的概括，也是他将东渡留学的抱负。周恩来同志的一生，特别是青少年时代的生活实践，也为这句诗作了最有力的证明。

“面壁十年图破壁”，这句言创业壮志。这里连用两个典故：其一，先借达摩大师“面壁而坐”默坐静修的典故。据《五灯会元》记载：佛教的达摩大师于南北朝来到中国。后在嵩山少林寺终日“面壁而坐”，用了九年工夫，精诚修道。这里用“面壁十年”表示专心致志，刻苦攻读。其二，巧用“破壁”的典故，破壁，“破壁飞去”。传说南朝著名画家张僧繇有一次在金陵安乐寺的墙壁上画了四条龙，说要是点上眼睛，龙就会飞走。别人不信，他就提笔给其中的两条点上了眼睛，果然“雷电破壁”，二龙乘云上天。这里借用“破壁飞去”的典故，表示打破现状、改革社会的伟大抱负。

“面壁”和“破壁”这相反相成的句子，充分表现了诗人青年时代既有气吞山河的雄心壮志，又有脚踏实地的科学求实精神，“面壁”是手段，而“破壁”才是目的。“破壁”就要突破沉寂的现状，奔向光明的未来。“面壁”则表达了诗人为革命而坚持不懈、刻苦学习的钻研精神。

“难酬蹈海亦英雄”，末句表示献身精神。诗人想学成回国，改造社会，干一番事业，但如果壮志难酬，理想不能实现，诗人表示将以身许国。这里运用了战国末期齐国人鲁仲连蹈海而死、义不帝秦的典故，表示自己为革命不惜赴汤蹈火，献出生命的决心。再有清末爱国志士陈天华（1875—1905），面对日本反动当局无理驱逐中国留学生，为唤醒民众反帝的革命觉悟，以身殉国，愤而自投日本大森湾，留下了感人肺腑的《绝命辞》，鼓励同志誓死救国。可见，诗人“蹈海”的目的也是为了唤起人们的觉醒，这种死也称得起是英雄行为。所以这句诗是说，即使伟大的抱负未能实现，像陈天华那样投海殉身也是可歌可泣的英雄壮举。

周恩来同志这首壮丽诗篇，使我们很容易想起鲁迅先生那首《自题小像》诗，同是青年，怀着同样的爱国济世的决心，东渡日本留学，在这一点上，两位伟大人物的心确实是相通的。然而，同样的，两人在十月革命后，又在不同的时期先后找到了马克思主义这一真理，并为之奋斗终生。我们学习他们青年时代就把拯救祖国、建设祖国作为自己终生的奋斗目标，学习他们伟大的献身精神。

周恩来同志的这首七绝，也是用旧体诗来表达思想感情的。活用典故，赋予新意，十分贴切。“大江东去”是苏轼豪放词的代表作，用它表达东渡时的豪迈气概，是再恰当不过了。连用“面壁”“破壁”两个典故，但毫无艰涩之感，因为把东渡留学的目的表现出为国献身的决心也是坚强有力的，充分表现了诗人矢志革命、百折不回的英雄气概。

躬逢周总理120周年诞辰，捧读佳作，倍感亲切，深受鼓舞。伟人虽去，英名长驻，周总理的光辉形象永远活在人们心中，总理的崇高精神永远激励后人。

最难忘的记忆

白凤祥

1959年10月15日，是草原钢城包头市最喜庆的日子。能有这一天，老天都很关注，天空湛蓝辽阔无云，太阳高照晴空万里，大地回暖秋意盎然，风和日丽霜叶如花。能有这一天，市民相互奔走相告，喜气盈盈激情满怀，新生钢厂人声鼎沸，彩旗招展迎风飞舞。全厂员工列队敬候，大家崇敬的一位伟人，将莅临钢城包头市。

当时针指向约10时，一架飞机徐徐降落在包头机场，人民崇敬的周恩来总理，神采奕奕，笑意满面地出现在机舱门口，向群众招手致意。这时，整个机场掌声雷动，惊天动地，群众的欢呼声响彻云霄。周总理在国防委副主席叶剑英和国务院副总理乌兰夫陪同下，走下飞机，来到欢迎队伍前排和群众一一握手，然后乘车到市内下榻青山宾馆。

当天下午，包钢披上了节日的盛装，无数彩旗迎风猎猎，百名群众载歌载舞，人声欢腾，掌声阵阵。近千名群众和建设者汇集在一起，欢迎周总理为一号高炉剪彩。周总理带着深情笑意，伸出巨手接过包钢领导递过的剪子，剪断了红绫彩带，热烈的掌声四起，震动了整个钢场。

片刻间，从一号高炉的出铁口，流出一股火红的铁流，奔涌流入一个高大的铁罐里。这时工人们打起鼓，敲起锣，燃起鞭，点起炮，一群男女腰扎彩带，手拿红绫，扭起了秧歌舞。包钢广场成了沸腾的海洋，周总理脸上露出了满意的笑容。

第二天上午，周总理在青山宾馆，召开了包头市和包钢领导参加的专门会议，表彰了包钢先进集体和先进个人，询问了包头和包钢的建设情况并听取了汇报。最后，周总理代表毛主席、党中央和国务院，对包头和包钢的建设做了重要批示，并对包钢的成功出铁表示祝贺，给包头的建设带来了光明和希望。

第三天上午8时，包头市和包钢领导及群众近千人，到机场欢送周总理离包回京。包头人依依惜别了人民的好总理，很多人流下了热泪，表达了对周总理的无限敬重和热爱。

人民的好总理离开我们已经42年了。不管周总理离开我们多长时间，人民永远想念他，他永远活在人民的心中。

翰墨幽香

倘　徉

对周总理的了解始于小学时读的两篇课文,《一夜的工作》和《十里长街送总理》分别写了总理忘我的工作情景和人民对总理的尊敬、爱戴与不舍。另外，还听说过周总理18元8角8分钱的外交故事。周总理是一代伟人，但以前一直没留意过他的墨迹，大概是他留下的墨迹本来就不多吧。

2014年8月，我考调海南省儋州市第一中学。听说两院距儋州市区十公里，可以走走。一个周末，乘上4路车，十多分钟就到了。一下车，简直不敢快步走动或咳嗽一声，担心打破这种清静幽雅、庄重肃穆的氛围。仿佛进入佛教圣地，远离红尘，净化心灵。隐约听见潺潺的水流声，循声而去，树木掩映处是石桌石凳，再往前走，就是两院广场，广场中央一个池塘，池塘方方正正，恰似一个舞台，池塘边上长满了青苔，背景墙上刻着八个大字：儋州立业，宝岛生根。我眼前一亮，这几个字写得浑厚挺拔，开阔雄伟，刚劲有力。来海南岛之前上网了解过儋州，这里是中华诗词之乡、书法之乡、民族民间文化之乡，有人写出这样的句子和书法不足为奇。但正契合了我此时的心境，我千里而来，海岛筑梦。我刚来时，有些忐忑，有些彷徨。这时，我有一种莫名的兴奋和自豪。怎能错过这个机会，忙请人拍照。我在“儋州立业”的前面，举起右手，握拳，俨然宣誓的样子。还有一张，我站在八个字的中间，伸展两手，这八个字仿佛变成了我的翅膀。

照片上，还能看见池上的波纹像群女的舞蹈，溪水唱着歌儿奔向远方。边看着照片边走向热带植物园，不远处是森林客栈，还有水上农家乐。当时写了一首小诗《至植物园祥盛农家乐》：农家池畔绿，水中鱼竞猜。坐憩苇亭里，遐想笠仙来。本想再找一两处题词的所在，但没找到，不过也不遗憾，有一种宾至如归之感。

后来，朋友组织活动，大伙到松涛大坝游览。那天，晴空万里，所见有如闪电般明亮。草色离离，树影青翠，水浸碧天。走在高筑的大坝上，清新的空气犹如清水，我们似乎沐浴其间。旁边有座小山，山不大，但从海拔高处耸起，所以唤作凌云山。我想，天梯脚下过，山顶便凌云，一口气上了山顶。从凌云山上下来，来到一个景点，所见小岛林立，尽头重峦叠嶂，起伏的山峰形似仰卧的“睡美人”，我想起两院的刻字，马上在手机的备忘录里写上：

远眺睡美人

无边秀色可餐心，
亮如明镜洗风尘。
烟雨尽处美人醉，
南国立业爱生根。

在这首诗里，化用句子“儋州立业，宝岛生根”，表达了自己的赤诚之心。

再后来，我逐步了解到，海南岛是一个有山有水有花有树有人情有趣味的好地方，索性把家庭也搬了过来。孩子到来，第一件事就是安排游览，第一站是松涛天湖。

松涛天湖在南丰镇，远远望见，碧波万顷，在这里，看粼粼波光，听阵阵松涛，想壮阔大海。满以为是大自然的杰作，原来和那天游览看见的松涛大坝一样，是松涛水库的一部分。松涛水库是重要的水利工程，有人介绍，党和国家领导人给予极大的关注，有题词“松涛水库”为证。我才跑到那椭圆形花岗石前仔细端详，“松涛水库”四个大字有着柳体风格，带有行书笔意，端庄挺拔，又灵动自然。下有一行小字：一九六〇年二月九日于海南那大，周恩来。我们缅怀为建设松涛水库立下汗马功劳前辈的同时，怀想着周总理关于建设好松涛水库的深情嘱托。

松涛水库始建于1958年，竣工于1970年，是全国第二大土坝工程，列入了国家的第二个五年计划。当时是海南岛有史以来最大的开发项目，被誉为开发海南的第一把金钥匙，承载着五县市的良田灌溉、城乡供水、输送电能的使命。在国家经济困难、生产工具简陋的情况下，工程几乎都靠人力，1960年总理的题词无疑是对海南发展的重视，对开发建设的鼓舞。

一个偶然的机会，听教育局长周春声说，1960年周总理考察儋州还留下了“儋州立业，宝岛生根”的墨宝，我笑自己眼拙，当时怎么也没把它和总理联系起来。难怪它和“松涛水库”的字迹气韵一致，只是行书笔意稍重一些罢了。

华南热带作物科学研究院当时叫华南亚热带作物科学研究所，1953年创建于广州。华南热带作物学院（1996年更名为华南热带农业大学，2007年华南热带农业大学与原海南大学合并组成新的海南大学）是新中国成立后国家在海南岛设立的第一所高等院校，专门培养热带作物高级科技人才。1958年迁所（华南亚热带作物科学研究所迁至海南省儋县）建院（华南热带作物学院），正是所院迁建完工后的第一个春天，周总理来了。周总理品尝着员工们自己生产的各种热带水果，赞扬所院群众根据毛主席“自己动手，丰衣足食”的教导，开荒种植，改善生活，克服困难。这不仅是对所院领导的勉励，也是对全国人民的希望。

周总理当时说，“立业生根，知识分子才更有用武之地”，总理的题词，是亲切的关怀，是无穷的力量，它永远激励着一代又一代奋斗在科技事业和教育事业的人士。我想，这应该算是一块科教兴国的先行实验田了。这个春天，对于所院的同志们来说，春日是多么温暖，春光是多么明媚……

写到这里，我也心潮澎湃，脚下也好像有了劲儿。

和周总理有缘吧，2016 年儋州市第一中学和南开大学附属中学开始合作办学，南开学校是总理的母校，现在秉承的南开精神中的“允公允能”，也就是周总理精神。

管理团队励精图治，创造性地开展着工作，把周总理的“为中华之崛起而读书”镌刻在进校门的巨石上，旁边摆满了鲜花，有三角梅，有凤尾竹，有蘑菇树。这几个字，金黄色涂染，鲜艳明丽。一进校门，这字，这花，这石，互相映衬，映入眼帘，精神为之一振。

这句名言来源于周总理小时候的一个故事。12 岁那年，因家里贫困，他只好离开苏北老家，跟伯父到沈阳读书，目睹了中国同胞在租界饱受欺辱的情景。当校长问学生为什么而读书时，有的说为明理，有的说为做官，有的说为挣钱，只有他坚定地回答道：“为中华之崛起而读书！”

他有着如此的抱负和胸怀。

“为中华之崛起而读书！”这铿锵有力的话语在同学耳边回响，也在后代学子心中震荡。

学校改革了图书管理，每个班都配备了书柜，还建了多处全天候、开放式、自主化的图书馆，开展读书沙龙活动、朗读经典比赛，营造了良好的读书氛围。

周恩来逝世时，联合国降半旗致哀。当时联合国秘书长瓦尔德海姆说，中国金银财宝不计其数，可是她的周总理没有一分钱的存款！中国有 10 亿人口，可是她的周总理没有一个孩子。他没有留下存款，却留下了精神，没有一个孩子，但和全国人民都是亲人。这是一种多么伟大的情怀，这是以国为家的情怀，以天下苍生为念的情怀。

周总理一生，为国为民，鞠躬尽瘁，源于他的大格局、高境界。斯人已去，风骨犹存。我辈碌碌，念起“为中华之崛起而读书”，依然遥襟甫畅。我是否可以作一个引申，为中华之崛起而教书，其他人也可以作一个引申，为中华之崛起而工作，为中华之崛起而建设，为中华之崛起而活着。当放下私欲私利，我们就活得坦荡从容。心中缤纷烂漫，处处都是春天。

壮怀激越，风韵沉淀。

周总理在儋州留下了深情的足迹，留下了动人的故事。

儋州这片土地是幸运的，周总理题词，翰墨悠悠，芳香溢远。

生活在这片土地上的人是幸运的，周总理题词，仰望信念，逸兴遄飞。

孝慈美德感天地

陈显明

丁酉年清明，一个祭奠先祖、缅怀先烈、倡行孝慈传统美德的节日，我再次到重庆红岩村流连。红岩村，一个彪炳着中华民族抗击日寇、收复河山伟大精神的遗址，一个滋养着共产党人英勇不屈、共赴国难品质的圣地。我虔诚地行走在院落里，恭敬地凝视一幅幅珍贵的照片，默默地诵读那些文件书籍，在红岩纪念馆后面山坡上的红岩公墓，瞻仰公墓石壁上刻着的安葬于墓中人的姓名和简历，再次感受到中华民族在最危险的时候，发出的气壮山河的最后吼声，涛声依旧，像嘉陵江、长江澎湃不息。在这涛声中，我隐隐约约听到一位伟人的哭声，一个儿子对父亲去世后撕裂肺腑的恸哭！这位伟人就是我们敬爱的周总理、人民的好总理周恩来。

1938 年 10 月，周恩来的父亲周贻能和邓颖超的母亲杨振德，由朱端绶姐妹带领护送，从武汉撤往长沙、湘乡，再辗转贵阳，暂时居住在市郊青岩镇乡间。1940 年 9 月，周恩来将二位老人接到重庆红岩村奉养。1942 年 6 月底，周恩来因小肠疝气发炎住进重庆歌乐山龙洞湾中央医院动手术。

这段时间，周老先生因多年奔波，身体每况愈下。7 月 9 日，68 岁的周贻能突然中风，病情恶化，高烧不退，一天后，即于 1942 年 7 月 10 日夜间在红岩村离开了人世。老人去世后，临时主持南方局工作的董必武同志，对是否立即告诉周恩来，颇费思量。周恩来动手术，南方局十分重视，董必武还专门向延安的毛泽东发了电报，毛泽东回电说："恩来须静养，不痊愈不应出院，痊愈出院后亦须节劳多休息，请你加以注意。"因此，董必武和邓颖超、吴克坚、钱之光等开会商议是否及时告诉周恩来。董必武说："大前年他去绍兴省亲，见了族长三鞠躬，见了姑丈推至上座执晚辈礼，不敢以政治部副部长自居。现在父亲去世，他必然不肯再留医院。"考虑到周恩来刀口未痊愈，他又是孝子，大悲大痛不利于身体且不说，肯定会跑出医院奔丧，不利于身体的恢复。大家决定待周恩来出院后再告诉他父亲去世的消息。

周恩来的目光何等敏锐，瞒两天就被他察出异常，马上出院了。

回到红岩村，下车时，周恩来已经感觉到气氛不对，脸色变得苍白，也不多话，匆匆奔向办公室。邓颖超听到响动迎出来，周恩来一眼看到邓颖超臂上的黑纱，猛地停下脚步。片刻的惊愕，周恩来那浓黑眉毛下本来十分精神的两眼直瞪瞪地望着邓颖超，凝固了。他的嘴唇抽搐着，睫毛抖得厉害，全身都颤抖起来，终于从胸腔里冲出一声："怎么，怎么回事？"周恩来从来不曾这样失控失态地显出慌乱，以至于邓颖超难过地低下头，没有敢说出话。周恩来已经左右扭动着颈项，连续问着："出了什么事？到底出了什么事？"其实，以周恩来的聪明，早已明白发生了什么事，他只是无法相信也无法接受这一悲痛的现实。"老爷子……去世了。"邓颖超小声地补充说："中风，很快就不行了，三天前……"听了邓颖超的话，周恩来静静地站着，嘴唇微张着一直在战栗，凝滞的眼睛里慢慢地泌出一眶泪水，接着像泉水一样漫溢下来，丰饶地淌过灰白的面颊。"呜——"一声长长的凄哀的号哭，周恩来的手捂到脸上，仿佛流泪已经无法减轻内心尖锐的痛楚，他终于松开喉咙，大放悲声。这是大忠大孝的哭声，带着我们民族的浓厚气息，带着传统和伦理道德的力量，凝聚了五千年文明的气势，猛烈地迸发而出。这哭声使人心灵震颤，悲壮得轰轰烈烈。

当天，周恩来拖着未曾痊愈的病体，上山为父亲守灵。他戴着黑纱，迈着沉重的步子登上山，南方局和十八集团军驻重庆办事处的许多同志跟随在后。来到停尸的席棚前，周恩来立住脚，深深地三鞠躬、默哀，然后坐下来。没人能劝他回去休息，也没人敢劝他离开。他守灵一夜，第二天仍然不肯回去休息，一直守到下午起灵。周老太爷落葬时，周恩来填了第一锹土，然后大家才开始帮忙填土。堆起坟后，周恩来堆了最后一锹土，仔细将坟头拍实修理整齐……

周恩来在墓前向父亲默哀，向父亲深深地鞠躬，鞠躬，再鞠躬。他那泪花迷离的两眼中，流出深深的怀念和悲痛……

周恩来大孝美德，尤其是对父亲的孝敬，是他崇高人格的体现。周恩来的母亲死得较早，母亲去世后，父亲一直没有续弦，他对父亲的生活起居、身体状况，一直关心着。早年，周恩来在《试各述寒假中之事况》的一篇作文里写道："今日为旧岁除夕，家家爆竹声，不绝于耳，沿俗尚也。南俗晚间聚家人父子团聚一案共食，名曰守岁饭。北地不知有是习否？……北堂久不闻唤子之声。回思依依膝下，此情此景，不必读《蓼莪》之章，便已悲慨无垠。矧值今夕，尤令人泪盈枕席，竟夜不能寐矣！"后来，他在日记中多次写道："今早，生父以四点钟行，往南京去。'昨事伤心方未已，今朝又复别严亲'。此情此景，不知若何难受，又复远吾爱友，伤心至极，不复再有言矣！""此心之伤，实历两月，每当月夕风晨，雨窗花前，吾心之念念吾家，想吾惠弟，尤难受也！"

伟人已去四十余年，拜谒红岩村，回顾周恩来在此关照父亲的情景，耳边再次回响着他在父亲去世时的恸哭，希冀周恩来传统美德的光辉烛照我们民族的魂灵！

想起当年军宣队

初　红

一

1966 年，我在陕西户县一中任教，当时军宣队住在户县一中。

我的父亲曾经是军人，参加过台儿庄战役，因此我有浓浓的军人情结。在我的心目中，军人是最可爱的人。在亲密无间的交往中，我和军宣队队长周尔萃结为朋友，经常在一起拉家常。

周尔萃说："我的老家在江苏省淮安。我是周总理的侄儿。"

我大吃一惊，盯着他的浓眉大眼："你是周总理的侄儿？"

他说："这是秘密，不要外传。我不愿在伯父的光环下生活。"

我问："那么，嫂子也来了吗？"

他淡然一笑："嫁鸡随鸡，她在户县北街小学教书。"

我让他讲周总理的故事，他讲了两个故事。

"伯父爱穿旧睡衣。他的那套旧睡衣，用了许多年，总舍不得丢掉。

破了补，补了破，打了几十个补丁，真是难为心灵手巧的伯母了。他没有存款，把节省下来的钱，全部交了党费。”我听得热泪盈眶。

“伯父让侄女出塞。我的妹妹周秉建高中毕业后，想在北京郊区插队，便于照顾伯父伯母。伯父说，‘猪圈岂生千里马，花盆难养万年松’，越是艰苦的地方，越能锻炼人的意志。昭君出塞，为国分忧，促进了民族大团结。你去内蒙古大草原落户吧，做新时代的王昭君！妹妹高高兴兴地去了。”我听得心潮澎湃。

后来，军宣队完成任务，奉命撤离。“相见时难别亦难”，分别的那一天，军民皆洒泪，两情同依依。

二

1976 年 1 月 8 日，雪落无声，寒凝大地。周总理积劳成疾，不幸去世。人民的总理爱人民，人民的总理人民爱，全国人民陷入悲痛之中。

早春二月，春寒料峭。周尔萃忽然来到户县一中，对我说：“我进京参加了伯父的追悼大会。十里长街送总理，有些市民都哭晕了。那悲壮的场景，史无前例，感天动地。我离京时，伯母邓颖超送我一个大包裹，让我回陕以后再打开。我回到军营，打开包裹，里面全是伯父穿过洗净的旧衣服。我泣不成声，对衣发誓：侄儿传承伯父美德，永远立于不败之地！”说完，他送我一幅名画《周总理的睡衣》。

我捧着这幅沉甸甸的名画，即兴吟了一首同题诗《周总理的睡衣》：

还戴着那副老花镜，
还捏着那根绣花针，
邓奶奶为周总理补睡衣，
像绣花一样细心。

绣一朵野菊花，

想起他
长征路上急行军；
绣一朵山丹丹，
想起他
延河流水洗风尘。

绣一朵杜鹃花，
想起他
重庆曾家岩办报纸；
绣一朵蜡梅花，
想起他
南京梅园新村斗敌人。

啊，功比天高，恩比海深，
生活上却坚持低标准。
我凝视睡衣上的补丁，
好像读着闪光的人生课本。

周尔萃听了，哭得稀里哗啦。

这年秋天，天格外蓝，风格外爽，“四害”清除，人心大快。

铁打的营盘，流水的兵。后来，周尔萃悄然调离，一去不返。从此，我和他失去了联系。

天地转，光阴迫。我十分想念当年的军宣队。周尔萃和军宣队的战友们，你们在哪里？你们还好吗？

周总理的智慧

戴高山

我们上小学的时候，每天要走过一段麦地，还要走过一公里多的黄沙马路才能到学校。那时肩上背着书包，三五成群地走着跑着跳着，手也没闲嘴也没闲。一会儿折根树枝，一会儿抓把小草，有时偷偷掐一个小麦穗，握在手中挥舞着。

遇上大同学的时候，会跟在他们身后，让他们讲个小故事。那时，让我记忆深刻的是有关周总理的故事。那些故事大同学讲了，小同学又讲，时常津津乐道。其中有一个故事不管是谁讲，开头都会这么说："你们知道中国有多少钱吗？"没听过故事的同学，一定会说："谁知道啊？中国这么大……"然后是一脸茫然！

"十八块八毛八！"那个讲故事的大同学这样回答。然后又神秘地问："你们知道为什么吗？"听故事的同学自然会回答："不知道！"

于是，那个讲故事的大同学又会故作深奥、慢条斯理地说："好！那听我慢慢说来。咱们的周总理啊，有一次召开记者招待会，有个外国记者不怀好意，故意为难周总理。他把声音提高八度，问道：'总理先生，你们国家有多少钱呢？'咱们国家有多少钱？周总理当然知道，可这是秘密啊，能随便告诉外国人吗？”

“当然不能！”同学们异口同声地说，然后又期望后面的结果，继续问：“后来呢？”

“后来，”大同学故作沉思，又说：“这个问题其实不好回答的！周总理稍一思考，笑着说：‘十八块八毛八！’那记者一听，就不敢再追问了！”“为什么呢？”“为什么？”大同学又不说了，他加快几步，把小同学甩在后面，一等大家都赶上了，才神秘兮兮地说，“你们看，咱们的人民币面值加起来，是不是十八块八毛八？”

“哦！”大家扳指一算，猛然觉悟说：“是啊，咱们的总理真聪明啊！”

岁月流逝，人长大了，后来总理去世了！但关于他的故事，在今天，依然记忆犹新！虽然现在很难分辨这故事是真是假。但在当时，在信息传播速度极慢的过去，人们是如何把这种高级别故事，一直传播到民间的呢？事隔多年，已无须考证！

朝鲜战争胜利后，西方敌对势力对中国的压力非常大，加上大多数西方人对新中国不太了解，长期存在歧视观念。因此，就算对大国总理的采访，许多西方记者也总是不注重礼节，说话、提问题时总是咄咄逼人，有这样一个故事：

> 有一天，周总理准备在办公室里接见一位美国记者，不想这位记者走进来，看到总理正在收拾桌上的文件，把一支派克钢笔装入笔套中，准备起身迎接客人。那记者便说：“总理先生，贵国没有自己的钢笔吗？为什么会使用我们美国的派克笔？！”
>
> 周总理慢慢将那支派克笔套好放下，站起身来，笑着说：“我有必要和记者先生说说你们这支派克笔。这是朝鲜战争的战利品，是一位朋友送给我的。他说，这是一支具有胜利意义的钢笔，我们不需要制造它，却可以拥有它。握着这支笔，我们就握着胜利。记者先生，我们有自己的钢笔，但这也是我们的胜利果实，难道不应该拥有吗？”
>
> 那个记者一听，顿时满脸羞红，无言以对。

心中的圣地

董青春

1994年春天，那时我还在盐城响水黄海边的一处乡镇工作，乡党委组织20多名新党员到周恩来纪念馆进行革命传统教育，那是我第一次来到纪念馆瞻仰、怀念周总理。那天我们向周总理汉白玉雕像敬献了花篮，在纪念馆前举行了入党宣誓仪式。我们怀着崇敬的心情观看了周总理的生平照片和那些伴随周总理生活和工作的文物，感受到了周总理那宽广温暖的胸怀和无私奉献的精神，在回家的路上，我们新党员热血沸腾，互相勉励，纷纷表示一定要像周总理那样学习、生活和工作，做一个品德高尚的人、远离低级趣味的人，做一个对社会有贡献有价值的人。

那以后，周恩来纪念馆规模不断扩大，先后增建了仿西花厅、周恩来铜像和岚山诗碑，去纪念馆接受革命传统教育的同时，还能够欣赏书法、游览风景、陶冶心情，每次去纪念馆都会流连忘返。2005年夏天，我有幸来到淮安市区的一家国企工作，身在周总理的故乡，经常有机会陪同来淮的外地领导及亲友们前往周恩来纪念馆瞻仰、怀念周总理，累计算一下，去周总理纪念馆不少于20次。来的次数多了，经常跟在导游后面边看展览边听着解说，好多解说词能够熟记心头，对有关纪念馆建设、展厅照片背后的故事都能够如数家珍。平时我还热衷于从纪念周总理的书籍、文章中收集摘录许多周总理的小故事，每次亲友们来纪念馆瞻仰周总理，我都绘声绘色地为他们“义务讲解”。

最喜欢纪念馆后面仿西花厅院子里的海棠花，据说周总理当年选择在西花厅办公和生活，就是因为他特别喜欢院子里的海棠。每年海棠开花时我都去纪念馆赏花、拍照，四五月份海棠花盛开季节，那一树一树的红艳，像火焰一般地燃烧着，散发着淡淡的幽香。每次置身于此情此景，总会情不自禁地想起邓大姐那篇《西花厅的海棠花开了》里面那些情真意切的文字：“春天到了，西花厅的海棠花又开了。海棠花现在依旧开得鲜艳，开得漂亮，招人喜爱。看花的主人已经走了，走了 12 年，他不再回来了。你不在了，可是每到海棠花开放的时候，常常有爱花的人来看花。花下树前，仿佛你仍在我们中间。你离开了这个院落，离开了我们，你不会再来。你到哪里去了啊？我认为你一定随着春天温暖的风，又踏着冬天严寒的雪，深入到祖国的高山、平原，飘进了黄河、长江，进入了无边无际的海洋……”每次站立在海棠树前，默念着这些语句，胸中便涌动着对周总理浓浓的敬意，风儿轻轻吹拂，任一片片花瓣默默飘落在身上，只觉得心底里暖暖的，眼睛里潮潮的。

经常去周总理纪念馆，便有了一份特殊的情感，总希望能够为纪念馆做一些有意义的事。终于有了这样一个难得的机会，去年 9 月份，河北沧州画师于志祥先生通过朋友联系我们公司领导，希望“牵线搭桥”帮助他将自己创作的国画《清气满乾坤》捐赠给淮安市周恩来纪念馆。于先生这幅画创作于 2005 年，塑造了人民好总理清雅高洁、浩然正气的光辉形象。作品多次参加美术作品展，并于 2008 年在河北省文化厅主办的“浩然正气”美术书法作品展中荣获一等奖。多年来，这幅作品吸引了越来越多的关注与赞赏，并有多人多次提出高价收藏。但是于先生不为金钱所动，心底一直有个夙愿，他要将这幅画无偿赠送给淮安市的周总理纪念馆。领导将“牵线搭桥”的任务交给我后，我十分激动和兴奋，向河北于志祥先生了解了基本情况后，连夜同纪念馆陈明馆长取得了联系，当时陈馆长正在西安出差，他立即打电话给施春生副馆长安排对接相关事宜，具体商议确定于志祥先生来淮时间、日程安排、接待工作、捐赠仪式等。第二天一早，我将同施馆长商议确定的结果通过邮箱发给了于先生，于先生表示同意纪念馆的所有安排。9 月 8 日晚上于先生一行从河北沧州来到淮安，第二天上午纪念馆举行了隆重的画作捐赠仪式。据纪念馆领导介绍，馆里正在积极筹备 2018 年周恩来诞辰 120 周年纪念活动，将对周恩来生平业绩陈列展进行改版升级，迫切需要加入新的设计、元素和内容，这次于志祥先生将画作《清气满乾坤》捐赠给纪念馆，既丰富了馆藏艺术品，又让广大观众再次领略到总理的伟大形象和人格魅力。

每次去周恩来纪念馆，都是对心灵、思想的一次洗礼和净化，在学习和反思中，使自己的人格、品质得到完善和升华，周总理纪念馆，已成为我心中的圣地。

生命归还世界

杜　娜

把我的骨灰撒到江河大地去做肥料，这也是为人民服务。活着为人民服务，死后也要为人民服务。

——周恩来

周总理的高风亮节、对国家的贡献和人民的情感，永远铭记在我们心中，我们对周总理的感情啥时候都丢不了。

周恩来总理为世界人民所钦佩。法国前总统戴高乐临终前，还在为未能访华、未能会晤周恩来而遗憾；美国前总统尼克松则认为："儒雅之士所具有的个人素质，赋予周恩来以超人的品德。"；联合国前秘书长哈马舍尔德把同周恩来会面引为一生最大的幸事，他说："周总理的人品，早已有了国际性的定评，在周恩来面前，竟无法不感觉到自己是个野蛮人。"

周总理的一生与党和国家的事业紧紧联系在了一起，他的心里始终装着老百姓。一次，周恩来总理陪外宾参观人民公社，在公社食堂吃午饭时，周总理主动提出要和社员一起进餐，并强调只准四菜一汤。县委领导一再要求，周总理才同意增加一个荤菜。最后上桌的菜是：一碗豆芽、一碗菠菜、一碗芹菜炒肉、一碗木耳炒猪肝、一碗鱼、一碗豆腐汤。就餐时，社员们都在等周总理动筷。看到这个架势，周总理拿过社员的碗，一边往碗里夹荤菜一边说：“你们劳累辛苦，多吃点肉补身子。”然后，往自己碗里夹豆芽、菠菜。有的社员被感动得流下泪，周总理见状说：“我知道大家心情激动，我的心情更激动！人民是我们的衣食父母，我们是人民的勤务员。我这个勤务员，今天能和衣食父母同桌进餐，心情怎能不激动呢！”离别前，总理叮嘱干部：“一定要把社员的冷暖时刻放在心上，任何时候都不能忘记群众。”

还有一次，周恩来总理陪同加拿大总理特鲁多到洛阳参观访问，在龙门石窟见到有卖魏碑书法代表作《龙门二十品》拓本的，周总理很是喜爱，拿在手里不停翻阅，连连赞赏，可得知价格要 500 元后，他恋恋不舍地放回了原处。在场的洛阳市领导见状说：“总理，我们送一套给您吧！”周总理严肃地说：“你这个同志怎么能这样讲？国家的财产怎么能随便送人？”最终，周总理与挚爱之物失之交臂。一套书籍的价值是有限的，可贵的是周总理时时廉洁、处处自律的高尚品质。

周恩来总理生前曾说：“吾貌虽瘦，必肥天下。”他逝世后，他和邓大姐两人的工资收入和支出账目中，收入只有单一的工资和工资节余部分存入银行所得利息，别无其他收入，而支出部分的项目有这样几项：伙食费、党费、房租水电费、订阅报纸费、零用杂费（购买生活用品）、特支（补助亲属和工作人员、捐赠费）。他逝世后，负责整理他和邓颖超两人工资收入和支出账目的同志回忆，这是因为周恩来曾立下规矩：凡是积蓄够 5000 元，没什么用，就交党费。

敬爱的周总理，在人民群众眼中，您平易可亲笑容温暖；出现在外交场合，您诙谐幽默谈笑风生；奔波在工作一线，您思维敏捷指挥若定。您不许更改办公室的电话号码，为的是让群众有事能找到您；您不让司机在闹市开快车，怕的是惊扰路人；您也曾稍稍停下忙碌的脚步，为的是身边秘书能安心吃完一顿饭；为了体验市民生活，您和群众一起乘坐公共汽车……人民的总理心中既装着国家的兴衰，也挂念着百姓的冷暖。您说，你们这一辈子和这一个时代的人，多付出一点代价，是为后代更好地享受社会主义幸福。这句话，终您一生，坚如磐石。

超越时空的回应

贺同越

小学的时候，学校组织板报大赛，操场的墙面就是战场，每个班级一小块黑板，谁班有啥变动一目了然。当时我负责我们班的板报，想了很久，确定了主题“为中华之崛起而读书”。因为板报大赛延续时间长，所以每天上学我都拿着几只彩色的粉笔，去描描这几个字，风雨无阻。每次踮着脚，伸长胳膊使劲往上够，脑袋里总会想起周总理，便莫名地多了些动力，下笔也更有力了。

现在仔细回想起来，那时候也并不了解周总理，只知道是一个眉毛浓浓的、笑起来有酒窝的伯伯，可是那么小的时候，我便也知道，相似年纪的一个少年，已经知道为家国民众而读书了，我若是为了买商店里陈列的漂亮娃娃而去考好成绩，是很狭隘的事情。

影响总是潜移默化的，生活中的琐碎常常将崇高否定，使得尤利西斯在乔伊斯的笔下变得平庸。但是有这样一个偶像，总是会引导着我眼光更加长远一点。当我面临考研还是工作的抉择时，总觉得有巨大压力向我涌来，压得我上不来气，这个时候我会想到那个在变动的、混乱的浪潮中毅然决然发动南昌起义的周恩来，那个 29 岁的年轻人在这场决定着中国命运的战争前会不会曾辗转反侧、难以入睡？那个曾经在舞台上演出过女子的美男子是从哪里得到的勇气，拿起刀枪，来对抗这个世界的不公？而作为他的后辈人，我却在这个小小的决定面前犹豫不决，不敢遵从自己的内心，害怕失败，相比之下，我渺小得如同蝼蚁。

读周恩来的故事，不会感觉到气势逼人，高不可攀，反而觉得他慈祥得如同自己家的长辈，他对待下属没架子，不搞特权；对待手上满是尘灰的工人主动地上去握手；对灾区事务亲力亲为，这一切，我不觉得有什么特别，因为他就是这样的好先生、好长辈、好领导。最喜欢读的故事是他的外交轶事，面对大国强国，面对不怀好意的提问，他是如何不卑不亢而又幽默化解难题，这样的故事数不胜数。这使我在遇到更为优秀的朋友，或者咄咄逼人的对手时，会更为从容，不自卑，而且更愿意用机智的方式解决矛盾，甚至从对方身上学到一些有用的东西，同时也获得了他们的尊重。

当那些爱情童话破灭的时候，很多网友大呼不相信爱情了。可是周恩来同夫人邓颖超的爱情仍然树立在那个时空。两个年轻人在书信中互诉相思之情，讲述中国形势，谈论文学艺术，他们定情的约定并非是海誓山盟，而是“希望一起上断头台”。两个人在种满海棠的小院中生活着，就像是许许多多的平凡的夫妻一样。夫人回忆说，“我与你是萍水相逢，不是一见倾心，更不是恋爱至上”。他们之间的爱情，会让我羡慕，也会让我思考，教会我相信爱情。

清气满乾坤

金培瑞

我老家东光与江苏淮安本无什么渊源，而现在好了，2016 年 9 月 9 日，一个特殊的日子将东光与淮安紧紧地联系到了一起。这条连接两地友谊的纽带就是东光县画家、国家二级美术师于志祥先生的国画《清气满乾坤》。

那还是 2005 年的夏天，室外的蝉鸣没有往年的噪，风穿过窗户透进来，虽不凉爽，但也不生涩。身为县文化馆创作员的于志祥，怀着对周恩来总理的热爱，要创作一幅以周恩来伟大形象为主题的国画作品。

为此，于志祥跑了无数次图书馆，借阅有关周总理的图书资料，在网络上搜寻周总理出访、接见、视察等视频，深刻感受周总理大无畏的情怀和坦荡的胸襟。

历时半年多时间，一幅周总理画像完成了。周总理半身像透着伟人的气质和风采，身后是几株白梅。周总理微笑着，是那样的慈祥，那样的平易近人。这幅高 110 厘米宽 203 厘米的巨幅周总理画像，首次亮相于一年后的于志祥个人画展，并引起轰动。同时也有很多收藏家欲花巨资收藏此画，都被于志祥婉言谢绝了。按照于志祥的创作理念，他把周总理身后的梅花处理成白梅，更能显示出周总理心地的纯洁和诚挚。有些画家可能处理成红梅，以为红梅会鲜艳一些，但恰恰是在一“红”一“白”的对比中，于志祥选择了纯洁的白色。

这幅《清气满乾坤》曾先后多次参加省市美术作品展，并于2008年在河北省文化厅主办的“浩然正气”美术书法作品展中，荣获一等奖。这幅画第二次现身是在于志祥和他二儿子于磊的美术摄影展上。恰巧，江苏今世缘酒业在东光设有区域总代理，经销商王经理又是这次展览的赞助商。王经理步入展厅，一眼就被这幅国画吸引住了，“于老师，这幅画太好了！我想出10万元收藏这幅画，因为我就是周总理故乡——淮安的。”于志祥看着王经理恳切的目光，“那不行，王经理，这幅画是我的最爱。虽然我家并不富裕，但是这幅画再贵我也不能卖，因为周总理在我心中太伟大了，我不能昧着自己的良心办傻事！如果水平可以的话，我倒想捐给淮安的周恩来纪念馆！”

这句话被来参观展览的王爱华听到了。多年以前，王爱华就是一个文学爱好者，目前是沧州众清源环保设备有限责任公司董事长。他马上联系到故乡的朋友，又很快联系到淮安周恩来纪念馆馆长陈明。不巧的是陈馆长正在西安筹备2018年周恩来总理诞辰120周年活动。陈馆长说：“你发段视频过来吧，先看看水平如何。”不到一个小时，王爱华就接到了陈馆长的电话：“于老师创作的周总理形象太好了！我们馆就缺少这样传神的作品！”

2016年9月9日，这是一个令于志祥难以忘怀的日子。早晨6时，于志祥一行6人风尘仆仆奔赴淮安。下午2时，淮安周恩来纪念馆在小会议室举行了一个隆重的迎接仪式，仪式由副馆长施春生主持。馆长陈明，中等个儿，白白的脸庞，一看就是个精明的南方人。他一把握住于志祥的手说：“太感谢你了，我们馆又多了一件镇馆之宝啊！”时任东光县文联主席的田力民也深有感触地介绍了于老师在总理画像绘制过程中的艰辛和快乐。

第二天上午，在参观了周总理故居后，于志祥一行打道回府，结束了淮安之行。淮安、东光两地的电台、电视台以及报刊均进行了全程报道。

2018 年是周总理诞辰 120 周年。步入古稀之年的于志祥老师感慨万千，他觉着自己的心正激情澎湃，他要为这次纪念活动再创作一幅周总理下乡视察的国画。他手擎画笔，凝视着面前摊开的宣纸，好像看到了周总理正站在人民群众中间，说着笑着，多么美好的一幅画面啊！

“生前身后无虚名，只留清气满乾坤。”周总理清雅高洁的光辉形象在世人心中永存。

缅怀周总理“三民”情怀

陆琴华

“军民团结如一人，试看天下谁能敌？”这是伟人毛泽东的题词，毛泽东的亲密战友周恩来总理一直践行亲民爱民又敬民这一宗旨，甘愿做百姓的孺子牛，跟人民结下了鱼水般深厚的情谊。

周总理跟英雄母亲跳舞

“不说啦，不说啦，跳舞！跳舞！”20 世纪 50 年代初，北京饭店窗明几净，灯火辉煌，人头攒动，到处呈现出一派欢乐祥和的气氛，原来这里在举行一场盛大欢迎志愿军战士胜利归来的舞会。这是周总理在志愿军烈士黄继光母亲邓芳芝女士面前，当着众人说的话。

黄继光，原是四川省中江县人，是 20 世纪 50 年代初赴朝参战的一名志愿军战士。1952 年 10 月，在抗美援朝上甘岭战役中，黄继光所在营与美军为首的“联合国军”和韩军激战 4 昼夜后，于 19 日夜奉命夺取上甘岭西侧 597.9 高地。黄继光在中国人民志愿军的进攻部队受到敌人机枪火力压制的时候负责爆破任务，他投掷了一枚手雷，但未能完成任务，最终他用身体挡住了敌人的子弹，使得后续部队能够攻下高地。黄继光牺牲了，他的母亲邓芳芝女士作为英雄的母亲被党中央邀请到北京参加欢迎志愿军战士凯旋的盛大仪式。据史料记载，黄继光父亲去世很早，黄继光 10 岁就开始给人做佣工。在苦难中挣扎的邓芳芝女士告诉黄继光，要好好做人，为国家为人民多做贡献。1949 年 11 月，黄继光的家乡解放了。他积极参加清匪反霸斗争，被选为村儿童团团长，曾带领民兵活捉逃亡地主，搜出伪保长私藏的枪支弹药，被评为民兵模范。1951 年 3 月，他积极响应祖国的召唤，参加了中国人民志愿军。在党组织的培养下，他努力学政治、学军事、学文化，进步很快。牺牲前，多次完成领导交给的任务，受到组织的表彰与奖励。虽然黄继光牺牲了，可是他的英雄事迹却时时激励和感动着人们。

那次来参加欢迎仪式的人很多，有党和国家领导人，更有各行各业的普通劳动者，人们都为邓芳芝女士培养出黄继光这样的英雄而骄傲和自豪。人们见到英雄的母亲——邓芳芝女士就像潮水似的围着她嘘寒问暖。中年丧夫、晚年丧子的不幸或许勾起了邓芳芝女士痛苦的回忆吧，当人们一个个上前安慰她时，儿子黄继光生前的往事一一浮现在她的眼前，邓芳芝女士不禁鼻子一酸，泪水哗哗地滚了下来。一开始荡漾在她脸上欢乐和幸福的笑容一下子烟消云散，场面顿时凝固起来，欢乐悠扬的音乐似乎也凝固了。正当围着邓芳芝女士的人们手足无措，不知如何是好时，身为共和国总理的周恩来扒开人群，快步来到邓芳芝女士面前，轻轻握着邓芳芝女士布满老茧的手。这样一位高大魁梧而又儒雅、具有领袖风范的人是谁呢？流着眼泪的邓芳芝女士开始疑惑。当她知道面前的人是周总理时，原先失去儿子的悲伤又变成了不安，以至于挂在她脸上的泪水都没有来得及抹去。周总理见此情景，腾出一只手来轻轻地为邓芳芝女士抹去脸上的泪花，然后弯下腰，低下头亲了一下邓芳芝女士的脸颊，邀请她到舞池里跳舞。记得那次跳的是交谊舞，邓芳芝女士不要说不会跳，就连此前听都没听说过，别人舞姿潇洒动人自如，她呢？就是一个“舞盲”。周总理双手握着邓芳芝女士的手慢慢来到舞池，陪邓芳芝女士开始跳舞。动听优美的舞曲如山涧流水在大厅里回荡，一对对舞伴配合默契翩翩起舞，仿佛描绘了一幅幅动人而又美丽的画面，周总理和邓芳芝女士这对舞伴呢？人们放眼看去——这哪里是跳？分明是周总理陪着邓芳芝女士在舞池里慢慢地走。此时的人们心潮起伏，久久不能平静，一个个眼含泪水，感叹：“此曲只应天上有，人间能得几回闻。”

周总理接待不速之客

1956 年，北京的春天如灿烂的美酒，格外迷人。一天，在中南海周恩来办公室里突然出现了 3 个人，这 3 个人不是别人，是齐白石父子 3 人，那个时候周恩来还在国家政协礼堂开会。无事不登三宝殿，已经 90 岁出头的齐白石来到周恩来的办公室会有什么事呢？

齐白石是近现代中国绘画大师，世界文化名人。他擅画花鸟、虫鱼、山水、人物，笔墨雄浑滋润，色彩浓艳明快，造型简练生动，意境淳厚朴实，所作鱼虾虫蟹，天趣横生。以前，也就是新中国成立之前，齐白石和家人一直住在跨车胡同 15 号。该房子由于年久失修，一到阴雨天，外头大下，里头小下；外头不下，里头却还滴答，常常是一片狼藉。1955 年秋天，周恩来委托文化部和中国美术家协会在北京地安门雨儿胡同为齐白石购置了一处房子。这里的房子曾经是旧王府宅邸，宽敞明亮，里里外外都有花草树木映衬，如诗如画，幽静雅致，是生活起居，尤其是绘画创作的好地方。可是齐白石仅仅住了几个月就不情愿了，原来他在这儿时时感到孤独和寂寞，于是就动了要回到跨车胡同住的念头。等到周恩来从政协礼堂开完会回到中南海，已经过了午餐时间。周恩来自己没有吃饭，就连齐白石父子 3 人当时也是饿着肚子。“相思一夜梅花发，忽到窗前疑是君。”齐白石父子 3 人见到周恩来的到来喜上眉梢，就是周恩来看到齐白石了也是激动兴奋。于是周恩来对齐白石父子 3 人说：“真是对不起，没有约定，只好请你们这些‘不速之客’吃面条了。”就用面条招待齐白石父子 3 人。

由于来得突然，思想上没有一点准备，对于周恩来来说，齐白石父子 3 人属于不速之客。等到周恩来用车亲自把齐白石父子 3 人送到齐白石住处，齐白石又把周恩来当作不速之客了。因为周恩来来到齐白石的住处还没有来得及落座，齐白石家里人竟然不知如何来招待周恩来了。等到一盘新鲜的苹果端过来，周恩来就像来到自己家里一样，率先从盘子里取出一只苹果，削去上面的皮就递给了齐白石。齐白石接过周恩来手里的苹果，有些不好意思地说：“你也是不速之客，我们没得准备。”“身无彩凤双飞翼，心有灵犀一点通。”齐白石的话一落口，周恩来忽然想起他过去曾经看到齐白石的一幅画，那是 20 世纪 30 年代齐白石用前人“寒夜客来茶当酒”的诗句来命题的一幅画。周恩来说：“今天款待我吃苹果，蛮不错嘛，比你过去‘寒夜客来茶当酒’好多了。”说得齐白石哈哈大笑，气氛更加融洽和祥和。

彼此皆是不速之客，可是心无芥蒂，纯洁无瑕，齐白石被周恩来的坦诚、质朴无华和平易近人所感动，心情真的如北京当时的春天一样灿烂妩媚，仿佛一下子也年轻了许多。

周总理的一次妥协

“什么全面培养、全面发展？就是把民族的东西挤了、搅乱了、洋化了？”这是周总理在北京和平宾馆的一次会议上曾经说过的一句话，当时周总理抑制不住心中的愤怒，还拍了一下桌子。

周总理儒雅多才有为，政治眼光敏锐，却一向以平易近人、待人真诚著称，怎么会发那么大的火呢？新中国成立初期，人们跟外界有了更多的交流和接触，社会上有一些人开始轻视民族艺术，诸如产生轻视国画和民歌唱法等思想，有的在向西方学习过程中吸收和融合得不好，结果“不中不西，非驴非马”，在社会上影响很不好。周总理认为民族的东西一定要加以保护，不能轻易与别人融合，破坏民族特色，不主张民歌独唱家学习西洋发声方法，学西洋唱法的也不要勉强他们民族化。1956年，苏联舞蹈专家来中国访问演出，并且要在中国筹划组建北京舞蹈学校。舞蹈学校有两个系，一个是民族舞系，一个是芭蕾舞系。苏联专家主张北京舞蹈学校所有学生把芭蕾舞、外国民间舞和中国古典舞、民间舞先共同学习一个时期，然后再根据各人专长和个人志愿，再分科学习，这也就是苏联专家提出的所谓“全面培养”的教育方针和教学方案。说得具体一点就是民族舞系以学习中国民间舞和古典舞为主，以学习一些芭蕾舞和外国民间舞为辅。芭蕾舞系的学生也可以学一些中国古典舞和民间舞。显然，周总理对当时的“全面培养”的理解有些失之偏颇了。

“渭城朝雨浥轻尘，客舍青青柳色新。劝君更尽一杯酒，西出阳关无故人。”一提到王维七言绝句《送元二使安西》，人们就会不由自主地想到中国古曲《阳关三叠》，这是一首感人至深的古曲，是中国十大古琴曲之一，也是我国古代音乐作品中难得的精品，情真意切，激动而沉郁，充分表达出作者对即将远行友人的那种无限关怀、留恋的诚挚情感，千百年来被人们广为传唱，有着旺盛的艺术生命力。像聂耳、冼星海、贺绿汀等这样的大作曲家把中西艺术技巧适当进行吸收和融化，用西洋的合唱形式来演唱《阳关三叠》，结果收到了不错的艺术效果，深受广大观众的欢迎和喜爱。这时周总理就觉得除民族唱法和西洋唱法以外，的确还有第三种样式，就改变了过去的看法，对无端发脾气深感自责，做了妥协。1963年10月的一天，周总理在北京西花厅同当时主持文化艺术局工作的周巍峙等人说：“看样子的确有第三种唱法，不是一般的民族唱法，跟西洋的也不同。有些西洋唱法的歌唱家，既有精湛的西洋演唱技巧，又能学习民族风格，咬字也清楚，唱中国创作歌曲很动人。有些民歌演唱家在唱现代创作歌曲时，也唱得很好。这叫什么唱法呢？”周总理就给这种唱法起了个名字叫“现代歌曲唱法”。

“欲穷千里目，更上一层楼。”生活里，并不是所有的事情都必须针锋相对，泾渭分明，甚至水火不相容。有时妥协不但不会令我们生活黯然失色，相反令我们生活如阳光一样明媚，如美酒一样灿烂。周总理的妥协，更让我们深切地感受到他人格魅力的伟大和他那科学态度的朴素、严谨与执着。

鱼水情深，休戚与共，周总理那种亲民爱民又敬民的高贵精神一直鼓舞我们每一个中国人，去迎接一个又一个挑战，去争取更大的胜利。

人生难逢一周公

——周恩来与摄影大师吴印咸的交往

莫　云

出生于宿迁沭河畔的一代摄影大师吴印咸，不仅是著名影片《风云儿女》《马路天使》的摄制者，而且是一位与中国红色革命事业同呼吸、共命运的一代摄影宗师。从大上海到革命圣地延安，他的人生转折离不开周恩来总理的支持；随军转战献艺在华北与东北大地，他的红色摄影生活也离不开周恩来总理的关怀。

相识在抗战中的江城

1938 年是抗战烽火在全国熊熊燃烧的年代。那时全国的热血青年都肩负着保家卫国的重任，面临着人生的抉择与考验。有人选择了重庆，因为那里是国民政府的所在地，到了那里还有升腾发迹的仕途在等待；有人选择了延安，因为那里是革命的圣地，是红色的热土，也是许多志士仁人共同向往的地方。

在国难当头、民族面临危亡的关键时刻，已经在上海滩影艺界小有名气的吴印咸毅然选择了去延安。这个有似于力重千钧的选择，决定了他义无反顾地走上了一条红色摄影的道路。

早在 1935 年，人们就在田汉为编剧的影片《风云儿女》中，伴着《义勇军进行曲》的节拍，领略了吴印咸摄影艺术的风韵。当时才华初露的吴印咸已经与《风云儿女》主演、《马路天使》导演袁牧之结成了莫逆之交。

1937 年 8 月，中国军队在淞沪会战中被日军打败，上海沦陷。此时，吴印咸因在香港制作纪录片《中国万岁》而留港未归。家山北望，有家难回，他在焦急之中一天天等待。数月后的一天，他突然在万分惊喜中收到了老朋友袁牧之来自武汉的电报，邀他北上延安，投身于红色的抗日激流之中，拍摄中国共产党领导全国人民坚持抗战的影片。原来，袁在抗战初期就只身来到武汉，经阳翰笙等人介绍，认识了时任中共中央军委副主席兼南方局书记的周恩来，并在周的动员下，决定到延安从事电影艺术工作。袁牧之感到自己势单力薄，又不精通摄影艺术，于是他想到了吴印咸。正所谓同道者一拍即合，一向正直而又报国心切的吴印咸答应了袁牧之的请求。“漫卷诗书喜欲狂”，他迅即乘上了北去武汉的列车。

老朋友相逢固然可喜，出乎吴印咸的意料，还有一件更可喜的事也悄然登门，在周恩来的亲自安排下，一个外国朋友将无偿赠送给他们一台先进的摄影机，这个人就是荷兰著名导演尤里斯·伊文思。似关云长得到了青龙偃月刀，这次武汉之行，吴印咸天时、地利与人和三者兼得，并且，他还有幸见到了早就慕名已久的周恩来。在一个星光闪烁的夜晚，吴印咸按照中共武汉办事处的周密安排，乘坐周恩来的专车，奉命到预先约好的地点——汉口郊外中山公园附近，去接收国际友人伊文思赠送的摄影机。不是如鱼得水，便是如虎添翼，不久，他又与袁牧之一起，在周恩来的亲自安排下，携手赴延安，去从事一项前所未有的伟大事业。

难忘的延安电影团

如果说，吴印咸的红色摄影生涯起始于宝塔山下，那么随八路军将士们转战在太行山麓，又使他红色的摄影人生百花盛开。

人们也许知道，1939 年 10 月，在河北黄土岭那一所小庙中诞生的那一张《白求恩大夫》的临床手术照，是吴印咸亲自拍摄的。也许，人们还知道，1945 年 8 月，毛泽东主席赴重庆谈判时在延安机场的飞机舱口那一张挥手照，也是吴印咸仰首拍下的。可是，吴印咸在延安为周恩来与邓颖超夫妇拍照的故事就鲜为人知了。而早在 1938 年，当吴印咸受命接收下荷兰导演伊文思赠送的那台摄影机时，就曾以摄影机为纪念物，庄重地为周恩来与邓颖超夫妇摄下了一张合影照。

1938 年秋天，袁牧之与吴印咸到达延安的第一件事，就是创建延安电影团。电影团直属八路军总政治部领导，由谭政兼任团长，最初成员有袁牧之、吴印咸、徐有冰、李肃、魏起、叶仓林等人。延安电影团是在周恩来的直接倡导与领导下成立的，事前他就派袁牧之四处去购买电影器材。延安电影团成立大会在 8 月 18 日召开，按照中国的传统风俗，这大概有祝福人民电影事业兴旺发达的意思。1940 年电影团与延安电影放映队合并，分设摄影队和放映队，由吴印咸兼任摄影队队长，并主持电影团的日常工作。

能在周恩来的领导下从事电影艺术工作，这是吴印咸人生的幸事。更有缘分的是，1939 年 7 月，周恩来因右臂摔伤到苏联去治疗，他在疗伤期间学会了电影放映技术。回国时，他还带回了共产国际赠送的一架放映机和 3 部苏联故事片拷贝。从那时起，延安抗日军民便看到了《列宁在十月》《列宁在 1918》与《夏伯阳》等影片，并且经常由周恩来亲自放映和解说，吴印咸也常常相伴在侧，相互切磋。

吴印咸在延安期间，不仅按照周恩来的指示精神拍摄了《南泥湾》与《中共第七次代表大会》等纪录片，而且还抽空为毛泽东、朱德、刘少奇、彭德怀等领袖人物拍下了一张张珍贵的照片。值得一提的是，吴印咸对周恩来特别敬重，不仅敬重的他的才华，更敬重他的人品。这两位出生于淮海大地的革命家与艺术家，在不同的探索之路上心心相印。1941 年，自抗战前线归来的吴印咸与周恩来在延安窑洞门前见面了。那是一个风和日丽的日子，此时周恩来稍有闲暇，吴印咸便不失时机地轻按快门摄下了一位英俊潇洒的革命家兼美男子形象。这张不可多得的照片，后来被吴印咸收入自己的摄影集中。

众所周知，周恩来与邓颖超夫妇是校友，是同志，也是革命路上的同命鸟，他们数十年风雨同舟，互敬互爱，堪称中华民族爱情史上的楷模。比周恩来仅仅小 2 岁的吴印咸，既把周恩来看成是首长，又把他看成是兄长。他对周邓夫妇忠贞不二的夫妻情感观察在眼里，敬慕在心头。为他们拍一张合影照，吴印咸久有此心。直到 1943 年的一天，当周恩来夫妇自远方归来之时，吴印咸特地带上相机，到他们居住的窑洞登门拜访。这一次他又没有错过良机，就是在那个领袖居住的简陋的窑洞门前，他摄下了这对革命夫妇慈祥的笑脸，也摄下了他们身后博大精深的黄土地。于是，在吴印咸数十年的摄影历程中，又多了一张代表作品《周恩来与邓颖超》。

为了新中国的电影事业

在战争年代情况瞬息变化，1945 年 11 月 9 日，延安电影团召开全体人员会议，宣布电影团被编为挺进东北干部支队二大队二中队，吴印咸任大队委员兼二中队队长。这是党中央的一项重大决策，时任中共中央副主席的周恩来是主要决策人之一。吴印咸此时的任务是带领电影团开赴东北，执行接收伪“满映”电影机构的任务。“满映”即日伪所谓“满洲映画株式会社”的简称，创建于 1937 年，到 1945 年已发展到近千人。随着日寇的投降，中共中央决定抓住时机迅速接管下“满映”。这是吴印咸人生史上的又一次转折。挺进东北干部支队出发离开延安时，周恩来亲自为他们送行，他那关切的目光中寄予着殷切的希望。

千里赴东北，这是一次“关山度若飞”的军事化行动。1945 年 10 月 1 日，中共党组织决定，已被接收的“满洲映画株式会社”改名为东北电影公司，第二年 5 月 13 日迁往合江省（1945 年 11 月成立，1949 年 4 月撤销，省会驻佳木斯）兴山市，10 月 1 日更名为东北电影制片厂，1948 年 10 月 11 日迁回长春，1955 年再改名为长春电影制片厂。吴印咸刚到东北时任东北电影制片厂技术部部长，1946 年升任副厂长。

东北电影制片厂被称为“新中国电影事业的摇篮”。1949 年初，厂长袁牧之调任中央电影局局长，由吴印咸接任厂长一职。他接任厂长的第一件事就是完成了我国第一部国产故事片《桥》的拍摄任务，他既是指挥员，又是摄影师。《桥》是一部第一次以表现中国共产党独立领导新民主主义建设为内容的影片，它不仅放映成功，还被誉为“人民影坛上的一声春雷”。在观众的一片欢呼声中，著名电影评论家陈荒煤评价说：“从《桥》开始，工人阶级以主人翁的姿态在银幕上出现了。”1950 年初，周恩来总理在看过影片《桥》后，热情地与摄制组工作人员一一握手，最后他握住吴印咸的手，兴奋地说：“谢谢你们，我们终于有自己的电影了。”

新中国的电影事业在发展，新中国的电影教育事业也在发展。1956 年 6 月 1 日，经国务院批准，北京电影学校改名为北京电影学院。同年 9 月 1 日，学院举行隆重的开学典礼，并宣布国务院的任命，吴印咸任副院长兼摄影系主任。也许这一纸任命书中，就有周恩来总理的临阵点将、知人善任与心照不宣。

新中国电影事业的发展离不开周恩来总理的领导与关怀，并且他又是那般的关怀备至，细致入微。1956 年 6 月，中国电影界的权威刊物《大众电影》在上海创办，周恩来总理每每都是从头至尾认真阅读刊物，并提出一个建议：“艺术作品的好坏，要由群众回答。”正是按照他的这个指示精神，《大众电影》杂志社从 1961 年开始首办电影百花奖，以此项活动促进电影事业的快速发展。翌年 5 月 22 日，《大众电影》编辑部在首都北京政协礼堂隆重举行第一届百花奖颁奖大会和电影工作者联欢晚会，周恩来总理与陈毅副总理亲自到会，并与获奖者亲切交谈，尽情联欢。在这次评奖活动中，由凌子风执导、崔巍主演与吴印咸拍摄的国产故事片《红旗谱》荣获最佳摄影奖，吴印咸也因之受到了周恩来的热情赞扬。那次与周总理一起的联欢活动，令已年过花甲的吴印咸终生难以忘怀。

1970 年，吴印咸被任命为国务院文化组成员，同时担任中央文化艺术大学副校长。这期间，吴印咸曾在周恩来总理的领导与安排下，率领中国摄影代表团到日本进行过友好访问，也曾在周总理的关怀下，出色地完成一项项文化艺术工作任务。

1976 年初，正是冰封寒凝的日子，周恩来总理不幸逝世，全国人民沉浸在最最悲痛的“一月哀思”之中。当载运周恩来遗体的灵车经长安街西去八宝山的那天，76 岁的吴印咸拄杖翘首在大街两旁哀悼的人群里，默默地为日理万机的好总理送行。此时，他不禁又想起在周恩来的精心组织下，创建延安电影团的那一段艰难的风雨历程。

周总理的套袖

曲延安

一张照片，因为记录了一个真实场景而感人至深。

一张周恩来总理在桌前办公的照片，清晰可见的是：他套在胳膊上的两只套袖。周总理侄女周秉德的《我的伯父周恩来》、电视剧《海棠依旧》里都有周总理穿戴套袖的情节。周总理卫士成元功回忆：每年冬季在西花厅办公，周总理往办公室桌前一站，头一件事就是先戴上套袖。梁衡在《大无大有周恩来》中写道：他一坐到桌旁，就套上一副蓝布袖套，那样子就像一个坐在包装台前的工人。

在有些行业如会计、写作、维修、烹饪、制造工作的人，或者民间勤快持家的人，手臂处经常会发生摩擦，常常使用套袖。而佩戴套袖办公，在中共高干中似不见第二人。

因之，普普通通的套袖，在周恩来总理身上便具有了不普通的意义。那是一种洗尽铅华之后的温和、质朴、沉静与日常生活中的诗意。

套袖上有"金"，金一样本色，质朴无华见本真。

如果说周恩来节俭自持，估计绝大多数人觉得没有必要，一国总理何至于此！但事实是，周总理去世后，他身边的工作人员经过共同回忆，向全国人民保证：无论是有意还是无意，周总理没有占公家一分钱的便宜。

仅以“穿”为例，又有谁能料到，周总理从1949年以后只添过5次衣服，总数不到10套。周秉德回忆说：“他担任了26年的总理，皮鞋只有3双。一件蓝白条的睡袍，我拿在手上看，几十个补丁，上面有手绢、小毛巾、纱布等，补了很多。”古云：“君子正其衣冠。”风度翩翩的周恩来是完美的体现者。但谁知，他在外交舞台或公众场合一身体面的衣服，就是用套袖保护着的。这相比于那些衣冠楚楚却腐化堕落的贪官，差别何异天壤！即使是一副套袖，周恩来也用了20多年，周围人几次提议换一副，他说：“换它干什么，还可以用嘛！”相信他对套袖有着和农民对生产的棉花、工人对制作的衣服同样的珍惜，不过我们更愿意认为他更加珍重的是劳动的尊严、勤俭的德行与人生的质朴。

一

套袖上有“玉”，玉一样温润，平民总理暖千家。

20世纪50年代有一件小事，足以叫人见识周恩来的温煦亲和，一如春的柔软。在欢迎志愿军凯旋的舞会上，众人围着黄继光的母亲邓芳芝，纷纷表达对英雄的崇仰，反而勾起了母亲的伤心。周总理走过来拉起老母亲的手，在她脸颊上亲了一下，又擦去母亲的泪水，说：“好啦，不说了，跳舞去。”执晚辈礼扶起老人，陪她慢慢走去，直到母亲的脸上又泛起了笑容。

1961年，在国人咬紧牙关渡难关的年代里，周恩来总理专程到革命老区河北省邯郸市伯延公社调研。在4个昼夜里，周恩来以他的真情实意，真正拿到了乡村基层的第一手材料，直接成为促成党中央遵从民意、解散“大跃进”中的大锅饭——农村食堂的最直接证言。

1966年，邢台地震，周恩来总理第二天就赶到现场，抚慰仍惊魂未定的群众，指挥救灾，情在苍生。从历史资料中，我们永远也无法忘记周总理那悲痛、不忍和坚毅、镇定的神色与身影。

周总理卫士高振普回忆：“从有记载的 1958 年算起至 1976 年，两人（周恩来、邓颖超）共收入 161442 元，用于补贴亲属的 36645.51 元，补助工作人员和好友的 10218.67 元，合计 46864.18 元，占两人收入的近 1/3。”

这一项支出极不寻常。当时周恩来的月工资 404.80 元，当然很高，但周恩来经常要向邓颖超（月工资 342.70 元）“借钱”，而且几乎是有借无还。他的钱上哪了？接济生活困难的亲属和身边的工作人员去了。大国总理的风采，在些微细节小事里依然闪光。什么是真正的好官？普遍认为周恩来堪以为范，确是不刊之论。

二

套袖上有“海”，海一样大度，绿叶照他红千般。

人的衣着在身，若用套袖，很明显是起着辅助作用，但境界正在此显现。遵义会议前，周恩来职位高于毛泽东。当他一旦认识到毛泽东是担当领袖的最有能力者，不但为确立毛泽东在全党的领导地位起了决定性作用，而且此后心甘情愿调整角色定位，甘居人后，全心辅佐，“照他红艳千般”（赵朴初语）。九万里苍穹，谁人与共？毛泽东与周恩来。一个是骨子里浪漫的理想主义，一个是内心里彻底的现实主义。毛主席雄才大略、天马行空、积极求变、“敢教日月换新天”的恢廓气概，恰有周总理缜密的组织能力、卓越的亲和力和强大执行力的卓绝相配，成就了中国革命胜利和新中国政权巩固与发展的宏伟大业。

三

套袖上有“火”，火一样燃烧，鞠躬尽瘁丹心殷。

套袖，只要套上胳膊进入工作状态，便在臂肘最关节点处承受摩擦，阻隔灰尘，抵御油污，它并不清闲。它的主人更是在惊涛骇浪里，弄潮不息，留取丹心如故。

周恩来，青春年华便是黄埔精英，南昌起义时的最高领导人，长征过草地九死一生，西安事变腾挪周旋，陕北转战扭转危局；新中国成立后身居要位，成为“相国”时间最长的“大管家”；“文革”动乱中，尽管他的处境也很困难，左右掣肘，投鼠忌器，但他忍辱负重，外忍内坚，殚精竭虑，支撑局面，还要千方百计保护老干部。电影《周恩来》拍摄于周总理去世20年后，曾经为周总理服务过的女服务员，在电梯上仅仅是看见周总理的扮演者，瞬息间痛哭得不能自已。民心所向，大爱在人间，可为一证。

周恩来说：“党信任我，大家信任我，累死，是我的福气！”而他，恰恰是累死的，不仅身累，而且心累。鞠躬尽瘁，死而后已，是他不朽的魅力。

四

套袖上有“山”，山一样沉静，无声之处有惊雷。

周总理和蔼可亲，不乏幽默。邓朴方回忆：周总理到十三陵郊游，看到邓家孩子，他问：“你们家谁管钱啊？”我们说邓楠管。他就对邓楠说：“啊，你也是总理啦！你的官儿跟我一样大呀。”

只是，他难得这般轻松，“高处不胜寒”。

在最后的岁月里，他1.69米的身高只剩下了30.5公斤体重，身上插着13条医疗管道，承受了巨大的生理和心理痛苦，整个下半身都溃烂了。但他，始终没发出呻吟声，他呈现了“山”的尊严。

叶剑英元帅专门安排人带着纸和笔守候在总理身边，可是一直到他去世，这纸，仍然是一张白纸。大爱无言，大音希声，他是“山”的沉默。吴阶平回忆：“周总理弥留之际，他看见了我，说：‘吴大夫，我这没什么事，需要你的人很多，你去吧。’”这是他的最后一句话，仅此一句。

周恩来逝世第二天，联合国旗降半旗，所有联合国会员国国旗不升起。这从无先例，有的国家叫屈。当时的联合国秘书长瓦尔德海姆说：“我来回答你们，如果你们国家的领袖可以掌管世界上五分之一的人口却没有一个孩子，如果你们国家的领袖可以在海外没有一分钱的存款，谁做得到的，联合国总部也可以降半旗。”所有人鸦雀无声，此时无声胜有声。

1965 年春，周恩来亲自嘱咐侄子，把淮安城郊闸北的祖坟全部平毁，棺木就地下沉深埋，坟地交生产队耕种。11 年后，他，还有妻子的骨灰，先后撒在了祖国的山川大地、江河湖海。天地为之默哀，为伟人的“一无所有”。

周恩来早年心怀宏见，“面壁十年图破壁”，追求救国救民；晚年以“吾貌虽瘦，天下必肥”式的悲壮与坦荡追逐理想。但到临终，他也没有看到中国真正由大国走向强国，“长使英雄泪沾襟”。

而今，日新月异，改天换地，他的理想已成为现实或正在成为现实，中华民族的中国梦正以这样一种迟来却永远向前的方式，告慰一个伟大的灵魂。

桃李不言，下自成蹊。一个人、一件物，无意间不仅是给世人带来不寻常的感觉，同时似乎有生命浸进在里面，让后人看到的时候、想到的时候感受到他的存在，如朱德的扁担、雷锋的日记。同样，戴着套袖的周恩来给了我们这样一种永恒的亲近感。

老　乡

李利军

老乡，滚烫的字眼。

在乡里工作，遇着一个村出来的同事，晚上有暇，坐在小饭馆喝着小酒，若有绵绵的秋雨更佳，一个说，咱们是老乡，要相互照顾啊！另一个手拍胸脯，眼瞪得溜圆，一脸的不屑，看你说的！若是在省里读书，遇到来自本县的学友，也会说，咱们是老乡啊，互相学习，共同提高！另一个马上频频颔首，热切呼应。倘若是在国外，碰到黄皮肤黑头发黑眼睛的龙的传人，不管是哪个省的，都会亲热地拍拍肩膀，老乡，咱们都是中华儿女，出门在外，咱可要相互关照！OK？OK！朗朗的笑声，滚烫的眼泪。

老乡，是异乡与家乡联系的纽带，是连接飘扬在蓝蓝天空上风筝的长线，是故乡的袅袅炊烟对游子的吸引，是游子在外乡相遇碰撞出的火花，更是游子独处时湿漉漉的离愁。

生在淮海大地，长在洪泽湖畔，我曾经无数次感叹这块美好而又火热的土地。在淮安这块土地上，曾经发生过多少可歌可泣的故事，诞生过多少可圈可点的英雄人物?

历史的车轮滚滚而去，许多人许多事，都随着岁月的烟云，灰飞烟灭。但是历史总有特殊。有些人，却会永久地留在人们的心头，留在人民的记忆深处，成为一种文化基因，一种神秘的地域标记，代代相传，弥久愈坚。在淮安的历史上，大军事家韩信，西汉楚辞大家枚乘、枚皋父子，巾帼英雄梁红玉，小说巨匠吴承恩，民族英雄关天培，温病学家吴鞠通，开国总理周恩来，京剧界“通天教主”王瑶卿，京剧表演艺术家周信芳，摄影大师郎静山等，许许多多在中华民族史册上熠熠生辉的名字如星星闪烁华夏五千年灿烂时空。他们都是我们淮安人民杰出的老乡。

是的，他们是我们的老乡。

每当看到他们的名字，我们都倍感亲切。每一个名字，都是一块沉沉的金属，拿在手里，饱含感情地注视着，用绸缎轻轻地擦拭，每一块铮亮的金属都是一颗璀璨的星座。他们是我们逝去的亲人，闭着眼睛，我们的心里就会浮现他们的背影，他们的音容笑貌会随时走进我们的梦，成为我们无法忘却的记忆。他们的离去，就像出一趟远门，随时都会回家。淮安是他们的精神家园，千家万户的窗口，永远会为他们留着一盏不灭的灯火。

淮安，物华天宝，人杰地灵。我们的杰出老乡，群星闪耀，寥若星汉。

在这些淮安的历代杰出代表中，我最崇敬的老乡就是周恩来。

周恩来，中华人民共和国开国总理，人民心中的总理。他在家乡淮安出生并且读书、生活到 12 岁才离开。如今，淮安有关周恩来的故迹 3 处：周恩来纪念馆、周恩来故居和周恩来童年读书处。周恩来纪念馆有他生前经常乘坐的红旗轿车，它是我们民族工业起步的证明，是中国走上独立自主的有力佐证。周恩来故居有他童年时饮用的水井，至今还甘甜如饴，旁边的百年老树，日夜用淮安乡音把总理深情地呼唤。里运河边上的周恩来童年读书处，有他少年时期亲手栽的一棵蜡梅树，至今仍有着旺盛的生命力，每到隆冬之时，总会放出一树的黄花，用自己高洁的品质，来表达对周总理不尽的思念。

那一年，因为工作关系，我去了一回周恩来纪念馆。那是我第几次去这个我梦魂牵绕的地方？说不清了。从开馆的那一天起，我就一次次地去朝拜我的这位老乡，看望我心中的偶像。每次，都会有新的收获。在周恩来伟大情怀的影响下，我的人生观世界观不断地发生着变化，心中的小我逐步离我远去，一副“我为人人”的宽厚胸襟正慢慢建立。在纪念馆随着人流缓慢移动着脚步，看着周总理留下的一件件或者遗物或者照片，心里，对这位伟大的老乡的崇敬心情越来越强烈。

漫步在桃花垠湖荡之间的甬道，仰视纪念馆主馆那高大独特的建筑，仿佛周公的音容笑貌仍在眼前，心中多了份激动，也多了份感叹。身后，偌大的桃花垠水面，波光粼粼，清澈无比，仿佛又是周公博大无私的胸怀的写照。举头仰望蓝天，天气是这么蓝，蓝得没有一朵云彩，周公那心底无私天地宽的高尚境界，蓝天可鉴，日月可鉴。

湖面，几只翱翔的水鸟不时地欢快地鸣叫，好像就是对我的这种想象的肯定。

思绪如水面波纹，不断荡起涟漪阵阵。我心飞翔，无遮无挡，像那只翱翔的大鸾，飞翔，飞翔，不觉飞回 1976 年。一个冬日，在苏北的一所农村小学，当广播里传来我们敬爱的周总理和我们永别了的消息时，全校 300 名师生和全国人民一样，“泪飞顿作倾盆雨”。泪水，为中国失去这样一位人民的好总理而不知疲倦地流淌。一时间，人们陷入了一种不知向何处去的惶恐无助之中。而我，一个 10 岁少年，虽然说对世事还迷迷惘惘，但是，我知道他不仅属于淮安的，更是属于世界的。因为对周总理这位老乡的无比热爱，所以对于他的逝去，更是有一种深深的恐惧，特别是看着大人们束手无策的状态，我担心世界会随之消亡。

1984 年，初中毕业的我，考上了淮安商业技工学校。在拿到通知书的时候，我想象着这座陌生的城市将会对我有什么改变和影响，我不停地自问，把一生中最宝贵的青春年华献给她是否值得。可是，当我知道周总理也在这座城市里生活了 12 年的时候，我不再自问这样愚蠢的问题了。我想，在这样一座伟人曾经生活过的城市学习，是我几世所修的缘？

在淮安上学期间，我不止一次地去周恩来故居瞻仰，感受这位伟大老乡的博大情怀。每去一次，灵魂就会被涤荡一次。

从那时起，对于周总理的怀念，渐渐转化成为一种深深的热爱之情。

如今，在淮安学习、工作已经 30 年，周总理的 3 个纪念地，都是我常去的地方。周总理的精神，早已深深地溶入了我的骨髓，化成了我的血液，日夜流淌在我的血管里。

每年的 1 月 8 日，周总理忌日，我都要来到位于漕运路的周恩来童年读书处，看望那棵老人家幼年亲手栽植的蜡梅树。往往是，刚进小院，还没看到梅花，就有沁人心脾的香味扑面而来。伸手轻轻地抚摩着老梅那饱经沧桑的枝干，泪水，在眼窝里打转。

一品梅花开，暗香拂面来。

老乡，是多么亲切的两个字，透过它，有我们饱含着的真情，有热切的目光，深切的问候。

乡关漫漫，乡音潺潺，乡情怯。

乡野里星罗棋布着袅袅的炊烟，城市里万家千户窗口里透出暖暖的灯光。里运河潺潺的流水，流水里忽然跃起的白鱼。洪泽湖唱晚的渔歌，湖面上飞过的雁阵，雁的叫声划破长长的夜空……这些时光的碎片，共同会营造出一种浓如乳汁的思绪，叫人无法忘却，泪湿衣裳。

伞的记忆

——深切缅怀敬爱的周总理

李　卉

记不清准确的时间，大约是 10 年之前，我在电视上看纪录片，看到这样一段并不很清晰的黑白影像：周恩来总理在视察农村时，他站在一个缓坡上，面对群众，正在大声讲话。此时突然下起雨来，他并未理会。旁边的工作人员可能是看见雨越下越大，就拿过一把伞站在后面给总理打开。过了不到几秒钟，总理突然很快地转过身，愤怒地抢下工作人员手中的雨伞，收拢丢在地下，转过身，继续对群众讲起话来。

这前后不到 1 分钟的画面，像刀刻一样印在我的记忆里。就是当时的我也受到巨大的冲击，我的眼睛不由自主地涌出了泪水，以致模糊了视线。

估计是限于当时的技术条件，纪录片并没有录下周总理对群众讲话的声音。后来我一直在想，看了这段录影为什么内心受到这样大的震撼呢？

这个画面，表现了周总理作为一国总理，心里是总装着人民的伟大情怀。他看到面前群众是站在雨里，他就不能自己站在雨伞下。我们可以设想，假如这个时候拿了一批而不是一把雨伞来，总理肯定会让工作人员发给面前的群众，直到所有的群众都举起了雨伞，他到最后才会拿上雨伞自己打开。

这个画面，表现了周总理作为人民的好总理，始终把自己当作人民公仆的高尚情操。面对群众时，他不是一个高高在上的“官”，而是为人民群众服务的公仆。他没有把自己置于群众之上，不像是在对群众讲话，而是向一群人汇报工作，谈自己的想法，因此不能容忍下雨的时候自己有人打伞，而群众站在雨里。他果断而迅疾的动作，表明他一刻也不能容忍把自己放到群众对立面的做法，尽管这不过是偶然情况下一个突发事件，工作人员也是出于爱护他的本能动作。他这个出于自然的夺下雨伞的动作，是他在讲话过程中一个不经意的行动，恰恰是这个偶然的行动，把总理高大的形象表露无遗。

这个画面，表现了周总理践行群众路线，把自己当作普通一员，共产党员不搞任何特殊的忠诚誓言。群众路线是共产党始终保持先进性、保证执政地位、不脱离社会发展的重要保证，共产党能够从弱小走向强大，靠的是一大批共产党员在党旗下举了手，就义无反顾奋勇向前。说到做到，言行一致，人民群众才能坚定信心跟党走。党的政策，不仅仅是印在纸上，更重要的是要记在心上，变成行动。而党的高级干部率先垂范，严格执行，又是全党践行党的路线的重要保证。不在雨中打伞，是周总理把自己当成普通群众一员，在群众头上没有雨伞的时候坚决不打，坚决不搞特殊化，用行动做出，胜过千言万语的誓言。

这个画面，是表现敬爱的周总理和人民心连着心，与人民同呼吸共命运的最好实证。我们常说，一滴水中见太阳，一件小事见人心。周总理不打雨伞，是表明共产党与人民共同面对风雨，不把自己和群众分离开来，是对共产党与人民群众有着不可分离的血肉关系的最好诠释。

一直到现在，我经常在想，那些下基层检查怕湿了鞋，叫人背着的官；那些自己坐在凉篷下，检阅面前站在毒日头中群众的领导；那些坐在小车里，向站在风雨中欢迎的小学生招手的上级，在观看这段周总理的纪录片时，有何感想？

周总理在群众面前收起了雨伞，却是在每一个中国人心上撑起了一片蓝天。他把一个普通共产党员的崇高形象，永远镌刻在全国人民的心间。

海棠又发去年枝

尤　佳

2018年，北京，清明时节雪纷纷，没想到我盼了一整个寒假的大雪，竟然会在繁花盛开的早春降临。清明节本应是个出门踏青的好日子，今年却只能在没有暖气的屋子里呆望着窗外飘零的雪花。我想，好不容易烂漫的春花，该是都折落了吧。抱着此种想法的我，却在清明节后归校时，着实被惊艳到了。

一进校门，远远地就望见了依然绽放着的海棠花，我不由得加快了前进的步伐。人人皆知傲雪一剪梅，却未曾了解过雪后海棠依旧。海棠啊，海棠，你这“花中神仙”。继续向前望去，就是这所校园的缔造者——我们最亲爱的周总理的纪念像，这个地方最初的时候原本只是个稍微高些的小平台。

走近才发现，原来依旧的不只有海棠，还有摆放在总理像前永远清新的鲜花。我从没看到过是何人，在哪个时间将鲜花摆放在此，但无论多少次路过，我总能看到这些鲜花。是的，直至今日，二外师生依然深切缅怀着周总理，周总理的精神是每一个二外人的“文化基因”。了解二外校史的人都会记得，1966 年 7 月 24 日、25 日、26 日、27 日、28 日，周总理的到来让这平凡的五天不平凡了起来。周总理一大早就来到了校园，与二外师生亲切交流。大家看到周总理亲自来二外慰问，心中的激动实在难以抑制，都纷纷上前，周总理为人有个特点，处处为别人考虑，不管你是普通老百姓，还是普通学生。比如大家都想看周总理，都往前挤，想要离我们的好总理近一些。周总理见此情景，关切道："你们大家都不要挤，你们是要见我嘛，我站在高一点的地方。"然后转身抬脚上了一个稍微高些的小平台，周总理就站在上面，充满关怀地注视着二外的师生，注视着中国的未来。现在，周总理的塑像依旧如是。自打周总理来了二外，就从未走远。

1955 年，周恩来总理从万隆会议回国后，深感当下强国要事之一就是培养高端外语外事人才，解决外语外事人才匮乏的问题，故决定成立一所外语学院，于是，北京第二外国语学院成立。我们的校址是由周总理选址，校名也是由周总理而定，二外与周总理之间有着剪不断的渊源，这也是二外人始终对周总理抱有一种特殊的感念之情的一大原因。

也许，每一个二外人都曾疑惑，为什么周总理要给我们命名为北京"第二"外国语学院，我也不例外，甚至觉得这个"第二"不怎么好，总是让我的自卑心理胡乱地作祟，直到后来知晓了周总理这样一番话。周总理说："第二有什么不好，巴黎有巴黎第二大学，中国人民解放军还有第二炮兵，二炮还是主线部队。"原来周总理竟是对二外有着这般期望，从此，周总理的希冀是我不断前进的动力。周恩来精神是二外人永远延传的精神财富，始终如一地践行周恩来精神的信念更是二外人的精神源泉与动力。

其实，不管是作为二外人，还是中国人，都不会忘怀这位真正的中国人民的好公仆。犹记孩提时代，母亲总是将周总理事迹当作睡前故事讲给我听，我那时年纪尚小，不曾了解革命事业的光荣伟大，却已受教于周总理的一言一行。长征、抗战期间的坚忍不拔，新中国成立初期的秉烛达旦，参加万隆会议化解紧张气氛的侃侃而谈，面对外媒有意刁难的从容化解……周总理的光辉，高山仰止，景行行止。虽不能至，然心向往之。然而，最让我动容的还不是周总理的生前事，而是周总理的身后事。母亲曾给我讲过，周总理去世，运送遗体时，感觉整个北京的人都自发地来到了街上，送周总理最后一程，她看到许多人掩面而泣，更多的人号啕大哭。周总理没有自己的亲生子女，那一刻，没有人为他披麻戴孝，但目之所及的所有人都身着缟素，我母亲，也是其中之一。

一个人的伟大要怎么来证明？大概就像周总理这样吧。即使周总理已经逝去这么多年了，可是依然有像我母亲这样、像包括我的所有二外人这样、像所有深爱祖国的每一个中国人这样没有真正接触过他的人，怀念他、景仰他。周总理是一个真正的伟人，真正的伟人在历史中永存。

如蒙感召，我回望着周总理不变的关切的双眼，已在周总理塑像前伫立许久。试想，那么爱海棠的周总理一定也在这海棠花下顾盼流连过，现在，二外的海棠又开了，不知这一枝海棠，到底是不是周总理赏的那一枝，不过在我心中，它是。如今，海棠依旧，围绕在二外学子周围，如同周总理永不磨灭的光辉，始终照耀着中国社会主义前进的方向。

纪念周恩来同志诞辰 120 周年
“海棠杯”全国散文大赛部分获奖名单

佳作奖

1	缅怀与感悟 ——记与周恩来总理的 5 次近距离接触	陈永康
2	隆尧地震亲历记	尧山璧
3	北大荒人的深切怀念	赵国春
4	用火箭发射成功告慰总理	游本凤
5	美哉，淮扬菜	万伯翱
6	“全党楷模”的由来	张秋兵
7	在那个阴暗的早晨	蒋　涌
8	总理拍了拍我的肩膀	葛勤利　口述　曾祥书　整理
9	周总理的风范与伟大人格	邹伯贤　口述　吴绍釚　整理
10	绵绵思念无绝期	樊笃涛

11	律己尽责的楷模	罗元生
12	周恩来与柞水老中医	徐祯霞
13	周恩来故居瞻仰记	周建道
14	周恩来、邓颖超与宋庆龄的重庆友谊	郑京鹏
15	仰望淮安	张德虎
16	悠悠东江忆深情	李建辉
17	游圆明园遗址公园，怀念人民的好总理	杨世运
18	世纪梅香	吴光辉
19	在遵义读懂一个人	垫　石
20	梅园印象	杜　敏
21	富春江畔伟人情	方　放
22	蜡梅花开	高建国
23	“银冈”弥香别耐读	高玉恩
24	天空中海棠盛开	郝随穗
25	在新疆感受周恩来精神	胡　芳
26	“周恩来楼”的故事	稽汝广
27	缅怀周总理	李兴旺
28	难忘，与总理的“偶遇”	魏　青
29	名流的泪水为哪般	欧家斤
30	总理活在我心中	唐经欧
31	海棠花永开	王子君
32	周恩来纪念馆的荷花	江如喜
33	西安事变中的周恩来	王　洁

优秀奖

1 晨露未退 春雨沾“衣”
——二外“海棠”常开 邓 琳
2 军旗下的敬仰 赵 进
3 我的父亲和周恩来的故事 蒋汉昭
4 心中的明灯 孙中宜
5 孺子牛颂
——题周总理在十三陵水库工地拉车照片 朱群英
6 周恩来培育家风的故事 钟昌斌
7 周恩来总理平坟 赵建华
8 周恩来与新中国税收工作 张昆明
9 一位富有的贫穷者 岳秀红
10 光辉照耀永向前
——周恩来对我人生的影响 易少敏
11 孩子敬爱周爷爷 杨秀斗
12 老樟树下 王建成
13《大江歌罢掉头东》诗析
——为纪念周恩来总理诞辰120周年而作 王灿章
14 最难忘的记忆 白凤祥
15 翰墨幽香 徜 徉
16 孝慈美德感天地 陈显明
17 想起当年军宣队 初 红
18 周总理的智慧 戴高山
19 心中的圣地 董青春
20 生命归还世界 杜 娜
21 超越时空的回应 贺同越